『킹과 잠자리』에 대한 찬사

첫 문장에서부터 정서적으로 불완전하고 상처받은 사람들을 향한 따뜻한 사랑과 배려가 담겨 있다. 저자 캘린더는 독자들을 주인공 소년 킹의 마음과 삶 속으로 깊숙이 이끄는 한편, 잠시도 긴장의 끈을 놓지 못하게 한다.

—앨릭스 지노(Alex Gino),
람다 문학상과 스톤월북 수상작 『조지』 저자

풍부한 감수성에 강렬한 메시지가 담긴 『킹과 잠자리』는 복잡한 세상에서 주체적으로 살아가려고 애쓰는 독자에게 용기를 주는 소설이다. 가슴 아프지만 결국에는 아름답고 희망찬 여정을 통해 킹은 자신의 복잡한 정체성과 가족의 죽음을 받아들이는 법을 배워 나간다.

—비에라 히라난다니(Veera Hiranandani),
뉴베리상 수상작 『밤의 일기』 저자

청소년 독자들은 케이슨 캘린더의 야심작 『킹과 잠자리』를 통해 다양한 친구와 그들을 지지하는 인물들을 만나게 될 것이다. 삶, 사랑, 상실, 회복을 주제로 펼쳐지는 이 작품은 잠자리 날개만큼이나 다채롭고 복잡한 이야기다.

—앨릭스 런던(Alex London),
『대리인』과 『검은 날개의 날갯짓』 저자

슬픔, 우정, 가족, 소속감, 정체성, 희망에 관한 서정적인 성장 소설이다. 솔직히 말해 읽는 동안 손에서 책을 놓을 수 없었다. 다 읽은 뒤에도 여운이 오래 남는 이야기다.

—아이샤 사이드(Aisha Saeed),
〈뉴욕 타임스〉 베스트셀러 『자유의 몸이 된 아말』 저자

킹과 잠자리

케이슨 캘린더
장편소설

정회성 옮김

사계절

차례

무슨 일이 있어도 사랑을 멈추지 않는 사람들에게,

결국 당신들이 옳을 겁니다.

1장

늦가에는 잠자리가 많다. 그런데 어느 잠자리가 형인지 모르겠다. 이맘때 이토록 많은 잠자리를 본 적은 없다. 수백 마리 아니 수천 마리쯤 되는 잠자리가 나뭇가지와 바위에 앉아 햇볕을 쬐기도 하고, 유령 같은 날개를 뽐내며 진흙에서 배어나는 갈색 물 위를 쏜살같이 스치기도 한다. 또 파란 하늘을 가로질러 쌩하고 날아가기도 한다. 잠자리만의 천국에서 마음껏 행복을 누리는 듯 보인다.

칼리드 형한테 묻고 싶다.

"왜 하필 잠자리야? 사자나 표범이나 늑대 같은 멋진 것도 있잖아. 안 그래?"

리처드슨 공동묘지에 묻혀 있지 않다면, 형은 특유의 삐딱한 미소와 함께 내 머리통을 쥐어박으며 내 말에 이렇게 대꾸할 것이다.

"상관하지 마. 내가 되고 싶어서 된 거야."

형이 이렇게 나온다면 더는 따지지 말아야 한다. 형의 선택이 옳다고 생각하는 수밖에 없다.

*

나는 방과 후면 늪가에 가서 형을 찾는다. 학교에서 돌아오는 길은 먼 데다 날씨까지 무더워 금세 온몸이 땀에 젖는다. 나는 솜털 같은 이파리가 달린 가시덤불 사이로 난 단단한 흙길을 걷는다. 그러면서 이끼와 덩굴로 덮인 나무들, 시끄럽게 울어 대는 매미들과 곡조를 맞추어 노래하는 새들을 지나친다. 나무들은 늘 나를 지켜보는 것 같다. 내가 잠깐 걸음을 멈추고, 귀를 기울이기만 하면 나무들이 무언가 비밀을 들려줄 듯하다. 어쩌면 나무들은 유령일 수 있다. 엄마의 말처럼.

"여기 루이지애나의 수많은 유령이 네 일거수일투족을 지켜보고 있단다. 그러니 조심해라."

나는 엄마 말대로 조심한다. 살금살금 걸으며 돌멩이가 보일 때마다 살짝 걷어찬다. 그러면서 형과 잠자리와 세상과 우주에 대해 생각한다. 잠자리든 사람이든 광활한 우주에 비하면 얼마나 작은가. 뒤에서 무언가 다가오는 소리가 들린다. 고개를 돌리자 흙먼지를 일으키며 달려오는 흰색 픽업트럭이 보인다. 여기저기 녹슨 고물 트럭이다. 나는 길가의 갈색 풀밭으로 비켜서서 트럭이 지나가기를 기다린다. 트럭이 속도를 늦추더니 내 옆에 멈춰 선다. 안에 백인 남자아이늘이 타고 있다. 운전석에 앉은 아이를 본 순간 내 가슴이 덜컥 내려앉는다. 마이키 샌더스다.

마이키 샌더스는 칼리드 형과 같은 반이었다. 마이키는 형을 싫어했다. 형도 마이키를 싫어했다. 마이키는 살인을 도왔다. 그래서 마을 사람 대부분은 그를 싫어하며 피한다. 사람들은 마이키의 아버지가 두려워 그가 살인을 도왔다는 사실을 말하지 않을 뿐이다. 살인자 셋, 그들은 흑인 남자를 때려 숨지게 한 뒤 늪가로 끌고 갔다. 그런데 샌더스 가족의 맏아들이 살인자들을 도운 사실을 법정에서 증언할 사람은 아무도 없다. 하지만 마이키 샌더스의 흰색 픽업트럭이 시체를 끌고 간 건 모두가 안다. 마이키가 운전한 그 픽업트럭이 지금 내 앞에 있다.

마이키의 얼굴은 햇볕에 그을고, 작은 눈은 푸른빛으로 반짝거린다. 머리칼은 색깔이 옅어서 희게 보일 정도다. 교회에서 막 나온 듯 칼라 달린 셔츠를 입은 마이키는 아직 열여덟 살이 되지 않았는데도 담배를 물고 있다.

칼리드 형은 마이키와 싸웠다. 주먹이 오가는 큰 싸움이었다. 형은 마이키가 인종 차별주의자라고 말했다. 마이키는 형을 깜둥이라고 불렀다. 게다가 원숭이 소리를 내며 형 책상에 바나나를 놓아두곤 했다. 또 그는 형의 티셔츠를 올가미처럼 묶어 형의 사물함에 넣어 두기도 했다. 마이키 샌더스는 백인 우월주의 단체 KKK 단원인 개러스 샌더스의 손자다. 이런 사실을 감안하면 마이키가 벌인 일에 놀랄 건 없다. 지금 이곳에서 마이키 샌더스는 나를 노려보고 있다. 나 또한 픽업트럭 뒤에 매달아 끌고 가려는 듯.

마이키는 한참 동안 아무 말도 하지 않는다. 그저 나를 아래위로 훑어볼 뿐이다. 픽업트럭 엔진이 계속 부르릉거리며 떨고 있다. 부들부들 떠는 것은 나도 마찬가지다. 조수석과 뒷좌석에 탄 마이키 친구들도 아무런 말이 없다.

마이키가 담배를 땅바닥에 튕기고는 혀로 이를 핥는다.

순간 나는 움찔한다. 마이키 눈에 내가 어떻게 비칠지 알고 있다. 나는 금방이라도 바지에 오줌을 지릴 듯 잔뜩 겁먹은 표정일 것이다. 하지만 마이키가 나를 어떻게 보든 상관없다. 그것이 바로 나인데 어쩌란 말인가. 태어나서 맨 처음 울던 날의 표정도 이랬을까? 그때는 처음 대하는 세상에 겁먹었을지도 모른다. 지금은 죽을까 봐 겁먹고 있는 것은 아닌지 싶다.

마침내 마이키가 입을 연다.

"네 형 일은 유감이야."

나는 대꾸하지 않는다. 마이키가 진담으로 한 말인지 농담한 것인지 잘 모르겠다. 어쩌면 단순히 약을 올리려고 한 말일 수도 있다.

마이키는 어깨를 으쓱한다. 마치 내가 무엇을 궁금해하는지 알지만 한마디도 대답해 줄 수 없다는 표정이다.

"여기서 뭐 하냐?"

마이키가 주위의 나무들을 훑어보며 묻는다.

나는 여전히 대꾸하지 않는다. 마이키는 내가 왜 혼자서 길을 걷고 있는지 알고 싶은 걸까? 어쩌면 나까지 죽이고 무사할 수 있는지 알고 싶은지도 모른다.

마이키는 아까처럼 혀로 이를 핥는다. 이 사이에 음식물이 끼었나 보다.

"우리는 시내로 가는 중이야."

마이키가 콧등을 쓱 문지르며 말한다.

"뒷좌석에 탈래?"

무엇에 홀린 듯 나는 움직이지 않는다. 고개를 재빨리 한번 내젓기만 한다.

마이키가 자리를 고쳐 앉는다.

"있잖아, 네 형은……."

마이키가 무슨 말을 하려는지 모르겠다. 어쩌면 마이키 자신도 모를 것이다. 마이키는 말을 하다 말고 나를 빤히 바라본다. 그러고는 이렇게 내뱉는다.

"나중에 보자."

마이키는 다시 트럭을 몰고 달린다. 잠시 후 트럭은 부옇게 흙먼지를 일으키며 사라진다. 나는 그 자리에 선 채 몸을 떨며 길게 숨을 내쉰다. 그러고는 심장이 천천히 뛸 때까지 기다린다. 이렇게 겁먹은 나를 보면 아빠는 뭐라고 말할까? 형은 뭐라고 할까?

형이 뭐라고 할지는 알 것 같다.

"겁쟁이로 살아갈 방법은 없어. 늘 숨을 곳을 찾아 산다면 그건 사는 게 아니야. 알겠어?"

나는 다시 한번 숨을 길게 내쉬고 걷기 시작한다.

*

흙길은 울퉁불퉁한 자갈길로 이어졌다가 아스팔트 포장길로 연결된다. 나는 지금 내가 있어야 할 곳에 와 있다. 우리 마을이다. 나는 은빛의 이동 주택과 1층짜리 조립식 주택을 지나친다. 창문은 모두 블라인드나 커튼으로 가려져 있다. 녹슨 자동차와 트럭이 햇빛을 받아 반짝거린다. 눈이 부시다. 마치 그것들이 세상의 모든 빛을 끌어모았다가 내 눈을 향해 되쏘는 것 같다. 무더운 날씨다. 이곳 루이지애나는 지난 몇 달 동안 유난히 더웠다. 그런데 오늘은 더 덥다. 무덤에서 더위라는 악마가 기어 나온 것 같다. 온몸의 땀구멍으로 땀이 계속 솟아난다. 양말은 이미 축축이 젖고, 셔츠는 등에 착 달라붙어 있다. 어깨에 멘 가방은 텅 비었지만, 1톤짜리 바위라도 들어 있는 듯 무겁다.

길 끄트머리에 우리 집이 보인다. 우리 집은 다른 집들과는 멀리 떨어져 있다. 외벽에는 흰 페인트가 칠해져 있고, 마당에는 누런 잔디가 깔려 있다. 나는 성큼성큼 계단을 올라가며 가방에서 열쇠를 꺼낸다. 빛바랜 동전처럼 생긴 구리 열쇠는 원래 칼리드 형의 것이었다. 형은 나와 함께 학교에서 집으로 오면 나보다 훨씬 큰 손을 가방에 넣어 열쇠를 꺼냈다. 형이 없다는 사실만 빼고 모든 것이 전과 똑같다. 하늘도 똑같고 무더운 날씨도 똑같다. 형이 문을 열면 우리는 서로 텔레비전 리모컨을 차지하려고 밀치락달치락하며 캄캄한 집 안으로 뛰어들었다. 대부분 칼리드 형이 나보다 빨랐다. 하지만 형은 자기의 민첩한 능력만 보여 주면 된다는 듯, 리모컨을 건네고 내가 보고 싶은 대로 내버려 두었다.

희미한 빛이 창문의 얇은 커튼을 뚫고 거실 안으로 들어와 소용돌이친다. 거실은 전부 나무로 되어 있다. 벽도 바닥도 나무다. 가구들은 거실의 넓이에 비해 너무 크다. 아빠가 좋아하는 의자는 비닐로 덮여 있다. 지난 몇 년 동안 엄마는 실내 장식을 새로 해야 한다고 말했다. 그런데 지금은 거실 한 구석에 앉아 손으로 턱을 괴고 멍하니 앞만 바라보며 몇 시간을 보낸다. 그러다 이따금 기운이 나는 듯 고개를 들고 미소 짓는다. 나는 엄마의 그 미소를 볼 때면 화가 난다. 거짓 미소이기 때문이다. 엄마도 그 미소가 거짓이라는 걸 알 거다. 그러면서 왜 미소를 짓는 걸까?

엄마는 우체국에서 일하고, 아빠는 건설 현장에서 일한다. 그것도 전과 똑같다. 나는 형을 떠올린다. 아니, 소파에 누워 휴대폰을 손에 쥔 채 잠들던 형을 떠올리지 않으려 애쓰고 있다. 텔레비전에서는 아니메쇼(일본 만화 영화를 소개하는 프로그램. 아니메는 '만화 영화'를 뜻하는 애니메이션을 줄인 말이다. - 옮긴이)가 방영되고 있다. 나는 칼리드 형이 눕던 소파에 가서 가만히 앉는다. 그러고는 앞쪽에 시선을 둔 채 눈을 깜박이며 생각에 잠긴다. 마이키 샌더스는 칼리드 형에 대해 무언가 말하고 싶은 눈치였다. 대체 뭘 말하려고 했을까?

마이키는 칼리드 형이 잠자리가 된 사실을 알고 있을까?

그 일은 장례식장에서 일어났다. 우리는 몹시 무더운 교회 안 앞줄에 앉아 있었다. 내 뒤에서 누군가 우는 소리가 들렸다. 사람들은 대부분 장례식 순서가 적힌 종이를 흔들어 더위를 쫓고 있었다. 아빠는 사내아이란 울지 않는 법이라고 내게 말하곤 했다. 하지만 그날 아빠의 얼굴은 눈물로 가득했다. 눈과 코와 턱까지 눈물이 묻어 있었다. 아빠는 눈물을 닦으려 하지 않았다. 우는 모습을 숨기려 하지도 않았다. 나는 사람 몸에 그렇게 많은 눈물이 있는 줄 그때 처음 알았다. 아빠는 마치 피부 속에 눈물로 이루어진 바다를 숨겨 놓은 사람 같았다.

엄마는 두 손을 꼭 쥐고 있었다. 구겨진 휴지가 엄마의 무릎에 잔뜩 놓여 있었다. 엄마는 눈 한 번 깜박이지 않고, 관 속에 누운 형을 뚫어지게 바라보았다. 죽은 사람을 가리켜 잠자는 듯 보인다고들 하지만, 나는 그렇게 생각하지 않는다. 칼리드 형이 잠들었을 때 어떤 모습인지 잘 안다. 형은 늘 꿈꾸는 것 같았다. 이따금 생글생글 웃었고, 무언가 보고 싶지 않은 것을 본 듯 눈살을 찌푸렸다. 또 뭐라고 중얼거리며 휙 돌아눕기도 했다. 잠을 자면서 내게 말도 했다. 우리는 좁은 방에서 침대를 함께 사용했는데, 나는 가끔 형의 입을 다물게 하려고 형을 발로 걷어찼다. 잠을 잘 수가 없어서 무릎을 가슴에 붙이고 가만히 앉아 형의 말을 귀 기울여 들은 때도 있었다. 형은 대개 앞뒤가 맞지 않는 말을 나지막이 중얼거렸다. 그래서 무슨 말인지 알아들을 수 없는 경우가 많았다. 귀를 바짝 대고 들으면 형은 이따금 우주에 관해 중얼거렸다. 마치 꿈에서 우주나 마법의 세계로 통하는 특별한 티켓이라도 가지고 있어 그런 곳을 마음대로 드나드는 사람 같았다. 하지만 잠에서 깨면 아무것도 기억나지 않는 듯한 표정이었다.

관 속에 누운 소년은 잠들어 있지 않았다. 소년은 칼리드 형이 아니었다. 그것은 진짜 몸이 빠져나간 뱀의 허물이나 마찬가지였다. 나는 화가 났다. 다들 왜 형의 허물 앞에서 흐느끼는 거야? 나방이 빠져나간 고치를 놓고 슬퍼하는 것과도 같았다. 칼리드 형이 자기의 껍데기 앞에서 우는 엄마 아빠를 본다면 뭐라고 할까?

이윽고 성가대가 노래를 부르기 시작했고, 잠자리 한 마리가 창문으로 날아 들어왔다.

우리는 빛으로 만들어졌다. 형은 우주로 날아갔다.

순간 나는 그렇게 생각했다. 잠자리는 우주에서 눈 깜짝할 사이에 날아왔겠지만 교회 안에서는 천천히 날았다. 수정처럼 투명한 날개가 아른아른 반짝거렸다. 초록색 작은 몸에 커다란 눈이 달린 잠자리는 나를 스쳐 지나더니 관 가장자리에 내려앉았다.

이따금 나는 침대에 앉아 밤새도록 형의 말에 귀 기울였다. 형은 자신이 본 세계에 대해 말했다.

킹, 자줏빛 하늘이 보여. 여기엔 나무만큼 큰 버섯도 있어. 내 몸엔 잠자리 날개가 달려 있어.

*

소파에 앉아 있다 그만 잠이 든 모양이다. 언제 왔는지 아빠가 내 쪽으로 몸을 숙이고 한숨을 쉬고 있다. 아빠의 목걸이가 대롱거리며 내 뺨에 닿을락 말락 한다. 아빠가 내 팔을 잡고 흔든다. 고된 하루 일을 끝내고 온 증거인 듯 아빠에게서 땀 냄새가 물씬 풍긴다.

"텔레비전을 켜 둔 채 잠들지 말라고 하지 않았던가?"

아빠의 목소리는 부드럽다. 그래서 나는 아빠가 화나지 않았다고 생각한다.

"죄송해요, 아빠."

나는 소파에서 일어난다. 텔레비전 화면은 이미 새까맣다. 거실은 묘지처럼 조용하다.

아빠는 잠시 내 얼굴을 훑어본다. 아빠가 무슨 생각을 하는지 모르지만, 두어 가지 추측은 할 수 있다. 아빠는 내가 너무 빨리 자란다고 생각할 것이다. 나도 잃게 될까 봐 걱정할 것이다. 아빠는 내가 칼리드 형을 닮았다고 생각한다. 나 또한 거울을 볼 때마다 그렇게 생각한다. 그런데 요즘 들어 내 얼굴이 바뀌고 있다. 너무 빨리 바뀌어서 거울을 보기가 두려울 정도다. 내 방에 꼬마 유령이 있다는 생각이 든다. 칼리드란 유령 말이다. 검은 곱슬머리에 갈색 눈과 갈색 피부……. 유령은 엄마가 말하는 '크레올'(유럽인과 흑인의 혼혈인을 가리킴. 미국에서 루이지애나 지방에 식민지를 개척한 프랑스인이나 스페인인을 이르는 말이다. - 옮긴이)을 닮았다.

아빠는 더 이상 아무 말 없이 나를 소파에 두고 거실을 나간다. 복도 쪽에 있는 침실 문이 열렸다 닫힌다. 형이 죽은 날 아빠의 심장은 여러 갈래로 쪼개졌다. 아빠의 심장 한쪽은 이곳 거실에 있고, 또 한쪽은 아빠 방에 있으며, 나머지는 내가 모르는 어딘가에서 길을 잃고 헤매고 있을 것이다. 흩어진 조각들을 찾아서 모은다고 제대로 된 심장이 될지 모르지만, 아빠는 그렇게 하려고 애쓰는 것 같다. 아빠가 진실을 안다면 그러니까 칼리드 형이 정말로 사라진 게 아니라는 사실을 안다면 어떻게 될까? 심장이 원래대로 돌아오지 않을까. 제발 그랬으면 좋겠다.

하지만 아빠에게 진실을 말할 수는 없다. 칼리드 형이 잠자리로 변했다고 말할 수 없다. 잠들었을 때 형이 내게 한 말 때문이다. 늘 그러듯 형은 적어도 하룻밤에 한 번은 나를 찾아와서 말한다. 비밀은 되도록 숨겨 두는 게 최선이라고. 사람들은 대체로 진실을 들을 준비가 되어 있지 않다. 그렇기 때문에 말해 봐야 소용없다는 게 형의 생각이다.

형은 이렇게 말했다.

괜찮아, 킹. 억지로 진실을 알게 할 필요는 없어. 네가 마음속에 진실을 간직하면 그것으로 된 거야.

2장

짐작했겠지만 내 이름은 킹이다.

실제 이름은 킹스턴인데, 주위 사람들 모두 나를 킹이라고 부른다.

정식 이름은 킹스턴 레지널드 제임스다.

나는 내 이름이 싫다. 사람들이 그 이름을 들으면 내가 잘난 척 우쭐댄다고 생각하기 때문이다. 금방 나를 안 사람이든, 나를 알지 못하는 사람이든 말이다.

엄마 아빠는 형이 죽기 훨씬 전에 나한테 이렇게 말했다.

"너를 왕 그러니까 킹이라고 부르는 건 네가 누구인지 어디 출신인지 확실하게 알고 있으라는 뜻에서야. 우리 조상은 왕국을 통치하다가 나쁜 무리에게 나라를 빼앗겼어. 네 몸에는 신들의 피가 흐르고 있단다."

두 사람의 말이 사실인지 아닌지는 잘 모르겠다. 옳더라도 내가 이름을 밝힐 때마다 모든 사람이 나를 바보로 여긴다는 사실은 바뀌지 않을 것이다.

내 이름은 킹 제임스예요.

킹이라고? 지금 농담하니?

나는 내 이름을 말해 놓고 조금이라도 우쭐대지 않으려고 애쓴다. 상대방이 내게 이름을 묻지 않으면 잠자코 있다. 학교에서 배운 대로 "네, 부인." "네, 아저씨." 하고 공손하게 말하며 고맙다는 말을 많이 하려고 한다. 할머니들이 안전하게 지나가도록 문을 열어 주고 가방도 들어 주려고 한다. 내가 말을 많이 하지 않자 사람들은 수줍어서 그러는 줄 안다. 하지만 수줍어서가 아니다. 말을 하고 싶지 않을 뿐이다. 칼리드 형이 떠난 이후로 내 말수는 눈에 띄게 줄었다.

아빠는 아침마다 시내 건너편의 건설 현장으로 가는 길에 학교 앞에서 나를 내려 준다. 내가 픽업트럭에서 뛰어내리기 전 아빠는 내 어깨에 손을 얹는다. 그러고는 내 얼굴을 빤히 바라본다. 요즘 들어 아빠는 부쩍 그런 행동을 한다. 마치 내 피부에 땀구멍이 얼마나 있는지 세어 보려는 것 같다. 아니, 어쩌면 아빠는 그 짧은 시간에 칼리드 형을 학교에 내려 주던 때를 떠올리는지도 모른다.

"즐거운 하루가 되길 바란다."

아빠는 그렇게 말하고 내 어깨를 살짝 쥔다.

"고마워요, 아빠."

내 말에 아빠가 잠시 망설이다 대답한다.

"사랑한다."

순간 나는 당황한다. 아빠는 여간해서 사랑한다는 말을 하지 않기 때문이다. 그 말을 아빠에게서 언제 들었나 싶다. 아빠는 이제 엄마에게도 사랑한다고 말하지 않는다.

모든 것이 바뀌기 전 엄마는 나를 껴안거나 잘 자라고 할 때마다 따뜻한 미소와 함께 "사랑해." 하고 말했다. 나는 무슨 일이 있든 그리고 언제든 엄마가 나를 사랑할 거라고 확신한다.

칼리드 형은 농담을 내뱉듯 사랑한다고 말하곤 했다. 사랑해, 내 동생! 형은 특히 축구 선수권 대회에 참가하러 일주일 동안 미시시피에 갈 때나, 토론 대회에 나가기 위해 팀원들과 함께 워싱턴에 갈 때 그렇게 말했다. 환하게 웃는 얼굴로 내 머리카락에 손가락을 찔러 넣고 서너 차례 재빨리 흔들며 말했다. 사랑해!

하지만 아빠는 언젠가부터 그 말을 하지 않았다. 최근에 아빠한테 사랑한다는 말을 들어 본 기억이 없다. 그런데 아빠 입에서 그 말이 나온 것이다. 나는 당황한 나머지 멍하니 서 있다. 어떻게 행동해야 할지 모르겠다.

아빠는 나를 내려 주고 더는 할 말이 없는 듯 눈길을 돌려 앞을 바라본다. 픽업트럭은 계속 부르릉거린다. 나는 차 문을 쾅 소리 나게 닫는다. 아빠의 픽업트럭이 떠나고 난 뒤에도 나는 그 자리에 얼어붙은 듯 서 있다. 나도 사랑한다고 말해야 했나? 아빠에게 그런 말을 한다는 게 낯설게 느껴진다. 그런 마음이 없어서일까? 아니다. 나는 아빠를 사랑한다. 말로 표현하지 않는 사랑도 사랑이다. 그렇다. 아빠와 나는 말로 표현하지 않을 뿐이다.

그때 누군가 갑자기 등에 올라타는 바람에 나는 진흙탕으로 넘어질 뻔한다.

"대릴!"

나는 획 돌아서서 소리친다. 대릴은 재빨리 몸을 낮추고 깔깔거리며 웃는다. 녀석은 늘 그렇게 웃는다. 대릴의 웃음소리를 들으면 나도 덩달아 웃고 싶어진다. 그런데 지금은 녀석에게 어쩌면 그렇게 늘 웃을 수 있는지 묻고 싶다.

앤서니도 가방을 메고 대릴 옆에 서 있다.

"왜 여기 우두커니 서 있는 거야?"

앤서니가 내게 묻는다.

우리는 함께 학교 쪽으로 걷는다. 이윽고 농구 코트를 지나 갈색과 초록색이 뒤섞인 잔디밭을 가로질러 벤치가 있는 곳으로 간다. 교실에 들어가기 전 모든 학생이 그 벤치에 한번쯤은 앉는다. 아니, 모든 학생은 아니다. 카미유는 자기가 좋아하는 사람들만을 위한 벤치라고 말하며 아무나 못 앉게 한다. 다른 사람이 앉아 있으면 일어나서 당장 꺼지라고 소리친다. 나는 그게 옳지 못한 행동인 줄 안다. 하지만 그 문제로 카미유와 싸우고 싶지 않다. 나는 친구들과 함께 조용히 벤치로 가서 앉는다.

내친김에 주변 친구들에 대해 말하겠다. 대럴은 내 주변의 누구보다 키가 작지만 농구만큼은 누구에게도 지지 않는다. 대럴은 승리할 때마다 상대 팀 얼굴에 대고 깔깔거리며 웃는다. 앤서니는 백인이다. 열네 살이라서인지 우리 가운데 가장 철이 들었다. 앤서니는 숙제를 하지 않은 탓에 유급을 당했다. 왜 숙제를 하지 않았느냐는 선생님의 질문에 그는 아빠를 도와 가재를 잡느라 너무 바빠서 못 했다고 말했다. 하지만 앤서니는 엉뚱한 판단을 하거나 심술궂게 행동하는 아이가 아니다. 다른 사람 말에 귀 기울일 줄도 안다. 브리애나는 우리 가운데 가장 키가 크다. 내가 브리애나에 대해 아는 건, 카미유의 단짝이라는 것뿐이다. 카미유는 피부색이 밝은데 눈동자 역시 밝은색이어서 자기가 반에서 가장 예쁘다고 말한다. 하지만 나는 재스민이 훨씬 예쁘다고 생각한다. 재스민은 피부와 눈동자가 루피타 뇽오처럼 검은데, 숱 많은 머리가 늘 후광처럼 펼쳐져 있다. 눈꼬리가 치켜 올라간 재스민의 눈은 두꺼운 속눈썹과 함께 윤곽이 뚜렷하다. 재스민은 튀어 보이려고 애쓰지 않는다. 그런 점 때문에 나는 재스민을 좋아한다.

재스민은 기다란 벤치의 맨 끝에 앉아 있다. 재스민의 컨버스 운동화가 보인다. 나는 재스민 옆에 가서 앉는다.

"어떻게 지내?"

재스민이 묻는다. 그렇게 묻는 것도 마음에 든다. 그것은 '형이 죽었는데 이제 괜찮아?'라는 의미의 질문이 아니다. '하고 싶은 말 있으면 마음 편할 때 언제든 해'라는 뜻이다.

나는 재스민에게 괜찮다고 말한다. 우리는 우리가 좋아하는 텔레비전 프로그램인 아니메쇼에 대해 이야기한다. 그러자 대럴이 입맞춤 소리를 내며 방해하고 나선다.

"그만해, 대럴. 질투하지 말라고!"

카미유가 한마디 한다.

"질투? 나 질투 안 해. 질투는 네가 하는 것 같은데?"

대럴이 맞받아친다.

카미유가 양손을 자기 엉덩이에 갖다 대고 말한다.

"말하는 게 제법이네. 아주 멋진 말대꾸야, 대럴."

대럴의 얼굴이 자줏빛으로 변한다. 더 멋진 말대꾸를 생각하는 게 분명하다. 카미유가 히죽히죽 웃으며 말한다.

"대럴, 너무 무리하지 마!"

두 사람의 대화에 재스민은 당황한 것 같다. 이리저리 눈동자를 굴린다. 나 또한 조금은 당황한다. 남자아이와 여자아이는 친구가 될 수 없는 걸까? 재스민도 나와 같은 생각을 하는 듯한 표정으로 나를 바라본다.

문득 궁금해진다. 재스민은 나와 사귀고 싶어 할까? 나는 여태까지 여자 친구를 사귄 적이 없다. 재스민도 남자 친구를 사귄 적 없다고 알고 있다. 우리가 서로 좋아한다면 무엇부터 해야 할까? 재스민을 그냥 친구로 좋아하는 것과 여자 친구로 좋아하는 것의 차이는 뭘까? 우리가 사귄다면 그것은 뭘 의미할까? 우리는 키스도 하고 졸업 댄스파티에서 손에 손잡고 춤을 출까? 어쩌면 학교에서 집으로 돌아오는 길에 칼리드 형한테 물어볼 수 있을 것이다. 형은 여자아이들에게 인기가 많았다. 여자아이들은 형에게 몰려들어 데이트 신청을 했다.

내가 추억에 잠기자 보이지 않는 손이 가슴 쪽으로 뻗어 와 심장이 멎을 정도로 세게 움켜잡는다.

내 얼굴이 고통으로 일그러진다. 옆에 있던 재스민이 속삭인다.

"킹, 괜찮아?"

"응."

나는 재스민이 더는 묻지 않기를 바라며 짧게 대답한다. 이런 때는 누구의 관심도 받고 싶지 않다. 소금기가 묻은 듯 눈이 따가우면 더 그런 마음이 든다. 내 바람대로 된 것 같다. 재스민은 고개만 끄덕일 뿐 더는 묻지 않는다.

"대럴, 둘이서 뭘 하든 넌 관심 꺼. 질투 그만하라고."

카미유가 대럴의 팔을 찰싹 때리며 말한다.

대럴이 화났다는 표시로 자기 가슴에 손을 댄다.

"질투 안 한다니까."

"안 한다고?"

대럴은 정말로 화난 표정이다.

"그래."

"아니야. 너는 아무도 너를 좋아하지 않으니까 질투해. 브리애나한테는 질투하지 않겠지만 말이야."

카미유가 아까처럼 양손을 자기 엉덩이에 갖다 대며 히죽거린다.

브리애나가 눈을 서너 번 깜박인다.

"나? 무슨 말이야? 나는…… 안 좋아해."

긴 침묵이 흐른다. 브리애나는 가방을 집어 들고 다른 데로 가 버린다. 대럴이 눈썹을 치켜올리며 말한다.

"잠깐, 브리애나가 나를 좋아한다는 이야기야? 우리가 어울리기나 해? 함께 서 있으면 어떤 그림일지 상상이나 해 봤어? 브리애나는 너무 크단 말이야!"

"말은 바로 해야지. 네가 너무 작은 거야. 안 그래?"

카미유가 비아냥거리듯 말한다.

화가 단단히 난 듯 대럴이 목소리를 높인다.

"키 작은 게 어때서? 키 작은 사람 많아. 너도 알지만 브루노 마스도 작고, 케빈 하트도……."

재스민이 벤치에서 일어나 고개를 저으며 말한다.

"카미유, 너 그렇게 말하면 안 돼."

대럴이 연이어 말한다.

"……아지즈 안사리도 작아. 〈해리 포터〉 시리즈에 나오는 배우도…….”

“그래, 키 작은 사람 많아.”

카미유가 어깨를 으쓱하며 말한다.

“그런데 브리애나가 혼자서 좋아하면 무슨 소용이냐고?”

“카미유, 다른 사람 비밀 함부로 말하지 마. 네 비밀이라면
몰라도…….”

재스민 말에 카미유가 눈을 가늘게 뜬다. 카미유는 누구든
자기의 잘못을 지적하거나 꼬치꼬치 따지는 걸 무척 싫어한
다. 재스민은 다시금 고개를 설레설레 젓고, 브리애나를 찾으
러 간다고 말한다. 그러고는 가방을 어깨에 메고 자리를 뜬다.
대럴이 벤치의 내 옆자리 그러니까 방금 재스민이 일어난 자
리에 와서 앉는다.

“브리애나가 나를 좋아할 리 없어. 그 애는 키가 너무 크다
고. 안 그래, 킹?”

대럴이 내게 묻는다.

“글쎄…….”

나는 여전히 슬프다. 금방이라도 눈물이 쏟아질 것만 같다.
나는 가방의 지퍼를 만지작거리며 울음을 삼킨다.

“그런 게 중요해?”

내 물음에 대럴이 얼굴을 찌푸린다.

“당연히 중요하지. 모름지기 남자는 여자보다 키가 커야 해.
여자는 작아야 하고 말이야.”

나는 말씨름하는 걸 좋아하지 않는다. 끝까지 캐묻지 않으면 아무런 대꾸도 하고 싶지 않다. 그래서 내 입에서 왜 이런 말이 튀어나왔는지 모르겠다.

"누가 그래?"

대럴이 눈을 가늘게 뜨고 나를 꼬나본다.

"너 오늘 왜 이래?"

나는 대답하지 못한다. 나를 지켜보는 앤서니 얼굴이 눈에 들어온다. 앤서니는 시선을 돌리고 수업 전에 도서관에 다녀와야겠다고 말한다. 앤서니가 떠나자 나와 대럴과 카미유만 남는다.

"누가 그랬든 그건 중요한 거야."

대럴이 말한다.

"얘들아!"

카미유가 벤치에 앉으며 우리를 부른다.

"저기 좀 봐. 샌더스 꼬마야."

나는 가방의 지퍼를 만지작거리며 고개를 들지 않는다. 마이키 샌더스의 동생 샌디 샌더스를 놀리는 건 카미유가 가장 좋아하는 놀이다. 나는 카미유가 샌디에 대해 이러쿵저러쿵 말하는 게 싫다.

"샌디 저 애는 정말 이상해."

카미유가 웃으며 말한다.

"비쩍 마른 데다가 피부는 하얗고. 굳이 KKK단 옷을 입을 필요도 없을 것 같아. 옷을 안 입어도 KKK단 모임에 갈 수 있지 않을까? KKK단과 너무너무 잘 어울려."

카미유 말에 대럴이 웃음을 터뜨린다. 카미유는 전에도 비슷한 말을 했다.

"그거 알아?"

카미유가 우리를 바라보며 묻는다.

"니나한테 들었는데, 니나는 잭한테 들었대. 샌디가 어제 도서관에 왔다는 거야."

"그래서?"

대럴이 재촉한다.

"그래서……."

카미유가 시간을 끌며 천천히 말한다.

"애들이 도서관에서 뭘 하는 샌디를 봤는지 맞혀 봐."

"뭘 맞혀 보라는 거야? 그냥 어서 말해."

대럴이 조바심을 낸다.

"샌디가 동성애자에 관한 책들을 보고 있었대."

카미유가 속삭인다. 금방이라도 웃음을 터뜨릴 것 같은 표정이다.

대럴이 몸을 앞으로 숙이더니 고개를 옆으로 돌려 카미유를 올려다본다.

"잠깐만, 그게 정말이야?"

"정말이래! 샌디가 도서관에서 동성애자들이 나오는 책을 보고 있었다는 거야."

"그 애가 동성애자일 거라는 말 들었어. 작년에 로니한테서. 그래, 분명히 로니가 그런 말을 했던 것 같아."

대럴이 말한다.

"맞아, 나도 그 이야기 들은 것 같아."

카미유가 대럴을 부추기듯 말한다.

"그래, 샌디는 게이야."

내 입에서 왜 이런 말이 나오는지 모르겠다. 무엇에 홀린 것 같다.

카미유와 대럴이 나를 빤히 바라본다.

재스민의 목소리가 들린다. 네 비밀이라면 몰라도 함부로 말하지 마. 하지만 나는 가방을 내려다보며 지퍼를 올렸다 내렸다 하면서 말을 잇는다.

"언젠가 샌디가 나한테 직접 말했어."

카미유의 비명이 내 귀에 꽂힌다.

"그 애가 직접 말했다고? 그런데 왜 나한테는 말 안 했어? 왜 너만 알고 있었지?"

처음부터 평소대로 입을 꾹 다물었다면 좋았을 텐데…….

"별것 아닌 줄 알았거든."

"별것 아니라고? 만약 네가 동성……."

대럴은 아차 싶은지 말을 하다 만다. 동성애자에 대해 어떻게 생각하든 자기만은 그 말을 입에 담으면 절대로 안 된다고 결심이라도 한 것 같다.

"네가 아무한테도 말하지 않은 건 결코 잘한 일이 아니야. 그런 건 우리도 알아야 해."

카미유가 똑 부러지게 말한다.

이런 경우에는 침묵해야 한다. 침묵하는 수밖에 없다. 그런데…….

"왜 알아야 하는데?"

수업 시작을 알리는 벨이 울린다. 대럴이 벤치에서 일어서며 말한다.

"아무래도 너 오늘 좀 이상해."

카미유도 일어선다. 둘이 앞서 걷기 시작한다. 나는 그대로 앉아 있다. 오늘 내가 이상한가? 어제나 그제의 나보다 더 이상할까?

"뭐 해? 빨리 와, 킹!"

카미유가 내게 소리친다.

나는 일어서서 가방을 어깨에 멘다. 운동장 건너편에서 내 쪽을 바라보는 아이가 있다. 샌디 샌더스다. 내가 똑바로 바라보자 샌디는 도망치듯 교실을 향해 달린다.

샌디의 원래 이름은 찰스다. 어쩌면 모두 그를 '찰리'라고 불러야 할지도 모른다. 그의 형 마이클을 '마이키'라고 부르는 것처럼. 그런데 무슨 이유에서인지 다들 샌디라고 부른다. 그래서 모두 그 애 이름이 샌디인 줄 안다. 샌디는 샌더스라는 자기 이름뿐 아니라 그 이름이 마을에서 의미하는 모든 것을 싫어한다. 이는 몇 달 전 샌디와 이야기를 나누면서 알게 된 사실이다.

샌디와 나는 서로 가장 좋아하는 텔레비전 프로그램이 무엇인지에 대해서도 이야기했다. 무언가 다른 중요한 이야기도 한 것 같다. 나는 샌디와의 대화를 통해 나와 재스민처럼 그 아이도 아니메쇼를 좋아한다는 사실을 알았고, 샌디도 나처럼 우리 마을을 특별히 싫어하지 않는다는 사실도 알았다. 다른 아이들은 이곳을 떠나서 뉴올리언스나 애틀랜타, 마이애미로 가고 싶어 한다. 샌디와 나는 학교에서 집으로 돌아오는 길에도 이야기를 나누었다. 각자 어떤 사람이 되고 싶은지, 장래에 하고 싶은 일이 무엇인지에 대해서도 이야기했다. 우리는 둘 다 확신이 서 있지 않아서 한참 생각한 뒤에 말하기도 하고, 어떤 것은 즉시 대답하기도 했다.

"제빵사."

"해양 생물학자."

"기술자. 나는 앱도 만들었어."

"양봉가."

"양봉가? 그런 직업도 있어?"

내가 물었다.

샌디는 자기도 잘 모르겠다는 듯 어깨를 으쓱했다. 우리는 몇 시간 동안 그렇게 이야기를 나누곤 했다.

하지만 얼마 뒤 나는 샌디 샌더스와 친구가 될 수 없다고 판단했고, 내가 샌디에게 그 말을 한 것은 마지막으로 대화를 나누었을 때였다.

지금 샌디를 보자 그렇게 말한 것이 생각났다.

내가 샌디에게 대화를 그만두는 게 좋겠다고 말하지 않았다면, 우리 사이가 어떻게 되었을지 궁금하다. 샌디를 찾아가서 사과한다면 예전처럼 학교에서 돌아오는 길에 이야기를 나눌 수 있을까?

하지만 나는 내가 샌디의 친구가 될 수 없다는 걸 안다. 형이 나한테 그 이유를 말했기 때문이다.

칼리드 형은 샌디가 마이키의 동생임을 알았지만 크게 신경 쓰지 않았다. 어느 날 저녁 샌디와 나는 우리 집 뒷마당에 설치한 텐트 안에 앉아 있었다. 그때 형은 우연히 샌디의 말을 들었다. 바로 그날 밤이었다. 침실 불을 끄고 나서 한참 뒤 형이 내 쪽으로 돌아눕더니 샌디 샌더스를 가까이하지 말라고 말했다.

"사람들이 너를 동성애자로 볼 수 있어. 그런 일은 너도 바라지 않을 거잖아. 안 그래?"

형의 말에 나는 이튿날 샌디 샌더스를 찾아갔다. 그러고는 샌디에게 더는 친구로 지내고 싶지 않다고 말했다. 그래서 이제는 샌디와 이야기를 나눌 수 없다. 내가 샌디의 친구가 되는 걸 형이 바라지 않는 만큼 나로서는 어쩔 수 없다.

3장

　나는 어느 늦은 밤 형이 잠들어 있을 때, 형과 나눈 대화를 하나도 빠짐없이 과학 노트에 적었다. 노트의 앞부분에는 과학 시간에 배운 진화에 관한 내용이, 뒷부분에는 형과 나눈 대화 내용이 담겨 있다. 나는 아무도 찾지 못하도록 노트를 매트리스 밑에 숨겨 두었다. 그러다 형의 목소리가 들리는 듯한 착각에 빠지고 싶어 노트를 꺼내 읽었다.

　"해가 수평선 위로 붉게 떠오르긴 하지만 실제로 불타는 건 아니야. 그래서 바다에 들어가 얼마든지 수영할 수 있어. 바다가 햇빛으로 물들어도 절대 뜨겁지는 않아. 바다에서 해가 떠오를 때 너는 해의 꼭대기에 앉을 수도 있어. 밤에 뜨는 별은 디딤돌 같은 거야. 너는 이 별에서 저 별로 폴짝폴짝 뛰면서 밤하늘을 돌아다닐 수 있어."

나는 그러다 밑으로 떨어질 수 있지 않냐고 묻는다.

"아니, 떨어지지 않아."

형이 큰 소리로 대답해서 나는 형이 잠에서 깬 줄 안다.

"내가 너를 붙잡을 텐데, 뭐."

나는 형에게 지금 누구와 이야기하고 있는지 아느냐고 묻는다.

형은 잠든 채 몸을 뒤척이며 웅얼거리듯 말한다.

"킹, 하늘이 네 아래에 있어."

이것이 그날 밤 형과 나눈 대화 내용이다.

*

대럴은 늘 교실 맨 뒷자리에 앉아서 잠을 잔다. 수업 시간에 왜 자느냐고 물으면 자기는 프로 농구 선수가 될 것이므로 수학이든 뭐든 알 필요가 없다고 말한다. 카미유와 브리애나는 창가의 구석 자리에 앉는다. 둘은 교실 아래로 지나가는 사람들에 대해 수다를 떤다. 나는 재스민과 함께 앞자리에 앉는다. 대학에 가려면 성적이 좋아야 한다는 사실을 알기 때문이다. 게다가 나는 뭔가를 배우는 걸 진심으로 좋아한다.

선생님이 문제를 내면 재스민과 나는 반의 누구보다 먼저 답지를 제출한다. 우리는 서로 쪽지를 주고받기도 한다. 그래서 수업 시간에도 얼마든지 이야기를 나눌 수 있다. 우리가 쪽지를 주고받는 걸 들키더라도 선생님에게 휴대폰을 빼앗길

일은 없다. 휴대폰과는 상관없는 내용이니까.

나는 일본 만화 영화에 대한 생각을 쪽지에 적어 재스민에게 보낸다.

— 〈원피스〉가 〈나루토〉와 〈블리치〉보다 더 좋아.

이윽고 재스민이 쪽지를 내민다.

— 아니야, 그렇지 않아!

— 오래된 만화 영화일수록 더 재미있어. 〈카우보이 비밥〉은 정말 끝내줘. 〈사무라이 참프루〉도 그렇고.

— 킹, 넌 엄마 아빠가 이런 만화 영화를 보게 해? 우리 엄마 아빠는 너무 폭력적이라며 못 보게 하는데.

— 우리 엄마 아빠는 내가 이런 만화 영화를 보는 줄 몰라. 몰래 인터넷에서 다운받아 보거든.

칼리드 형이 내게 그 비법을 가르쳐 주었다. 오래된 만화 영화 시리즈를 맨 처음 알려 준 것도 형이다. 하지만 재스민에게 그 이야기는 하지 않는다.

재스민은 내가 돌려보낸 쪽지를 한참 동안 들고 있다. 쪽지를 주고받는 게 지루해서 그런가 싶어, 나는 일찌감치 숙제를 해 놓을 생각에 영어 책을 꺼낸다. 그때 재스민이 내 책상에 슬며시 쪽지를 놓는다.

— 뭐 하나 물어봐도 돼?

재스민의 필기체는 정말 예쁘다. '예쁘다'는 말이 어울릴지 모르겠다. 아빠는 나와 형에게 사내란 꽃과 옷과 글씨 같은 것을 예쁘다고 표현해서도, 예쁜 것을 좋아해서도 안 된다고 말했다.

재스민은 아까 그 질문을 천천히 조심스레 썼다. 그래서인지 글씨가 더 멋있어 보인다. 나는 재스민에게 답장을 써서 보낸다.

— 응.

재스민은 우리가 주고받은 종이쪽지를 뚫어지게 바라보며 한참 동안 가만히 있다. 그러다 뭐라고 재빨리 휘갈겨 쓰더니 내게 쪽지를 건넨다.

— 왜 샌디랑 더는 이야기하지 않지?

이번에는 내가 쪽지를 뚫어지게 바라본다. 우리는 그러니까 나와 재스민과 샌디는 아주 친한 사이였다. 절친이었다고 할까? 아무튼 어느 날, 쉬는 시간에 나루토를 그리는 나를 보고 샌디는 그림을 잘 그린다고 말했다. 샌디가 마이키 샌더스의 동생인 줄 알았지만, 나는 고맙다고 했다. 그날 이후로 샌디와 나는 〈나루토〉와 〈블리치〉를 비롯해 우리가 본 만화 영화에 대해 많은 이야기를 나누었다. 나는 학기 초부터 카미유가 주인인 벤치에 재스민과 함께 앉곤 했지만, 재스민이 만화 영화를 좋아하는 줄은 까맣게 몰랐다. 우연히 샌디와 내가 나누는 이야기를 들은 재스민이 합석해도 되냐고 물을 때까지 그랬다. 쉬는 시간에 우리 셋은 습관처럼 벤치에 앉아 만화 영화와 만화에 대한 이야기를 나누었다. 그 일은 여섯 달 동안 계속되었다. 우리는 함께 만화를 그려 보기도 했다. 물론 누가 보아도 만화 같지는 않았다.

우리의 대화는 그 횟수가 점점 늘었다. 우리는 월요일, 수요일, 금요일 아침 10시부터 45분 동안 대화를 했다. 화제는 그때그때 달랐다. 샌디와 나는 수업이 끝나고 집에 가는 길에도 이야기를 나누었다. 이따금 샌디가 우리 집에 오기도 했는데, 그럴 때마다 우리는 뒷마당에 놓인 텐트 안에서 이야기했다.

하지만 모두 옛날 일이다. 칼리드 형이 샌디와 가까이하지 말라고 경고하듯 말하기 전이고, 형이 허물 같은 몸을 남기고 떠나기 전의 일이다. 이제 칼리드 형은 영원히 내 곁을 떠났고, 샌디는 우리의 쉬는 시간으로 두 번 다시 돌아오지 못할 것이다.

지금껏 재스민은 왜 샌디와의 대화를 그만두었는지 나에게 물어본 적이 없었다. 재스민은 샌디와 나 사이에 무언가 문제가 있다고 생각하는 눈치만 보였을 뿐이다. 아마 그 이유를 알았더라도 재스민은 캐묻지 않았을 것이다. 남의 일에 참견하는 것을 좋아하지 않는 성격이니까. 나는 이따금 재스민이 샌디와 이야기하거나, 함께 점심 먹는 모습을 보았다. 하지만 나는 재스민과 카미유 그리고 다른 아이들과는 점심을 먹어도, 샌디와 함께 먹는 일은 절대로 없다.

선생님이 이제 답지를 낼 시간이 되었다고 말한다. 나는 재스민의 질문에 대답하지 않아도 될 구실이 생기자, 어깨를 으쓱하며 더는 아무것도 쓰지 않은 쪽지를 재스민에게 돌려준다. 샌디가 동성애자이기 때문에 더 이상 그와 친구가 될 수 없다고 말하면 재스민은 어떻게 반응할까? 내가 유치하다고 말할 것이다. 그런데 그보다 더 나쁜 것이 있다. 재스민 말이 옳다고 내가 인정하는 것이다.

벨이 울리자 우리는 노트와 연필을 가방에 쑤셔 넣고 줄지어 교실 문을 빠져나온다. 복도에는 녹슨 사물함, 끈적거리는 노란 타일, 태양만큼이나 밝은 전등이 늘어서 있다. 재스민은 무언가 생각에 잠겨 있는 것 같다. 얼굴을 잔뜩 찡그린 채 가방끈을 꽉 움켜쥐고 있다. 재스민 앞에서 샌디와 나에 대해 더는 말하고 싶지 않다. 한마디도 하고 싶지 않다. 나는 재스민에게 다음 수업이 있는 교실로 먼저 달려가야 하는 이유를 꾸며 내서라도 그 화제에서 벗어나야겠다고 생각한다. 하지만 늘 그렇듯 재스민은 내 의도를 재빨리 알아챈 듯하다. 내가 말을 꺼내기도 전에 재스민이 먼저 말한다.

"내 눈치 볼 것 없어. 말하기 싫으면 하지 마."

재스민이 나를 똑바로 바라본다.

"그런데 말이야, 샌디한테 물어봤거든. 샌디가 뭐라고 대답한 줄 알아? 너희가 더는 친구가 아니게 된 이유를 말해 줄 사람은 바로 너래."

재스민의 말을 듣자 부끄럽다. 쥐구멍에라도 숨고 싶다.

"나는 네가 말해 주기를 바랐어. 벌써 세 달이 다 되어 가네.

아, 그리고 네 형 일은······."

"형에 대해서는 이야기하고 싶지 않아."

나는 싸늘한 내 목소리에 놀란다.

재스민이 움찔한다.

"알았어. 미안해."

재스민이 쥐었던 가방끈을 놓는다. 재스민의 두 손이 살짝 떨리는 것 같다.

"나는 너한테 친구가 필요한 것 같아서······."

"너는 나한테 무엇이 필요한지 몰라."

재스민이 당황한다. 재스민에게 이토록 심술궂게 군 적이 있었나? 없는 것 같다. 하지만 이건 재스민 잘못이다. 재스민은 내가 샌디에 대해 이야기하고 싶지 않다는 걸 안다. 그런데 왜 나를 내버려 두지 않지? 이건 재스민이 상관할 일이 아니다.

"뭐, 그럴 수 있지."

재스민도 조금은 짜증이 난 것 같다.

"나는 그냥 도와주려고 했을 뿐이야."

"너는 언제나 도와주려고 애써. 그건 나도 알아. 하지만 아무 때나 네 도움이 필요한 건 아니야, 재스민."

나는 그렇게 말하고 재스민을 복도에 남겨 둔 채 돌아선다. 화가 난다. 무슨 이유로 화가 나는지는 정확히 알 수 없다. 머릿속이 엉망으로 헝클어져 뭐가 뭔지 모르겠다. 머릿속에서 재스민과 칼리드 형, 샌디, 우리 집 뒷마당 텐트 그리고 늦가

의 잠자리들이 어지럽게 뒤엉켜 있다. 화난 이유도 그것들과
뒤엉켜 있는 게 분명하다.

*

재스민은 쉬는 시간에 여느 때처럼 나와 함께 있다. 하지만
우리 둘 다 아무 말도 하지 않는다. 점심시간에도 우리는 침
묵한다. 아마 재스민은 내가 미안하다고 말하기를 기다릴 것
이다. 나도 미안하다는 말을 해야 한다고 생각한다. 하지만 그
말이 목에 걸린 듯 입 밖으로 나오지 않는다. 수업 끝을 알리
는 벨이 울리자 나는 재빨리 빠져나온다. 그러고는 마을 반대
편으로 뻗어 있는 길을 걷기 시작한다. 한 시간 거리에 있는
늪가, 잠자리가 날아다니는 곳으로 가는 것이다.
    언제나 그렇듯 흙길은 먼지투성이다. 운동화 밑창이 뜨겁게
달아오른다. 땀방울이 머리 꼭대기에서부터 등을 타고 흘러
내린다. 티셔츠가 살갗에 찰싹 달라붙는다. 칼리드 형이 잠자
리가 되었다고 말하면 엄마가 뭐라고 할지 나는 안다. 엄마는
나를 곧장 병원으로 데려갈 것이다. 그렇지 않아도 엄마는 나
를 치료받아야 하는 이상한 아이로 보았다. 칼리드 형이 죽은
뒤로 세 달 동안 줄곧 그랬다. 아빠는 약한 사람이나 치료를
받는 거라고 자주 말했다. 그래서 내가 치료받아야 한다는 엄
마의 말을 아빠가 잠자코 듣고만 있어서 놀랐다. 하지만 나는

그 말에 가만있지 않았다. 하나하나 따져 묻고 항의하듯 소리를 질렀다.

내가 알지 못하는 것을 의사나 심리 치료사가 알까? 칼리드 형이 아무런 이유도 설명도 없이, 작별 인사할 기회도 주지 않은 채 떠난 걸 생각하면 화가 난다. 의사나 치료사들은 형에 대해 아무것도 모른다. 왜 열여섯 살의 건강한 십 대 소년이 운동장에서 축구를 하다가 땅바닥에 쓰러져 죽었는지 그들은 이해하지 못한다.

나는 안타깝고 슬프다. 그 사건에 대해 뭐라고 말해야 할지 모르겠다. 형만 생각하면 울음이 터져 나올 뿐이다. 이따금 형을 떠올리지 않는데도 눈물이 난다. 왜 그런지 나도 모르겠다. 때때로 모든 것에 무감각해지기도 한다. 내가 칼리드 형과 함께 쓴 침실에 다시 들어갈 때까지는 몇 주나 걸렸다. 뒷마당 텐트에서 자는 걸 그만두기까지는 그보다 훨씬 긴 시간이 걸렸다. 우리 침대였다가 이제는 나 혼자만의 것이 된 침대에서 자려고 할 때마다, 나는 형의 이야기에 귀를 기울이듯 무릎을 가슴에 대고 한참 동안 앉아 있곤 한다.

"너는 누군가와 자주 대화를 해야 할 것 같아. 나와 아빠가 아니더라도 말이야."

엄마가 내게 입버릇처럼 하는 말이다.

하지만 다른 사람과 대화한다고 무엇이 달라진단 말인가? 칼리드 형이 살아 있으면 좋겠다고 누군가에게 말하면 기적

44

이 일어날까? 형이 살아서 돌아올까? 그런 일은 절대로 일어
나지 않을 것이다.

　내가 할 수 있는 일은 잠자리를 찾는 것뿐이다. 형 장례식
에 날아와서 관에 내려앉아 날개를 퍼덕이던 잠자리 말이다.
우연의 일치일 리는 없다. 잠자리가 날아와 나를 똑바로 바라
보며 자기가 아직 여기에 있고, 여전히 살아 있다는 사실을
나한테 알리는 듯했다. 형은 허물 같은 몸을 남기고 잠자리가
된 것이다. 잠자리의 천국으로 돌아가기 전 작별 인사를 하러
들른 것이다.

　풀이 지난번보다 더 크고 억세진 것 같다. 흙도 더 물러져
질척질척하다. 곳곳에 물웅덩이도 있다. 나는 철벅거리며 앞
으로 나아간다. 양말이 젖어 발이 묵직하고, 청바지 끝단이 점
점 갈색으로 변한다. 이윽고 나는 연못이 있는 둥그런 공터에
이른다. 늪이 수 킬로미터에 걸쳐 죽 뻗어 있다. 잠자리 수천
마리가 하늘을 날아다닌다. 획획 스치는 소리를 내며 나는가
하면 물속으로 머리를 처박기도 한다. 물 위를 걷는 잠자리도
있다. 마치 물 위를 걷는 게 별로 힘들지 않다는 사실을 예수
그리스도에게 증명이라도 하려는 듯 보인다.

　나는 잠시 걸음을 멈추고 서서 잠자리들을 바라본다. 그러
면서 장례식에 날아왔던 잠자리가 내 손에 내려앉기를 바란
다. 하지만 잠자리 대신 모기와 각다귀들이 날아와 땀투성이
몸에 달라붙으려고 한다. 칼리드 형이 마을을 떠나 이곳에 와

있는지 아니면 늘 바랐던 대로 루이지애나를 벗어나 넓은 세상으로 여행하러 갔는지는 알 길이 없다. 어쩌면 잠자리가 된 칼리드 형은 이곳이 아닌 아마존강 위를 빠르게 날거나, 독일의 오리나무 숲 위에서 춤을 추거나, 인도네시아 숲속의 늪 위를 천천히 돌고 있을지도 모른다. 그리고 여행이 끝나면 내게 돌아와서 그동안 자기가 본 모든 것에 대해 이야기할지도 모른다. 몇 가지 더 추가된 우주에 관한 비밀과 함께 형이 꿈속에서 본 것들에 대해서도 듣고 싶다.

형이 그립다. 보고 싶다. 나는 형이 너무나 보고 싶은 나머지 이따금 형이 여기에 있는 듯 행동한다. 그렇게라도 해야 고통을 덜 느낄 것 같으니까. 나는 칼리드 형이 집에서 나를 기다리며 내가 어디에 있는지 궁금해할 거라고 스스로에게 말한다. 형은 내게 할 말이 많을 테고, 나를 본 순간 늘 그랬듯 나를 놀릴 거라고…….

"킹이야?"

나는 재빨리 돌아선다. 심장이 너무 세게 뛰는 바람에 금방이라도 가슴을 뚫고 튀어나올 것 같다. 눈물로 눈앞이 흐릿하게 보인다. 뺨과 코와 턱도 눈물에 젖어 있다. 나는 얼른 손등으로 눈물을 훔치고 누군지 확인하려고 고개를 든다. 3미터쯤 앞에 샌디 샌더스가 서 있다. 샌디는 전과 똑같이 소매에 누런 얼룩이 묻은 낡은 흰색 티셔츠를 입고 있다. 녀석은 하루도 빼놓지 않고 허구한 날 그 티셔츠를 입는 것 같다. 청바지도 낡고 해져서 여기저기 구멍이 나 있다.

우리 둘 다 마주 보며 우뚝 서 있다. 다큐멘터리에서 본 싸움하기 전 서로를 바라보는 두 마리의 동물 같다.

"여기는 왜 온 거야?"

내 질문에 샌디가 긴장한다. 샌디는 긴장하면 누구와도 눈을 마주치지 못한다. 웃거나 흥분하거나 즐거울 때도 상대를 쳐다보지 않으려 한다. 샌디가 질퍽질퍽한 땅을 내려다보며 말한다.

"걷다 보니 오게 됐어."

"나 미행한 거야?"

"아니!"

샌디는 아주 짧은 순간 나를 바라보며 큰 소리로 말한다. 그러고는 다시 시선을 돌린다.

"그냥 걷고 있었어. 이쪽으로 오는 길은 하나뿐이잖아."

나는 샌디의 말이 사실이라고 생각한다. 하지만 이제껏 여러 달 동안 방과 후에 하루도 빠지지 않고 이 늪에 왔는데, 샌디 샌더스는커녕 그 누구도 본 적이 없다. 나는 마지막 눈물방울을 잽싸게 닦는다. 내가 우는 꼴을 샌디가 봤을까 봐 걱정된다. 그래서 얼른 샌디에게서 등을 돌린다.

등 뒤에서 샌디의 목소리가 들린다.

"괜찮아?"

나는 대답하지 않는다. 잠시 후 곁눈질로 살피자 샌디가 몇 걸음 다가오더니 멈춰 선다. 그러고는 묻는다.

"너는 여기서 뭐 해?"

"내가 뭘 하든 상관하지 마."

샌디는 나를 바라보지도, 내 말에 반응하지도 않는다.

"그냥 잠시 혼자 있고 싶어서 온 거야. 마땅히 갈 곳이 생각나지 않았어. 그래서 그냥 걸었는데……."

"안 물어봤거든."

"알아."

샌디가 힘없이 말한다.

샌디는 긴장할 때 남과 눈을 맞추는 걸 힘들어하면서도 기회다 싶으면 말이 많아진다. 그리고 일단 말문이 트이면 쉴새 없이 지껄인다. 언젠가 샌디는 긴장할 때면 쓸데없이 떠들어 댄다고 했는데, 그게 말이나 되는 소리인지 나로서는 잘 모르겠다.

"이제는 네가 나를 싫어한다는 거 알아. 더는 나와 이야기하고 싶어 하지 않는다는 것도 알고. 그날 내가 너한테 한 말 때문이란 것도. 하지만……."

샌디는 잠시 입을 다물고 숨을 고른다.

"칼리드 형 일, 나도 슬퍼한다는 걸 네가 알았으면 했어. 전에 너한테 말하고 싶었지만, 네가 나와 더는 이야기하지 않겠다고 했기 때문에 그런 말을 해도 괜찮을지 몰라 망설였어. 그러다 한 달이 지나 버렸고, 너한테 갑자기 이야기하면 나를 이상한 녀석이라고 생각할까 봐 겁났지. 그래서 포기했는데 이렇게 너를 보니까……."

샌디가 어깨를 으쓱한 뒤 이어 말한다.

"여기서 이렇게 너를 만난 건 우연의 일치야. 내 생각엔 지금이 너한테 이야기할 더없이 좋은 기회인 것 같아. 나도 슬프다고 너한테 말하기 좋은……."

샌디가 말꼬리를 흐린다.

"네 형 일…… 나도 정말 슬퍼."

눈물이 걷잡을 수 없이 쏟아진다. 샌디에게 우는 모습을 보여 주고 싶지 않지만 어쩔 수 없다. 샌디가 그냥 가 버렸으면 좋겠다. 하지만 내 마음의 다른 한쪽에서는 샌디가 가지 않기를 바란다.

"고마워."

내가 말한다. 누군가 형의 죽음을 슬퍼한다고 할 때 나로서는 별로 할 말이 없다.

샌디는 내가 그런 말 따위 하지 말라고 소리치지 않은 것만으로도 안도하는 표정이다. 샌디도 돌아서서 연못과 잠자리들을 쳐다본다. 해가 푸른 하늘에 높이 떠 있다. 햇빛이 검은 물에 부딪쳤다가 우리에게 달려드는 바람에 우리 둘 다 눈을 가늘게 뜬다.

"이렇게 말하는 나를 이상하게 생각하지 않았으면 좋겠어. 나는 얼마든지 네 이야기를 들어 줄 거야. 기꺼이 네 대화 상

대가 되어 줄 수 있다고. 네가 필요하다면 말이야. 나와 친구
가 되고 싶어 하지 않는다는 거 알아. 그래도 나는 네 이야기
들어 줄 수 있어."

샌디의 말에 나는 손으로 턱을 문지른다.

"갑자기 왜 그런 말을 하지?"

내가 묻는다. 나는 여전히 샌디를 옹졸하게 대한다. 샌디가
그렇게 말하는 게 도무지 이해되지 않는다. 그도 그럴 것이
샌디 샌더스에게는 이해할 수 있는 구석이 별로 없다.

"나 화났었어."

샌디가 털어놓는다.

"너한테 단단히 화났었다고. 누구한테든 그렇게 화났던 적
없어. 너는 내 친구였잖아. 내가 너한테 그 말을 했을 때……."

샌디가 말을 멈춘다. 당시 샌디가 느꼈을 분노가 얼마나 컸
는지 알 것 같다. 샌디의 창백한 피부가 점점 빨개진다. 다시
분노가 끓어오르는 모양이다. 금방이라도 폭발할 온도계 같
다. 샌디는 갑자기 양손을 엉덩이에 대고 연못 반대쪽으로 돌
아선다. 이제 샌디는 수줍어하지 않고, 나를 빤히 노려본다.

"나는 부끄럽지 않아. 남자를 좋아하는 게 죄는 아니니까.
조금도 부끄럽지 않다고. 내 말 알겠어?"

나는 한 걸음 뒤로 물러선다. 형은 그건 부끄러워할 일이라
고 말했다. 형이 어디선가 이곳 늪가를 지켜보고 있다면, 샌디
와 이야기를 나누는 내게 실망할지도 모른다.

샌디가 다시 내게서 등을 돌리고 팔짱을 낀다.

"나는 절대로 너를 용서하지 않겠다고 나 자신과 약속했어. 그 약속 아직도 유효해."

샌디가 고개를 돌려 나를 흘깃 바라본다.

"하지만 네 형 일은…… 그 일은 정말……."

우리는 한참 동안 말이 없다. 샌디가 어깨를 긁적이더니 티셔츠 소매를 걷어 올린다. 그러자 창백한 피부 여기저기에 생긴 파란색과 초록색, 노란색 자국이 보인다. 멍 자국 같기도 하다. 샌디는 자기를 바라보는 나를 의식하고, 재빨리 소매 끝을 끌어 내린다.

"너무 늦었어. 해가 곧 질 것 같아. 이만 집에 가야겠어."

샌디가 말한다.

가슴이 아프다. 샌디를 그냥 보내고 싶지 않다. 하지만 나는 고개를 끄덕인다.

"그래."

샌디는 작별 인사도 없이 떠난다. 나는 놀라서도 안타까워 해서도 안 될 것 같다. 우리는 친구가 아니지 않은가. 더구나 샌디는 절대로 나를 용서하지 않기로 자신과 약속했다고 말했다. 샌디가 떠난 뒤 나는 그 자리에 서서 한참 동안 날아다니는 잠자리들을 바라본다.

4장

"나한테 묻고 싶은 거 있어?"

형의 말에 나는 고개를 끄덕인다.

형이 우물우물 말해 잘 알아들을 수가 없다. 이 말만 제대로 들린다.

"거기엔 아무도 없어. 너 하나뿐이야. 알겠어?"

나는 형에게 왜 거기에 나뿐이냐고, 어째서 아무도 없느냐고 묻는다. 그리고 거기가 대체 어디냐고 묻는다.

"알잖아……."

형이 다시 우물우물 말한다.

"물이 있어. 좋은 곳이야. 거긴 별들의 꼭대기에 있어. 잘될 거야, 킹."

나는 무엇이 잘될 거냐고 묻는다.

"잘될 거야. 너는 괜찮을 거라고. 늘 그렇지는 않겠지만 말이야. 무슨 말인지 알겠지? 그래, 알 거야. 깃털과 음악과 빛이 있는데, 그 모든 빛은 별빛과 같아. 아무튼 너는 괜찮을 거야."

나는 형이 무슨 소리를 하는지 못 알아듣겠다고 말한다. 그러자 형은 웃는다. 웃음소리가 잠에서 깰 정도로 크다. 형은 한차례 기침을 하고 반쯤 감은 눈을 마저 꼭 감는다. 그러더니 설핏 잠든 듯한 쉰 목소리로 나한테 깨어 있냐고 묻는다. 나는 대답 대신 형에게 다시 자자며 말하는 거냐고 묻는다. 형은 미안하다고 말한 뒤 입을 다물려고 한다. 나는 형이 침묵하는 걸 원치 않는다. 형이 볼 수 있는 세계에 대한 이야기를 듣고 싶기 때문이다. 형의 말을 다 이해하지는 못해도 형의 목소리를 듣는 게 좋기 때문이다. 그것은 남이 엿듣는지 신경 쓰지 않으면서, 자기 말이 어떻게 들리는지, 어떻게 행동해야 하는지, 또 어떤 사람으로 보여야 하는지 따위를 고민하지 않고 말할 때의 목소리다. 형은 잠잘 때 본래의 형과 가까워 보인다. 이런 때에 진짜 칼리드 형을 알게 될 기회가 생긴다.

"사랑해, 킹."

형이 말한다. 하지만 형이 깨어 있는지 잠들어 있는지 도무지 모르겠다.

*

엄마는 매일 저녁을 차렸다. 하루도 거른 적이 없었다. 엄마는 우체국에서 남들이 퇴근한 뒤에도 몇 시간이나 더 일하고 집에 돌아왔다. 그러고는 우리에게 지칠 대로 지친 미소를 지어 보인 뒤, 주방에 들어가서 가족 구성원으로서의 일을 시작했다. 나는 엄마를 따라 주방에 들어가 양배추를 씻거나 콩껍질을 벗기곤 했다. 그런데 내가 열 살이 된 생일에 아빠가 말했다. 이제 나는 사내가 되었으니 주방에서 그런 일을 하면 안 된다고 말이다.

어느 날 나는 거실에 앉아 주방에 혼자 있는 엄마를 바라보았다. 엄마는 선 채로 잠든 것처럼 보였다. 엄마 앞의 레인지에서 수프 같은 것이 보글보글 끓는 소리가 났다. 나는 칼리드 형에게 속삭이는 목소리로 물었다. 사내가 되면 왜 주방에서 일할 수 없냐고. 형은 옛날부터 그랬기 때문이라고 대답했다. 그 말에 나는 더 이상 물어보지 않는 게 좋겠다고 생각했다. 엄마가 식탁에 음식을 차려 놓으면 아빠는 맨 위쪽, 엄마는 아빠의 오른쪽, 칼리드 형은 내 왼쪽, 나는 형 옆에 앉았다. 이유는 알 수 없었다. 옛날부터 그랬기 때문인 것 같았다.

엄마는 이제 저녁을 차리지 않는다. 벌써 세 달째다. 아빠는 그 이유를 묻지 않는다. 아무튼 우리는 집에서 음식을 만들어 먹지 않는다. 형 장례식에서 남들이 준 음식을 받아 오기는 했다. 참치 캐서롤, 붉은 콩, 쌀밥, 갓 구운 바나나 빵, 바다거북 수프 등이었다. 하지만 그 음식들이 바닥난 지 세 달이 지났다. 오늘도 엄마는 주방에 들어가서 저녁 식사를 준비할 생각이 없는 것 같다.

아빠가 피자를 주문한다. 우리는 식탁의 정해진 자리에 앉는다. 칼리드 형의 자리는 비어 있다. 우리 세 식구는 식탁에서 한마디도 하지 않는다. 마치 침묵의 시간을 지켜야 한다는 듯. 침묵을 깨는 것은 칼리드 형과 형의 빈 의자에 무례한 행동이기라도 한 듯.

아빠는 음식을 씹고 또 씹는다. 그러고는 냅킨으로 입을 닦고 두 번 헛기침한다.

"킹."

아빠가 나를 부른다. 나는 놀라서 고개를 번쩍 든다. 세 달 동안 아무도 말하지 않았기 때문이다.

"자리를 한 칸 옮겨라. 거기에 앉지 말고."

엄마는 표정의 변화가 없다. 그래서 나는 두 사람이 이미 자리에 대해 이야기 나누었다는 걸 알아챈다. 그들은 내 앞이 아닌 다른 곳에서 내 이야기를 하고 싶어 한다. 내가 어른들의 이야기를 듣기에는 너무 어리다는 듯.

아빠가 내 대답을 기다린다.

"하지만 거긴 칼리드 형 자리잖아요."

아빠는 엄마를 바라본다. 그들은 어른들의 의미 있는 눈짓을 주고받는다. 내가 여기서 두 사람을 지켜보고 있으며, 내게도 생각하는 머리가 있다는 걸 모르는 모양이다.

아빠가 말하기 시작하지만 내 생각에는 이치에 맞지 않는 말이다.

"기분이 좀 이상할 줄은 안다. 솔직히 기분 나쁠 거라고 생

각해. 네가 칼리드를 잊으려고 애쓴다는 것도 알고. 하지만 그
런다고 잊히지는 않을 거야. 너는 그 자리에 앉아야 해. 이건
하나의 룰 같은 거야. 어느 가정이든 그렇겠지만 우리한테는
룰이 있어. 칼리드가 살아 있을 때는 형이 그 의자에 앉는 게
룰이었지. 이제 우리한테는 새로운 룰이 필요해. 그러지 않으
면 우리는 앞으로 나아갈 수 없어. 우리…….”

아빠가 잠시 말을 멈춘다. 그러고는 조금 힘주어 말한다.

“우리는 앞으로 나아가야 해, 킹.”

아빠는 말을 마치고 한동안 입을 다문다. 마치 한차례 설교
를 한 뒤, 엄마와 내게 고개 숙여 기도하라고 요구하는 것 같
다. 나는 고개를 젓는다.

“하지만 거긴 칼리드 형 자리예요.”

엄마가 아빠의 눈치를 살피며 말한다.

“킹, 이리 와서 내 옆에 앉을래?”

아빠가 눈살을 찌푸린다. 엄마는 옛날부터 그랬기 때문에
내가 옆에 앉아도 된다고 생각하는 모양이다. 어쨌든 나는 두
사람이 자리에 대해 그만 말했으면 좋겠다. 그래서 접시를 들
고 식탁을 돌아 엄마 옆에 가서 앉는다. 그러고는 달가닥 소
리가 나게 접시를 내려놓는다. 엄마에게서 땀과 종이, 좀약 같
은 퀴퀴한 냄새가 난다. 엄마는 잠시 손을 내 손 위에 얹었다
가 무릎의 냅킨을 접는다.

“오늘 어땠어?”

엄마가 묻는다. 그렇게 우리는 세 달 만에 처음으로 저녁 식탁에서 이야기를 나눈다. 아무 일도 없었던 것처럼. 우리가 칼리드 형을 잃지 않은 것처럼. 칼리드 형이 처음부터 여기에 없었던 것처럼. 나는 대답하지 않는다. 그러자 엄마가 다시 말한다.

"아빠와 내가 생각해 봤는데, 우리 모두 올해 마디그라 축제(기독교에서 사순절이 시작되기 전날인 참회의 화요일에 열리는 축제. 미국 뉴올리언스에서 주로 열린다. - 옮긴이)에 가는 게 좋겠어."

우리는 해마다 마디그라 축제에 간다. 나는 엄마의 말이 무슨 뜻인지 안다. 마디그라 축제에 간다는 건 새로운 룰을 정해 앞으로 나아가자는 뜻이다. 비록 칼리드 형은 우리와 함께하지 못할지라도.

우리는 지난 추수감사절을 기념하지 않았다. 크리스마스도 축하하지 않았다. 몇 주 지나면 칼리드 형의 생일이다. 하지만 칼리드 형 없이 형의 생일을 축하해 봐야 아무런 의미도 없다.

나는 해마다 열리는 마디그라 축제를 좋아한다. 우리는 세 시간 동안 차를 타고 뉴올리언스로 가서 이드리스 고모 집에서 하룻밤을 묵는다. 이드리스 고모는 걸핏하면 나와 칼리드 형에게 우리가 할아버지를 닮아 간다고 말했다. 나는 할아버지를 본 적이 없다. 할아버지는 나를 만나기 전에 세상을 떠났다. 할아버지는 허리케인 카트리나가 뉴올리언스를 덮친 날

간신히 살아남았지만, 이튿날 자리에 눕더니 다시는 일어나지 못했다고 한다.

"할아버지를 닮다니, 세상에 그만한 행운이 어디 있니?"

이드리스 고모는 버릇처럼 그렇게 말했다. 고모가 우리에게 자주 말하는 것이 또 있다. 바로 고모가 잠든 밤에 할아버지가 찾아오곤 한다는 것이다. 나는 처음에 고모가 제정신이 아니라고 생각했다. 하지만 이제는 고모 말이 사실이라고 인정한다. 꿈속에서 할아버지 대신 칼리드 형이 나를 찾아오기 때문이다.

마디그라 축제에 가자는 말에 내가 아무런 대꾸를 하지 않자, 엄마가 아빠 눈치를 보며 말한다.

"너는 가장행렬을 아주 좋아했잖아. 이드리스 고모를 만나면 반가울 거야. 고모는 특히 네 형 장례식이 끝난 뒤 우리한테 정말 잘해 줬어."

이따금 나는 현실과 동떨어진 꿈을 꾼다. 쨍쨍 내리쬐는 햇볕을 받으며 늪가를 걷는다. 악어가 늪을 가로질러 나를 쫓아온다. 샌디가 나를 뒷좌석에 태우고 흰색 픽업트럭을 몰고 간다. 우리는 서로 한마디도 하지 않는다. 트럭이 시내 한가운데에 이르자 나는 재빨리 뛰어내린다. 거리 맞은편에서 나를 지켜보고 서 있는 칼리드 형이 보인다. 형은 나를 한 번 바라본 뒤 잠자리가 된다.

이번에는 아무 말도 없지만, 대부분 형은 내게 많은 말을

58

한다. 기회가 없어서 못 했을 뿐이다.

엄마가 숨을 멈춘다.

"킹, 내 말 듣고 있니?"

나는 뺨이 젖는 걸 느낀다. 다시 눈물이 흘러내리는 모양이
다. 나는 재빨리 눈물을 훔치고 밖으로 뛰쳐나가려고 자리에
서 벌떡 일어선다. 그때 엄마가 내 손을 꽉 움켜잡는다. 내가
손을 빼자 엄마가 거칠게 숨을 몰아쉰다.

우리 모두 한참 동안 그대로 앉아 있다. 한동안 침묵이 흐
른다. 유선 전화기가 침묵을 깬다. 칼리드 형은 그 전화기를
보며 비웃듯이 말하곤 했다.

"요즘에 누가 유선 전화기를 써?"

두 번째 전화벨이 울린다. 아무도 움직이지 않는다. 어쩌면
우리 모두 똑같은 생각을 하고 있을지 모른다. 세 번째 벨이
울린다. 엄마가 일어나서 의자를 뒤로 민다. 그러고는 복도로
나간다. 나는 복도에 서 있는 엄마를 바라본다. 네 번째 전화
벨이 울리자 엄마가 수화기를 든다. 엄마의 목소리가 들린다.

"안녕하세요? 어떻게 지내세요? 네, 저는 잘 지내요. 고마워
요."

나는 무릎에 올려놓은 손을 내려다본다. 너무 부끄러워 아
빠를 바라볼 수 없다. 아빠가 어떤 표정을 짓고 있는지 궁금
하지만 볼 수 없다. 분노의 표정일까? 실망스러운 표정일까?
나는 열 살짜리 사내가 되어 간다. 사내는 울면 안 된다. 아빠

는 이 말을 곧잘 했다. 그런데 장례식장에 앉기 전부터 아빠는 온몸으로 눈물을 쏟아 냈다.

엄마가 숨죽인 어조로 말한다.

"아뇨, 우리는 그 아이 못 봤는데요."

나는 손에서 시선을 떼고 고개를 든다. 아빠도 복도 쪽으로 고개를 돌린다. 엄마는 목소리를 낮춘다.

"어머나! 그래요? 물론이죠. 우리가 할 수 있는 일이 있으면 알려 주세요. 네…… 보안관님도요. 안녕히 계세요."

엄마는 천천히 수화기를 내려놓는다. 그러고는 드레스 뒤쪽을 매만진 뒤 식탁으로 돌아오지만 자리에 앉지 않는다. 의자 앞에서 망설이기만 한다. 엄마는 의자에 앉는 것에 대해 곰곰이 생각하는 듯 손을 등받이에 얹고 서 있다.

"무슨 일인데?"

아빠가 묻는다.

"샌더스 보안관이에요."

엄마가 나를 똑바로 바라본다.

"찰스 샌더스가 실종됐대요."

5장

오늘도 루이지애나의 날씨는 무덥다. 땅에서 김이 솟아오르는 것이 보일 만큼 푹푹 찌는 날씨다.

저건 신기루야.

언젠가 칼리드 형이 말했다. 신기루는 보통 사막 한가운데에서 볼 수 있다. 하지만 우리 소도시의 포장길과 움푹 팬 곳에서도 아른거린다. 오늘 아침 나는 샌디 샌더스를 생각한다. 샌디는 아직 발견되지 않았다. 무더운 날에는 실종 사건이 일어나기 쉽다. 혹시 샌디가 더위를 먹고 쓰러진 건 아닐까? 어딘가에서 올가미에 걸렸을 수도 있지 않을까? 그래서 뜨거운 햇살을 이기지 못하고 쓰러진 게 아닐까?

엄마한테 그 소식을 듣고 나는 식탁에서 물러났다. 어젯밤 일이었다. 평소처럼 음식을 다 먹지 않고 일어서는 것을 보고,

엄마와 아빠는 내가 울려고 그런 줄 알았으리라. 그들은 내가 눈앞에서 사라질 때까지 내게서 잠시도 시선을 떼지 않았다. 형과 친구를 잃은 것은 내게 감당하기 벅찬 슬픈 일이었다. 그들은 내가 슬픔을 이기지 못해 주위의 모든 것을 마구 걷어 차고 내던지며 목청껏 고함을 지를 줄 알았던 모양이다. 사실 나는 그렇게라도 하고 싶었다. 그러면 조금은 덜 슬플 것 같 았다. 그들이 걱정스러운 표정으로 바라보는 게 당연했다. 나 는 나를 쓰러뜨릴 것 같은 분노도 느꼈다. 내가 사라진 샌디 샌더스를 걱정하는 게 어딘지 못마땅해서였고, 남의 슬픔 따 위는 조금도 걱정하거나 함께 슬퍼하지 않고 아무렇지 않은 듯 태평하게 행동하는 사람들 때문이었으며, 세상의 모든 비 극이 한꺼번에 나를 덮친 것 같아서였다.

나는 샌디가 사라졌든 말든 신경 쓰지 말자고 스스로에게 말한다. 어제 오후 우리는 거의 세 달 만에 이야기를 나누었 다. 그런데 샌디 샌더스가 실종된 때도 어제 오후였다.

샌디가 사라지기 전 그를 마지막으로 본 사람이 나라면 어 쩌지? 늪가에서 나와 헤어진 뒤 샌디에게 무슨 일이 일어난 걸까? 혹시 악어에게 잡아먹혔거나, 발을 헛디뎌 넘어져서 바 위 같은 것에 머리를 부딪혔나? 그렇다면 다 내 잘못이다. 나 는 예전처럼 샌디에게 우리 동네로 함께 가자고 할 수 없었으 니까.

샌디가 어디로 갔는지 아무도 모른다. 샌디와 내가 함께 있었다는 사실도 아무도 모른다. 나만 입을 다물면 그만이다. 내가 샌디를 마지막으로 본 사람이고, 샌디와 마지막으로 이야기한 사람일 가능성이 크다. 샌디와 내가 함께 있었던 걸 누군가 보았다면 늪가의 잠자리들뿐이다. 나는 너무 겁나서 샌디를 마지막으로 본 사람이 나라고 아무에게도 말하지 않기로 다짐한다. 무엇보다 샌디의 아버지가 샌더스 보안관이기 때문이다. 샌디가 다치거나 더 나쁜 일이 일어났을 경우, 샌더스 보안관은 나와 관련되었다고 생각할 수 있다. 그러면 나는 그야말로 끝장이다.

샌더스 보안관은 KKK 단원이 아닐 것이다. 하지만 그는 피부가 갈색인 사람들의 삶을 힘들게 하고 있다. 샌디와 내가 친하게 지냈을 때, 샌더스 보안관은 우리가 이야기를 나누면 언제 나타났는지 찌푸린 얼굴로 나를 노려보았다. 그럴 때마다 나는 잔뜩 겁을 먹고, 샌디에게 나중에 보자고 말하고는 냅다 집으로 달려가곤 했다. 그때나 지금이나 나는 겁쟁이다. 지금도 나는 무서워서 차마 말을 못 하는 겁쟁이라고 할 수 있다.

차를 타고 학교로 가는 길에 아빠가 라디오를 켠다. 노래와 노래 사이 똑같은 방송이 되풀이해서 흘러나온다.

찰스 샌더스가 실종되었습니다. 이 사건과 관련해 무언가 알고 계신 분은 즉시 전화해 주시기 바랍니다…….

"큰일 났군."

아빠가 고개를 가로저으며 말한다. 나는 동감한다는 뜻으로 고개를 끄덕인다. 그런데 아빠가 샌디 샌더스에 대해 잘 안다면, 특히 그가 남자아이들을 좋아한다는 사실을 안다면 그래도 큰일 났다고 말할까? 문득 그것이 궁금하다. 샌디는 자기가 자부심으로 가득 차 있다고 했다. 아빠가 샌디의 이 말을 들었다면 자부심이 아니라 부끄러움으로 가득 차야 할 거라고 비아냥거릴지도 모른다.

일 년 전만 해도 나는 아빠의 차 안에서 칼리드 형과 아빠 사이를 비집고 지금의 자리에 앉곤 했다. 뒷좌석은 텅 비어 넓었지만 혼자 있기 싫다고 고집부리며 앞에 가서 앉았다. 그러고는 목을 쭉 빼고 차창 밖을 보았다. 어느 날 아빠와 형 사이에 끼어 앉아 있을 때 라디오에서 뉴스가 흘러나왔다. 아나운서는 한 남자가 동성애자라는 이유로 자기 아들을 살해했다고 말했다. 아빠는 그때 아무 말도 하지 않았다. 한마디 내뱉을 만한데도 침묵으로 일관했다. 그런데 샌디 샌더스가 실종되었다는 뉴스를 듣고는 큰일 났다고 말했다.

언젠가 아빠는 동성애자들에 대해 말했다. 그건 크게 잘못된 것이며 그 자체가 비정상이라고 했다. 그러면서 옛날부터 그랬기 때문에 남자는 여자와 사귀어야 한다고 덧붙였다. 아빠는 특히 흑인 소년들은 이를 규칙으로 삼아야 한다고 주장했다.

"흑인은 쉽게 동성애자가 되지 않아요."

뉴올리언스에서 지냈던 추수감사절 저녁 식사 자리에서 아빠는 이드리스 고모한테 그렇게 말했다.

그때 나는 칼리드 형 옆에 앉아 접시를 뚫어지게 내려다보고 있었다.

"흑인이 동성애자라면 그건 백인들과 너무 자주 어울렸기 때문이에요."

이드리스 고모는 아빠에게 그건 잘못된 생각이라고 말했다. 아빠는 고모 말을 귀담아듣지 않았다.

나는 아빠의 덜커덕거리는 트럭 안에서 샌디 샌더스에 관한 뉴스를 계속 듣는다. 내가 지금 이 자리에서 샌디가 동성애자라고 말하면 아빠가 뭐라고 할지 궁금하다. 아빠도 나한테 샌디와 가까이하지 말라고 말할까?

아빠는 여느 때처럼 학교 앞에서 트럭을 세운다. 나는 트럭에서 뛰어내려 차 문을 닫으려고 팔을 뻗는다. 그때 아빠가 이렇게 말한다.

"사랑한다, 킹."

어제와 똑같은 말이다.

아빠는 내 대답을 기다리지 않는다. 짧게 한숨을 내쉬고, 의자에 등을 바짝 기댄 채 라디오 다이얼을 돌린다. 나는 입술을 움직인다. '사랑해요, 아빠'라는 말이 입 밖으로 나오려는 순간 아빠가 다시 나를 내려다본다. 아빠의 눈에 놀라는 기색이 잠깐 스친다. 그리고 슬픔이 그 자리를 대신한다. 아빠는 아주 짧은 순간 내가 아닌 칼리드 형을 본 것 같다. 나는 차문을 탕 소리 나게 닫아 아빠를 보낸다.

내가 벤치에 이르자 아이들이 카미유의 휴대폰 주변에 옹기종기 모여 있다. 뉴스를 전하는 아나운서의 목소리가 들린다. 샌디에 관한 뉴스다. 재스민이 빨개진 눈으로 벤치에 앉아 있다. 한동안 흐느껴 운 모양이다. 내가 옆에 앉자 재스민이 고개를 든다. 우리 사이의 분노는 어느새 흔적도 없이 사라져 버렸다.

"샌디가 실종됐다니 믿기지 않아."

재스민이 한 손으로 콧등을 살짝 감싸며 말한다.

"샌디한테 무슨 일이 일어난 것 같은데, 너 알아?"

대럴이 내게 묻는다.

앤서니가 나와 재스민을 유심히 살피다가 말한다.

"이 일에 대해 이러쿵저러쿵 떠들어 봐야 아무런 소용없어. 아는 게 있어도 혼자만 알고 있어야 해."

"우리가 뭘 떠든다는 거야? 샌디가 사라진 일에 대해 이야기하는 게 잘못이니?"

재스민이 마치 배신이라도 당한 듯 화난 어조로 말한다. 나는 그런 재스민에게 짜증이 난다. 재스민은 또 훌쩍거린다. 나는 재스민이 이제껏 사랑하는 사람을 잃어 본 적이 없어서 그런다고 생각한다.

"너는 마치 그 애가 죽은 것처럼 말하는구나."

카미유가 앤서니를 향해 차갑게 쏘아붙인다. 나는 카미유가 곁눈질로 나를 보고 있다는 걸 알아차린다.

"샌디는 실종되었을 뿐이야. 언제든 우리 앞에 나타날 수 있다고."

"나타나지 않으면 어쩌지?"

재스민이 묻는다.

"그런 생각은 나중에 해도 돼."

카미유는 그렇게 말하고 휴대폰 화면을 눌러 뉴스를 끈다.

"네가 할 수 있는 일은 단지 믿는 것뿐이야. 샌디가 괜찮을 거라고 말이야. 알겠니? 아직 아무 일도 일어나지 않았는데 왜 울고불고해? 그래 봐야 아무런 소용이 없다고."

재스민이 눈과 코와 뺨을 닦는다. 카미유가 똑똑하게 그리고 어른스럽게 말하는 것에 재스민도 나만큼이나 놀란 눈치다. 그런데 카미유는 재스민과 내가 알아차릴 새도 없이 브리애나에게로 시선을 돌린다. 그러고는 그날 신은 로렌에서 산 테디베어 양말에 관해 말한다.

"샌디가 실종된 걸 슬퍼하는 게 이상하니? 당연한 거 아니야?"

재스민이 우는 걸 허락받기라도 하려는 듯 내게 속삭인다.

"그렇긴 하지만 카미유 말이 맞을 거야. 어떻게 되는지 좀 더 기다려 보자."

내가 재스민에게 말한다.

재스민이 고개를 끄덕인다. 나는 지나치게 죄의식을 느끼지 않으려고 애쓴다. 샌디를 찾는 데 조금이라도 도움이 될 만한 것을 알고 있어 그나마 다행이라는 생각이 든다. 나는 어제 샌디가 실종되기 직전 어디에 있었는지 안다. 재스민은 내가 그런 비밀을 숨기고 있다는 사실을 알게 되면 나를 싫어할 것이다.

*

학교에서 선생님 말에 집중하는 아이는 아무도 없다. 아이들은 저마다 주위들은 소문이 대단한 뉴스라도 되는 듯 나지막이 속삭인다. 샌디가 납치되었다는 소문도 있다. 납치범이 뉴올리언스를 돌아다니다 우리 마을에 들어왔다. 샌디는 숲을 걷다가 악어에게 물려 죽었다. 악어는 죽은 샌디를 물고 숲속으로 사라졌다. 샌디가 외계인들에게 납치되었다는 소문도 있다. 외계인들이 샌디를 덮쳐 이름 모를 별로 데려갔다.

내가 어제 샌디를 보았다고 말하면 사람들은 어떤 반응을 할까? 허리케인 카트리나가 뉴올리언스를 덮쳤을 때처럼 샌디가 늪이나 물에 빠져 죽은 채로 발견되면 어떻게 될까? 카트리나가 덮친 것은 내가 태어나기 일 년 전의 일이다. 그런데 우리는 아직도 학교에서 카트리나가 덮친 그날을 기억하기 위해 묵념한다. 그리고 그 허리케인에 대해 배운다. 대럴은 휴대폰에 당시의 사진들을 담아 가지고 다닌다. 재스민은 대럴에게 그런 사진을 가지고 다니는 건 죽은 사람들의 넋을 위로하기는커녕 모욕하는 짓이라고 말한다. 나 역시 그렇게 생각한다.

샌디 샌더스에게 무슨 일이 일어났는지 생각할 때마다 대럴이 보여 준 사진들이 떠오른다. 그럴 때는 어김없이 두려움이 몰려온다. 샌디도 영원히 떠나 버렸을까 봐, 샌디의 장례식에도 가게 될까 봐, 영혼이 없는 샌디의 몸을 보게 될까 봐, 마이키 샌더스가 동생의 죽음에 슬퍼서 우는 모습을 보게 될까 봐 두렵다. 나는 내가 칼리드 형의 주검 앞에서 울었던 것처럼 마이키도 동생의 주검 앞에서 울 거라고 확신한다. 마이키가 제아무리 강한 척해도 말이다.

학교에서 수업이 끝나는 벨이 울릴 때, 재스민이 내게 말한다. 보안관이 수색대를 조직했다고. 시내 한가운데에 수색대가 모일 거라고도 한다. 재스민과 나는 거기에 가기로 결정한다. 카미유와 대럴도 가겠다고 말한다. 그뿐 아니라 학생 절반가량과 선생님들도 나선다. 모두 학교 주차장과 축구장을 가로지르고, 상자 모양의 콘크리트 건물들 사이로 난 길을 걸어서 경찰서와 맥도날드와 교회를 지나 수색대가 모인 곳에 이른다. 도시의 모든 사람이 모인 것 같다.

차도와 인도 할 것 없이 사람들로 꽉 들어차 있다. 모두 땀을 뻘뻘 흘리며 셔츠 밑단으로 얼굴을 닦고, 무엇이 되었든

가지고 있는 넓적한 물건으로 부채질한다. 여기저기 돌아다니며 친절하게 차가운 음료수를 나누어 주는 사람도 있고, 휴대용 확성기와 호루라기 또는 워키토키를 든 사람도 있으며, 하이킹을 떠나는 듯 커다란 부츠에 반바지와 티셔츠를 입은 사람도 보인다. 그런 모든 사람의 움직임을 카메라에 담는 방송 취재진도 눈에 띈다.

누군가 나서서 말하기 시작하자 주위가 물을 끼얹은 듯 조용해진다. 나는 까치발로 서서 앞을 바라본다. 법원 청사 계단에 서 있는 샌더스 보안관이 보인다. 보안관은 마이크를 들고 있다. 크고 분명하게 말하는 보안관의 걸걸한 목소리가 들린다. 보안관은 아들을 찾는 자신을 돕기 위해 모인 사람들에게 고맙다고 인사한다. 샌디는 보안관과 별로 닮지 않았다. 마이키가 더 닮았다. 햇볕에 벌겋게 탄 코, 통통한 뺨, 물기 어린 작고 흐리멍덩한 눈이 그렇다. 보안관은 항상 모자를 푹 눌러쓰고 있어서 머리칼이 무슨 색깔인지는 알 수 없다. 보안관 배지가 오후의 햇빛을 받아 반짝거린다.

샌더스 보안관이 크게 숨을 몰아쉰다.

"찰스(샌더스 보안관은 샌디를 늘 '찰스'라고 부른다.)가 어제 오후 이후로 실종된 상태입니다. 나는 찰스에게 무슨 일이 생겼는지, 누가 찰스를 데려갔는지 전혀 모릅니다. 하지만 여러분 모두에게 이것만은 약속할 수 있습니다. 누군가 찰스를 해치기라도 했다면 반드시……."

누군가 보안관에게 다가와 뭐라고 속삭이는 바람에 연설이 중단된다. 보안관은 커다란 손바닥으로 붉은 얼굴을 천천히 닦는다.

"오늘 이 자리에 오신 여러분 모두에게 감사드립니다."

보안관은 이미 고맙다는 인사를 했는데도 반복해서 말한다.

"찰스는 내게 큰 힘이 되는 아이입니다. 내 막내아들 찰스는 아주 조용한 성격입니다. 창조적인 아이기도 하지요. 찰스는 누구한테든 절대로 해를 끼칠 아이가 아닙니다. 세상에 이런 일을 당해야 마땅한 사람은 없습니다. 하물며 찰스는 더 그렇습니다. 그러니 부탁드립니다."

보안관이 목청을 가다듬자 이미 조용한 사람들이 더 조용해진다.

"부디 내 막내아들을 찾도록 도와주십시오."

옆에 선 재스민이 내 손을 잡더니 꽉 움켜쥔다.

나는 착 달라붙은 재스민과 내 손을 내려다보고 당황한다. 대럴이 볼까 봐 겁도 난다. 대럴이 보면 두고두고 놀려 댈 것이다.

"우리는 기필코 샌디를 찾아내야 해."

재스민이 앞을 똑바로 바라보며 말한다. 나는 재스민 말에 백번 찬성한다.

수색대가 출발한다. 사람들이 삼삼오오 갈라져 거리를 누비며 샌디의 이름을 외친다. 재스민과 카미유, 대럴과 나는 8번

가를 맡아 햇빛에 페인트칠이 바래고, 벽돌이 군데군데 떨어져 나간 건물들을 지나간다. 새들이 재잘거리며 노래한다.

샌디가 실종되었고 샌디에게 무슨 일이 생겼는지 아무도 모른다는 사실만 빼면, 누구나 맑고 푸른 하늘에 흰 뭉게구름이 떠 있는 광경을 보고 아름답다고 할 것이다.

"지금 나는 기분 별로야. 샌디를 많이 놀려 먹었으니까."

카미유가 말한다.

재스민은 걷다가 카미유와 팔짱을 낀다.

"내 기분도 그래."

대럴이 내게 속삭인다.

"그 애가 실종돼 기분 안 좋다는 거야. 그렇다고 그 애를 이상하게 보지 않는다는 건 아니야. 어쨌거나 그 애는 동성애자잖아."

나는 이를 악물고 주먹을 꽉 쥔다. 내 안에서 분노가 끓어오른다. 대럴의 얼굴을 주먹으로 세게 때리고 싶다.

"샌디가 동성애자라고 해서 실종을 당해도 싸다는 식으로 말해서는 안 돼."

내가 말한다. 아니, 내 입에서 그 말이 나온 것 같다. 나는 내 목소리가 얼마나 크고 분노에 차 있는지를 알고 깜짝 놀란다. 재스민과 카미유가 눈을 동그랗게 뜨고 대럴과 나를 번갈아 바라본다.

대럴이 양손을 들어 올린다.

"무슨 말이야? 그 애가 실종을 당해도 싸다는 말은 하지 않았어. 그 애를 여전히 이상하게 생각한다는 식으로 말하긴 했지만."

"샌디가 동성애자라서 이상하다는 거야?"

재스민이 대럴을 노려보며 묻는다.

"아니, 왜들 이래? 내가 무슨 말을 했다고?"

이제 대럴의 목소리가 점점 커진다.

"나 여기 있어. 너희와 함께 말이야. 안 그래? 나는 너희랑 똑같이 그 애를 찾고 있다고. 그런데 뭐가 잘못됐다는 거지?"

재스민은 대럴의 말에 아무런 대꾸도 하지 않는다. 우리는 계속 걸으면서 교대로 샌디의 이름을 외친다.

재스민과 나는 점점 가까워진다. 마침내 우리 둘은 나란히 걷고, 카미유와 대럴은 저 앞에서 걷는다.

"네가 저 애들한테 샌디가 동성애자라고 말했구나. 그렇지?"

재스민이 묻는다.

나는 눈을 깜박거릴 뿐 흙과 풀에서 시선을 떼지 못한다. 우리가 별다른 생각 없이 풀이 듬성듬성 난 흙길을 따라 걸으며 발길질을 하거나 밟을 때마다 흙과 풀은 화를 낼까?

재스민이 팔꿈치로 내 팔을 쿡 찌른다. 어서 대답하라는 신호다.

"처음부터 그럴 생각은 아니었어."

재스민이 고개를 내젓는다. 재스민은 어느 때보다 더 내게 화가 나 있는 것 같다. 재스민이 걸음을 멈추고 천천히 가늘어지는 눈으로 나를 쏘아본다. 나는 재스민이 정말로 화났다고 생각한다. 나를 쏘아보는 재스민의 눈이 거의 감긴 것처럼 보일 때쯤 재스민이 입을 연다.

"샌디는 자기가 좋아하는 사람한테만 그 이야기를 하겠다고 말했어. 자기가 믿는 사람한테만. 결국 샌디는 비밀이나 진실을 말할 만큼 너를 믿었던 거야. 그런데 너는 그 이야기를 대럴과 카미유한테 떠벌렸니?"

"그럴 생각은 없었다고 했잖아."

내가 말한다. 목소리만큼이나 몸과 마음이 조그맣게 오그라든다. 나는 재스민의 말이 옳다는 걸 안다. 내가 형편없는 아이인 줄도 안다. 요즘 내가 한 일은 그런 것뿐인 듯하다. 내 비밀을 떠올린다. 나는 샌디가 어제 어디에 있었는지 아는데도 두려워서 아무에게도 말하지 못한다.

"미안해."

"네가 미안하다고 말할 사람은 내가 아니야."

재스민은 그렇게 말하고 앞으로 걸어가서 카미유, 대럴과 함께 샌디의 이름을 외친다.

*

우리는 한참 동안 샌디를 부른다. 우리의 목소리는 먹이를 찾는 길고양이 소리처럼 가늘어지기도 한다. 우리는 멀리까지 왔다. 수색대 사람들은 아무도 보이지 않는다. 해가 한쪽으로 기울고, 하늘은 점점 검푸르게 바뀌고 있다. 대럴이 그만 집에 가 봐야겠다고 말한다. 카미유도 대럴과 함께 가겠다며 나와 재스민을 껴안는다. 그러면서 샌디가 곧 발견될 테니 걱정하지 말라고 말한다.

재스민은 계속 샌디를 찾겠다고 하지만 나는 피곤하다고 말한다. 재스민은 내 말에 실망한 표정이다.

"오늘 너 때문에 무척 화났어, 킹."

재스민이 말한다. 나는 재스민에게 미안하다고 한다.

"하지만 우리는 친구이고, 친구는 친구를 용서해야지 뭐. 그런데……."

재스민이 말을 멈추고 내 손을 잡는다. 재스민 손이 무척이나 따뜻하다. 내 손도 따뜻하게 느껴질까? 하루 종일 걷느라 내 손에는 땀이 좀 묻어 있다. 그래서 재스민이 내 손을 오래 잡지는 않았으면 하고 바라지만, 재스민은 내 손을 놓지 않는다.

"샌디를 찾으면 샌디한테 사과하겠다고 약속해 줘. 그럴 수 있지?"

나는 그러겠다고 말한다. 그러자 재스민은 자기 집으로 가는 길 쪽으로 돌아선다.

나는 재스민이 사라질 때까지 지켜본 뒤 반대 방향으로 돌아선다. 그러고는 저무는 해를 바라보며 걷는다. 셔츠는 땀에 젖고 운동화를 신은 발은 아프다. 이윽고 나는 매일 오후에 찾아와 서 있던 곳에 이른다. 천 마리의 잠자리들이 날아다니는 연못 앞, 어제 샌디를 보았던 곳이다.

나는 샌디의 어떤 흔적도 발견하지 못한다. 발자국 하나도 없다. 샌디의 이름을 불러 보지만, 대답이 없다. 들리는 것은 매미와 새들의 울음소리, 잠자리의 날갯짓 소리뿐이다.

나는 그곳에 서서 한참 동안 잠자리들을 바라본다. 하지만 칼리드 형에 대해서는 생각하지 않는다. 오로지 샌디 샌더스만 생각한다.

샌디 샌더스, 대체 무슨 일이 생긴 거니?

6장

집에 돌아올 때쯤, 해는 이미 지고 하늘은 캄캄하다. 아빠는 거실에서 비닐로 싼 의자에 앉아 있다. 내가 문을 열자 아빠가 일어선다. 엄마가 복도에서 뛰쳐나온다. 엄마는 아무 말 없이 나를 꼭 껴안은 뒤 어깨를 꽉 붙잡는다.

"어디 갔었어?"

엄마의 목소리가 날카롭다.

"수색대와 함께 있었어요."

아빠가 팔짱을 끼며 말한다.

"수색은 한 시간 전에 끝났잖아."

"수색이 끝난 뒤 좀 걸었어요."

엄마가 내 어깨를 흔든다.

"남자아이가 실종된 이튿날이잖아? 너 제정신이니?"

제정신이다. 오히려 엄마가 제정신이 아닌 것 같다. 나는 세 달 동안 매일 똑같은 길을 걸었다. 샌디가 실종되었기 때문에 이제부터는 밖에 나가면 안 되는 걸까? 왜 안 되지? 따져 봐야 소용없다는 걸 안다. 칼리드 형이 늘 말했듯 엄마 아빠가 모든 일에서 자신들이 옳다고 생각하도록 놔두는 편이 낫다. 설령 그들이 틀렸을지라도 말이다. 내가 죄송하다고 말하자 엄마는 만족한 표정을 짓는다.

하지만 나는 할 말이 있다. 두 사람이 들어야 하는 이야기가 있다.

그 이야기를 하려면 내 몸속에 든 용기를 마지막 한 방울까지 짜내야 한다. 뼛속에 숨은 용기까지 하나도 남김없이 긁어내야 한다. 나는 억지로 말한다.

"드릴 말씀이 있어요."

나는 숨을 들이마시고, 그들에게 하루 전 그러니까 엄마가 그 전화를 받았을 때 했어야 할 말을 한다.

"어제 샌디 샌더스를 봤어요."

목이 따끔거리면서 쉰 목소리가 나온다.

"늪가에서요."

엄마는 망설이지 않는다. 일어서서 급히 전화기 쪽으로 달려간다. 그러고는 전화기를 집어 들고 다이얼을 돌린다. 나는 나를 지켜보는 아빠의 시선을 느끼며 양손을 내려다본다.

"왜 더 일찍 말하지 않았니?"

아빠가 묻는다.

아빠와 눈을 마주치기 어렵다.

"겁났어요."

"겁났다고?"

아빠가 혼란스러운 어조로 되묻는다.

그렇다. 나는 겁났다. 샌디 아빠가 무서웠다. 사람들이 내가 샌디의 실종과 관련 있다고 생각할까 봐 겁났다. 샌디와 함께 있었던 게 후회가 된다.

아빠는 더 이상 말하지 않는다. 엄마는 누군가와 통화하고 전화를 끊는다. 그러고는 팔짱을 낀 채 나를 바라본다.

"잠자리에 들 시간 같구나."

나더러 벌써 자라고? 저녁도 먹지 않았는데? 여태껏 이런 식의 벌을 받은 적은 없었다. 칼리드 형이 죽은 뒤, 나는 무엇이든 하려고만 하면 얼마든지 할 수 있었다. 못 할 것이 없었다. 하지만 우리 가족은 꿋꿋하게 앞으로 나아가야 한다. 엄마는 내가 버릇없이 굴 때마다 엄격한 표정으로 나를 바라본다. 엄마가 여전히 나를 벌줄 수 있다고 생각하자 묘하게 기분이 좋다. 엄마는 가짜 미소도 짓지 않는다.

엄마가 이렇게 나올 때는 가만히 있는 게 상책이다. 덤벼 봐야 좋을 게 하나도 없다. 나는 아무 말 없이 일어서서 복도를 지나 내 침실 문을 연다. 그러고는 침대 가장자리에 걸터 앉는다. 이런 마음으로 이 방에 있을 수 없다는 생각이 든다.

오늘 밤은 더 그렇다. 익숙한 아픔을 느낄 때는 이 방에 있는 것이 더 괴롭다. 가슴에 커다란 구멍이 뚫린 것 같다. 오늘 밤은 더 심할 듯하다. 칼리드 형과 함께 썼던 이 침대에 계속 앉아 있으면 아픔과 슬픔으로 괴로워서 미칠 것 같다.

나는 창문을 연다. 뜨거운 열기가 얼굴을 달군다. 나는 창밖으로 몸을 빼 마른 잔디 위로 뛰어내린다. 그러고는 뒷마당을 가로질러 걷는다. 날카로운 돌멩이가 맨발바닥을 찌른다. 뒷마당은 엉망진창이다. 꽃과 토마토를 재배한 곳에는 잡초만 무성하다. 잔디도 높게 자라 있는 데다 목련에는 지저분하게 덩굴 식물이 달라붙어 있다. 이 모든 것의 한가운데에 자리한 텐트로 걸어갈 때마다 나는 정글에 와 있는 듯한 기분이 든다.

펼쳐서 땅에 고정하는 캠핑용 텐트는 아빠가 칼리드 형에게 사 준 것이다. 형은 어렸을 때 나무로 된 집을 만들어 달라고 계속 졸랐는데, 결국 나무 집 대신 텐트를 받은 셈이었다. 아빠는 온종일 건설 현장에서 일하느라 피곤한 나머지 집에 돌아와 무언가를 만들 여력이 없었다. 칼리드 형은 얼마쯤 텐트에서 놀았다. 하지만 싫증이 났는지 뒷마당에 그대로 방치했고, 그 바람에 텐트는 내 것이 되었다. 텐트의 겉면은 짙은 청색이고, 안은 크림색과 갈색으로 되어 있다. 텐트 안에는 침낭과 베개와 라디오가 있다. 나는 잘 때 라디오를 듣는다. 칼리드 형이 죽어 땅속에 들어가는 광경을 보았을 때, 나도 거기에 빨려 들어가는 것은 아닐까 생각했다. 형의 장례식

이후 텐트는 내게 유일한 안식처가 되었다. 텐트 안에 있으면 비로소 숨통이 트이는 것 같았다.

나는 텐트의 지퍼를 연다. 그런데 텐트 안으로 한 걸음 떼려는 찰나, 나는 너무 놀라서 심장 마비를 일으킬 뻔했다. 안에서 누군가 움직인 것 같기 때문이다. 그림자 같기도 하고, 나는 눈을 가늘게 뜨고 텐트 안의 어둠을 응시한다.

"샌디 아니야?"

샌디가 텐트 안에 앉아 있다. 감자칩과 프레첼 과자 봉지가 어지럽게 흩어져 있다. 탄산음료인 마운틴듀 병도 보인다. 샌디의 얼굴에는 또렷한 죄책감과 함께 여러 가지 색깔로 부어오른 자국들이 보인다. 샌디의 뺨과 왼쪽 눈가는 멍들어 있다. 아랫입술에는 날카롭게 베인 상처도 있다.

"샌디."

내가 조용히 말한다. 분명히 샌디이고, 샌디는 자기 이름을 부르는지 알고 있을 것이다. 그런데 반응하지 않는다.

"여기서 뭐 하는 거야? 괜찮아?"

샌디는 내게 조용히 하라는 신호로 손가락을 입술에 갖다 댄다. 여기는 우리 집 뒷마당이고 텐트는 내 것인데 왜 그런 신호를 하는지 모르겠다.

"빨리…… 안으로 들어와."

샌디가 주인처럼 말한다. 나는 고개를 숙이고 급히 안으로 들어가서 텐트의 지퍼를 채운다.

"어떻게 된 거야?"

내가 샌디에게 나지막이 묻는다.

"온 도시 사람들이 너를 찾고 있어."

"알아."

샌디가 내 침낭을 바라보며 머뭇머뭇 말한다.

"그런데 여기서 뭐 하는 거야? 네 아빠는 너 때문에 정신이 없어. 걱정돼서 말이야. 기자 회견도 했어. 수색대도 꾸렸고……."

"수색대라니?"

샌디가 묻는다. 나는 샌디가 내 말에 죄책감을 크게 느끼는 걸 눈치챘다.

우리는 잠시 서로 바라본다. 샌디의 엷은 누런색 머리칼이 주근깨 난 얼굴을 덮고 있다. 우리가 이렇게 텐트에 앉아 있던 때가 떠오른다. 샌디가 내게 비밀을 말했을 때다. 칼리드 형은 내게 샌디 샌더스와 더 이상 친구로 지내지 말아야 한다고 말했다. 돌이켜 보면 이 텐트 때문에 형이 그렇게 말하지 않았나 싶다. 만약 샌디와 내가 이 텐트에 있지 않았고, 우리만의 작은 세계에 머물러 있는 듯 행동하지도 않았다면, 형은 애초에 우리의 말을 들으려고도 우리를 보려고도 하지 않았을 테고, 내게 샌디를 가까이하지 말라고 말하지도 않았을 것이다. 또 그랬다면 샌디와 나는 줄곧 친구로 지내고 있으리라.

"얼굴이 왜 그래?"

내가 묻는다. 샌디는 대답하지 않는다. 손을 감자칩 봉지에 넣고 뒤적거려서 감자칩 하나를 꺼내, 입에 넣고는 아삭아삭 소리 내어 먹을 뿐이다.

"아무한테도 말하지 않을 거지? 그래 줄 거지?"

마침내 샌디가 입을 연다.

"네가 여기 우리 집 뒷마당에 숨어 있는 거 말이야? 그건 말해야지. 말할 거야! 너는 여기 있으면 안 돼."

"제발 아무한테도 말하지 마."

샌디가 내 팔을 꽉 움켜잡는다. 나는 샌디의 손을 뿌리치려다 샌디의 얼굴을 본다.

"제발…… 제발, 킹. 아무한테도 말하지 않겠다고 약속해 줘."

"내가 어떻게 그럴 수 있겠어? 네가 어디 있는지 내가 안다는 걸 누가 알면 나는 어떡하라고? 엄청 곤란해질 거야. 특히 네 아빠가 아시면…… 마이키 형도……."

샌디가 내 팔을 놓는다.

"마이키 형은 내가 괜찮은 줄 알고 있어. 아빠는……."

샌디가 크게 숨을 내쉰 뒤 말을 잇는다.

"나는 잠시 지낼 곳이 필요해. 숨을 곳 말이야."

"무엇 때문에 숨는데?"

내가 묻지만 샌디는 대답하지 않는다.

"말해 봐."

여전히 샌디는 아무 말이 없다. 나는 샌디 얼굴의 멍 자국과 입술의 상처가 왜 생겼는지 궁금하다. 사실 늘 샌디에 대해 궁금했지만 묻지 않았다. 말할 때까지 기다렸다.

"네 아빠가…… 설마 네 아빠가 너를 때린 건 아니겠지. 내 말 맞아?"

샌디는 여전히 나와 눈을 마주치지 않는다. 양손을 내려다보다가 똑바로 자세를 고쳐 앉는다.

"아빠는 내가 어디에 있는지 몰라도 돼. 내 말 무슨 뜻인지 알겠어? 아무튼 이쯤 해 두자."

샌디는 내 표정을 읽은 게 틀림없다. 그다음 이렇게 말했기 때문이다.

"나를 도와주지 않아도 돼. 도와주고 싶지 않다면 그래도 된다고. 너는 단지 나를 본 적 없는 척하기만 하면 돼. 네가 나에 대해 아무것도 모른다고 해서 너를 탓할 사람은 없어."

"그렇겠지."

하지만 나는 일이 나한테 좋은 쪽으로 펼쳐질 거라고는 생각하지 않는다.

7장

나는 샌디를 뒷마당의 내 텐트 안에 있게 내버려 둔다. 달리 어떻게 해야 할지 모르기 때문이다. 샌디는 내게 아무한테도 말하지 말라고, 자기가 텐트에 있다는 사실을 비밀로 해 달라고 사정했다. 나는 이전에 샌디의 비밀을 남에게 말한 일을 고통스럽게 떠올린다. 재스민의 말이 옳다. 샌디가 동성애자란 사실은 다른 사람과 관계없는 샌디 자신의 문제다. 왜 내가 카미유와 대럴에게 그 말을 했는지 모르겠다. 그 생각만 하면 내가 천 개의 불길에 타 버릴 짓을 저지른 것 같다. 내가 샌디의 또 다른 비밀을 말한다면 그런 벌을 받아 마땅할 것이다.

나는 내 방 창문으로 몰래 들어가 침대로 기어 올라간다. 칼리드 형만의 것이었다가, 내가 태어나면서 우리 둘이 함께 사용했고, 이제는 나만의 것이 된 침대. 결말이 이렇게 된 것이 생각할수록 참 묘하다. 한편으로는 가슴 아프지만 말이다.

침실 문 밑으로 노란 불빛이 가느다랗게 새어 들어온다. 소곤거리는 소리도 들린다. 텔레비전 소리가 아니라 주방에서 흘러나오는 목소리다. 내가 잠자리에 든 뒤에 엄마 아빠가 이야기 나누는 소리를 들은 것은 이번이 처음이다. 나는 살금살금 문 쪽으로 다가가서 소리 나지 않게 문을 살짝 민다.

"……그 사람은 아들을 찾을 자격이 없어요."

엄마가 말한다.

아빠는 아무런 대꾸가 없다.

"상상이 가요?"

엄마가 쉰 목소리로 이어서 말한다.

"무슨 일이 일어났는지도 모르잖아요? 그 애가 안전한지 어떤지 알지도 못해요. 훨씬 안 좋은 게 틀림없어요. 훨씬 나쁜……."

아빠는 여전히 조용하다.

"아니에요. 신경 쓰지 말아요. 이보다 더 나쁜 일은 없을 거예요."

아빠가 마침내 딱딱한 목소리로 말한다.

"뿌린 대로 거두는 법이오."

"그 애는 아무 짓도 안 했어요."

엄마의 말에 아빠가 곧바로 응수한다.

"그 애 형이 했지. 그 애 아버지도 했고. 그 애 할아버지
도……. 그 가족 전체가 나쁜 짓을 저질렀어."

"그래서 가족이 잘못한 죄로 그 애가 벌을 받았다는 거예
요?"

엄마는 그렇게 말하고 늘 하던 대로 입술을 깨물고 고개를
설레설레 저을 것이다.

"뿌린 대로 거두는 법이야."

아빠가 말한다.

"놈들은 피부색이 다르다는 이유 하나만으로 사람을 죽였
어. 그리고 시신을 차에 매달아 늪가로 끌고 갔지. 보안관도
나쁜 놈이야. 그자는 죄 없는 사람들을 체포해 감옥에서 반평
생 썩게 했어."

아빠는 막말을 내뱉는다. 내 앞에서는 절대로 쓰지 않던 말
이다.

"그러니까 내 말은 샌더스 가족은 고통을 좀 겪어야 한다는
거야. 남들을 고통스럽게 했으니까."

나는 그들의 대화가 끝났다고 생각한다. 아빠가 '그러니까
내 말은'이라고 말할 때면 늘 둘의 대화가 끝나기 때문이다.
문밖에서도 나는 엄마가 입을 꾹 다물고 온갖 생각을 한다는
걸 알 수 있다. 그럴 때면 엄마가 무슨 생각을 하는지 늘 궁금
하다. 나는 아빠가 한 말을 믿고 싶지 않다. 샌디가 자기 형과
아빠와 할아버지가 저지른 일 때문에 벌을 받아 마땅하다는

투의 말은 두 번 다시 듣고 싶지 않다.

나는 선 채로 침실 문틈으로 숨을 내쉬며 공기가 폐 속을 들락날락하는 소리에 귀 기울인다. 이윽고 나지막이 중얼거리는 아빠의 목소리, 쉭쉭거리는 소리, 한숨을 내쉬는 것 같은 소리가 뒤섞여서 들린다. 물이 끓는 주전자에 엄마가 손을 댔다가 급히 떼면서 한숨을 내쉬었던 것 같다. 공기가 미세하게 흔들리면서 조용히 흐느끼는 소리도 들린다. 순간 내 팔에 난 솜털이 일제히 곤두선다.

지금까지 그런 소리를 세 번 들었다. 언젠가 현관문을 두드리는 소리에 엄마와 나는 의자에서 벌떡 일어섰다. 샌더스 보안관이 현관에 서서 전할 소식이 있다고 말했다. 보안관은 피부색이 나 같은 사람들을 좋아하지 않는다. 나도 아는 사실이라 현관에 서 있는 보안관을 보자 덜컥 겁이 났다. 엄마도 두 손을 꼭 맞잡은 것으로 보아 긴장한 모양이었다. 보안관은 무슨 일로 왔는지 선뜻 말하려고 하지 않았다. 한동안 입을 살짝 벌린 채 가만히 서 있었다. 뜨거운 태양 아래서 그의 피부가 점점 빨개지고 있었다. 보안관이 그 말을 전했을 때, 나는 알아듣지 못했다. 아니, 보안관 말이 들리지 않았다. 분명히 들었겠지만 듣지 못했다고 믿고 싶었다. 보안관의 말은 이런저런 소리가 뒤섞인 소음이 분명했다. 엄마는 보안관의 입에서 흘러나온 그 말을 들은 순간 얼어붙은 듯 꼼짝도 하지 않았다. 그리고 한마디도 하지 않았다. 그런 소식을 듣고 이 세상에 어느 누가 말대꾸할 수 있겠는가? 말이 아닌 나지막한 흐느낌만이 엄마의 입과 폐와 영혼에서 흘러나왔다. 그때까지 들어 본 적 없는 소리였다.

보안관은 함께 병원에 가기를 바랐지만, 엄마는 보안관의 코앞에서 문을 쾅 닫았다. 그러고는 이내 바닥에 쓰러졌다. 엄마의 입에서는 내 뼈가 흔들릴 만큼 어마어마하게 큰 비명이 터져 나왔다. 나는 무서웠다. 그래서 칼리드 형과 함께 쓰는 침실로 달려 들어가서 문을 닫고 베개 밑에 머리를 파묻었다. 뇌가 보안관의 입에서 흘러나온 말을 설명했지만, 나는 도저히 믿을 수 없었다. 형이 잘못되었다는 걸 알았다. 엄마가 왜 그렇게 울부짖는지도 알았다.

아빠는 일터에서 그 소식을 듣고 집으로 달려왔다. 엄마와 아빠는 내 존재를 잊은 듯 나를 방에 두고 병원으로 달려갔다. 현관문이 다시 열렸을 때 나는 거실에 앉아 있었다. 엄마 아빠의 얼굴은 딱딱하게 굳어 있었다. 눈물 한 방울 흘리지 않은 듯 둘의 눈은 말라서 멀쩡해 보였다. 하지만 초점이 없었다. 병원으로 달려간 그들이 어떻게 행동했는지 알 것 같았다. 극심한 고통으로 몸부림치다 주위 사람들에게 고맙다고 정중히 말하고는 다시 집으로 돌아서는 발걸음이 얼마나 무거웠는지 알 것 같았다. 엄마는 다시금 흐느꼈다. 나지막한 흐느낌이었지만, 내게는 발밑 땅이 흔들리고 세상이 두 조각 나는 소리처럼 들렸다.

내가 마지막으로 그 소리를 들은 것은 장례식 날 아침이었다. 엄마는 화장을 하고 롤러로 머리칼을 돌돌 감았다. 무표정한 것만 빼면 평소와 다름없었다. 아침 내내 울지 않았다. 다만 한마디 말도 없이 내 셔츠의 칼라를 기계적으로 매만져 주었을 뿐이다. 엄마는 특별한 날에만 차는 진주 귀고리를 찰 때도 로봇처럼 움직였다. 엄마가 흐느끼는 소리를 낼 때도 머리에는 여전히 롤러가 붙어 있었다. 엄마는 한참 동안 흐느꼈다. 엄마가 천천히 바닥에 주저앉을 때서야 목소리는 더 낮아지고 이내 쉬었다. 이윽고 엄마는 숨을 헐떡이다 비명을 질렀다. 세상의 모든 고통이, 모든 슬픔과 외로움이 엄마의 폐에서 쏟아져 나오는 것 같았다. 아빠가 달려와 두 팔로 엄마를 감싸 안았다. 지금도 엄마의 비명 소리가 귀에 들리는 듯하다.

얼마나 시간이 지났을까. 이제 문틈 사이로 엄마가 흐느끼는 소리는 잦아들고, 숨을 헐떡이는 소리만 들린다. 엄마는 아빠의 어깨에 얼굴을 파묻고, 아빠 역시 울고 있을지 모른다는 생각이 든다. 아빠는 형 장례식에서 그랬듯 소리 없이 눈물만 흘릴 텐데도 울음소리가 귀에 들리는 것 같다. 그동안 엄마와 아빠는 내 앞에서는 슬픔을 숨겼다가 밤에 내 침실 문이 닫히면 조용히 울었던 걸까? 아마 그랬을 것이다.

개수대에서 그릇 부딪히는 소리, 발소리, 문이 닫히는 소리가 들린다. 내 침실 문 밑으로 새어 들어오던 불빛이 사라지자 방 안에 어둠이 깃든다. 나는 몸을 돌려 침대로 올라가서는 캄캄한 천장을 올려다보며 오늘 밤 꿈에 칼리드 형이 찾아오기를 바란다.

*

　잠자리들이 나를 뒤덮는다. 잠자리들은 내 머리 위에서 투명한 날개를 퍼덕거린다. 내 살갗과 눈 위로 날아다니다 귓속으로 들어오려 하고, 콧등으로 기어오르려고 애쓴다. 수십만 마리의 잠자리들……. 그 수가 너무 많아 나 자신도 잠자리가 되어 간다는 생각을 한다. 이제는 잠자리 한 마리만 칼리드 형이 아니다. 수많은 잠자리가 모두 형이다.

　잠자리들이 날개를 활짝 펼치고 하늘로 날아오른다. 연기가 걷히는 듯싶더니 칼리드 형이 나타난다. 꿈속에서 늘 그러듯 형은 잠자코 서서 나를 바라본다. 나는 형의 이름을 소리쳐 부른다.

　우리는 침대에 나란히 앉아 있다. 이번에는 칼리드 형이 잠들어 있지 않다. 형은 벽에 기대고 앉아 창밖의 달빛을 쳐다본다. 나도 창밖을 흘깃 바라본다. 내가 한 번도 본 적 없는 행성들이 줄지어 하늘을 가로지른다. 표면이 대리석 같은 커다란 자줏빛 행성이 빙글빙글 돈다. 그보다 훨씬 큰 붉은색 행성은 마치 잉걸불 같다. 초록색과 푸른색으로 빛나는 작은 행성은 지구가 아닌가 싶다. 칼리드 형의 살갗은 창문으로 쏟아져 들어오는 은빛을 받아 연한 갈색이다. 형에게 특유의 삐딱한 미소를 지어 달라고 말하고 싶다. 그런데 형의 얼굴은 그림처럼 움직이지 않는다. 관 속에 누워 있을 때처럼. 몸도 흙 속에 묻혀 있는 듯 움직이지 않는다.

"내가 어떻게 해야 해?"

내가 형에게 왜 그렇게 묻는지 모르겠다.

"궁금한 적 있니?"

형이 묻는다.

"뭐가?"

"우주가 시작된 걸 신 덕분이라고 말하는 사람도 있어. 과학과 에너지 또는 인간이 이해할 수 없는 것들 때문이라고 말하는 사람도 있고. 사람들은 또 우주가 여전히 팽창하고 있으며, 우리가 지금 보는 별이 수십만 광년 떨어진 곳에서 이미 죽어 사라진 것일 수도 있다고 말하지. 그게 사실이면 지금 우리가 보는 모든 것도 수십만 광년 전에 생겼을 거란 생각 안 드니? 어떤 면에서 보면 우리 모두는 이미 사라져 버렸을지도 몰라. 온 우주는 시작되면서 동시에 팽창하고 사라졌을 수 있고."

칼리드 형의 말이 무슨 뜻인지 모르겠다. 그래서 나는 솔직하게 모르겠다고 말한다. 형의 입술이 약간 아래로 처진다. 순간 나는 형의 목소리를 듣기는 하지만, 그건 형의 입에서 나오는 게 아니라는 사실을 깨닫는다.

"지금 너는 네 몸의 주인이 아니야."

형이 말한다.

"그럼 뭔데?"

형이 눈을 감는다.

"형이 보고 싶어."

형은 사라진다. 처음부터 없었던 것처럼 내 옆에서 사라져 버린다. 내 안에 고통이 커진다. 눈을 깜박일 때마다 나는 점점 물속으로 가라앉는다. 더 깊이 들어갈수록 푸르고 맑은 물빛이 회색과 갈색으로 바뀌고, 거품이 일어나 날개처럼 살갗을 간지럽힌다.

*

나는 울면서 잠에서 깬다. 햇빛이 분홍색으로 빛난다. 눈이 부시다. 나는 평소처럼 끙 소리를 내고 몸을 굴려 얼굴을 시트에 파묻는다. 보통은 엄마가 거칠게 문을 두드리며 일어나 학교에 갈 준비를 하라거나 이러다 늦겠다고 말할 때까지 그렇게 있는다. 하지만 오늘은 너무 아파 그럴 수가 없다. 가슴 한가운데를 차지한 통증이 피부를 뚫고 몸 밖으로 나오려 한다. 형 이름을 큰 소리로 부르고 싶다. 비록 죽었더라도 형은 반드시 나에게로 돌아올 거라고 악을 쓰며 외치고 싶다.

시트를 머리 위로 끌어 올리는데, 눈이 저절로 확 떠진다. 순간 어젯밤으로 돌아간다. 샌디 샌더스가 어디에 숨어 있는지 내가 안다는 사실이 떠오른다.

나는 침대에서 뛰쳐나와 세수를 한 뒤, 문을 열고 살금살금 복도를 걸으며 엄마 아빠의 기척에 귀 기울인다. 침실 문은 아직 닫혀 있다. 레인지 위의 벽시계는 오전 5시 54분을 가리키고 있다. 엄마 아빠는 아침 6시로 알람을 설정해 놓는다. 시간이 별로 없다. 나는 서둘러 주방으로 들어가 재빨리 냉장고 문을 열고 우유를 꺼낸다. 우유를 그릇에 쏟자 흰 거품이 인다. 나는 찬장에서 럭키참스 시리얼을 꺼낸다. 그러고는 우유가 든 그릇과 스푼과 시리얼을 위태롭게 들고, 현관을 나와 밝은 햇살 속으로 들어간다. 이윽고 나는 각종 야생화와 잡초, 웃자란 목련이 있는 뒷마당으로 향한다.

밤새 이슬이 내려 발밑의 흙과 잔디가 축축하다. 텐트에는 물방울이 맺혀 있다. 나는 럭키참스 시리얼과 그릇을 땅바닥에 내려놓다가 양말에 우유를 조금 엎지른다. 텐트 입구의 지퍼를 연다.

샌디는 숨을 헐떡이며 앉아 있다가 나를 알아보고는 손을 가슴에 얹는다.

"하느님 맙소사! 놀랐잖아!"

"함부로 하느님 찾지 마라."

나는 별 뜻 없이 그렇게 말한다. 엄마가 걸핏하면 내뱉는 말을 따라 한 것뿐이다. 나는 심호흡을 한 뒤 물속으로 다이빙하듯 텐트 안으로 뛰어든다. 그러고는 시리얼을 내려놓고 텐트 지퍼를 채운다. 샌디와 함께 텐트 안에 있자니 조금은 긴장이 된다. 얼마 전 샌디가 자신의 비밀을 들려준 그 텐트다. 칼리드 형이 우리를 발견하고, 샌디와 더 이상 사귀지 말라고 했던 곳이다. 형은 내가 여기에 샌디를 숨겨 주었다는 사실을 알면 좋아하지 않을 것이다. 내가 왜 이러는지 형이 이해할지 모르겠다. 하지만 지금은 나 자신도 나를 잘 모르겠다.

마음속에서는 또 다른 내가 그릇과 스푼과 시리얼을 놓고 얼른 밖으로 나가라고 말한다. 샌디가 나를 바라본다. 샌디는 별로 놀랍지 않은 모양이다. 내가 비겁하게 굴었던 일도 이제는 개의치 않는 것 같다.

나는 럭키참스 시리얼을 샌디 쪽으로 밀어 놓는다.

"이거 먹어."

샌디는 고맙다고 말하고는 상자를 쥐고 시리얼을 입속에 쏟아 넣는다. 입속에 든 시리얼이 1분도 안 되어 사라진다. 나는 주변에 널브러져 있는 프레첼과 감자칩, 쿠키 봉지를 바라본다. 모두 텅 비어 있다. 부스러기조차 보이지 않는다.

"여기에 얼마나 있었지?"

나는 책상다리를 하고 앉아 신경질적으로 셔츠 목둘레를 잡아당기며 샌디에게 묻는다. 만약 엄마가 본다면 내 손목을 찰싹 때리며 가만히 좀 있으라고 말할 것이다.

샌디는 시리얼 가루가 잔뜩 묻은 입술을 움직여 말한다. 엄마가 이런 샌디를 본다면 지저분하다고 나무랄 것이다.

"이틀."

"그럼 늪가에서 내가 너를 본 직후에 이리로 왔어?"

샌디가 고개를 끄덕인다.

"덤불에 숨어 있다가 집으로 가는 너를 뒤쫓았지. 너는 알아차리지 못했어."

"정말? 나를 따라온 거야?"

샌디가 나를 쳐다본다.

"아니야. 그럴 리가. 너는 늘 남의 말을 곧이곧대로 믿더라."

나는 샌디가 나를 속였다는 사실에 조금 화가 난다.

샌디는 그릇을 입으로 가져가 우유를 벌컥벌컥 마신다. 그러고는 다시 시리얼 상자에 손을 뻗지만 내가 재빨리 낚아챈다. 야박한 짓인지 알지만 샌디도 못된 녀석이다.

"어떻게 된 일인지 말해 봐."

내가 다그친다.

"왜 여기에 온 거야? 어째서 집을 나왔지?"

샌디가 손가락으로 턱을 긁는다. 샌디의 얼굴에는 여전히 멍 자국이 있는데, 여기저기 빨갛게 뾰루지 같은 것이 나 있다. 손과 다리에도 보인다. 모기와 진드기, 개미에 물린 게 틀림없다.

"너한텐 아무 말도 하지 않는 게 좋겠어."

"이 텐트에서 지내고 싶지 않으면 그렇게 해."

샌디가 나를 쏘아보다가 어깨를 으쓱한다.

"좋아."

샌디가 그렇게 말하고 떠날 것처럼 일어선다. 나는 샌디의 팔을 붙잡았다가 놓는다. 우리 둘 다 방금 내가 만진 샌디의 팔을 내려다본다. 그 팔이 폭발물이라도 되는 것처럼. 샌디는 도로 앉아서 팔짱을 낀다. 화난 것처럼 보이려 애쓰지만 겁먹은 표정이다. 힘주어 동그랗게 뜬 샌디의 눈이 우리 사이에 있는 바닥을 향한다.

"우리는 이제 친구가 아니야. 그렇지, 킹? 네가 나한테 그렇게 말했어. 더 이상 나와 이야기하고 싶지 않다고도 했고."

"네가 늪에서 자꾸 말을 시켜서 그랬던 거잖아."

내 말에 샌디가 큰 소리로 말한다.

"너는 울고 있었어!"

그러고는 너무 크게 말했다고 생각한 듯 다시 바닥을 내려다본다.

"그때 나는 어떻게 해야 할지 몰랐어. 그냥 기분이 좋지 않았지."

샌디가 나지막이 말한다.

내가 울고 있었다는 사실을 큰 소리로 말한 샌디가 원망스럽다. 슬슬 화가 나기 시작한다.

"어떻게 해야 하는지 몰랐다니, 내가 울든 말든 네가 왜 상관해?"

샌디는 여전히 나를 바라보지 못한다. 고개를 숙인 채 이렇게 말한다.

"그렇다면 너도 마찬가지야. 내가 왜 집을 나왔는지 네가 상관할 일 아니라고."

우리는 한참 동안 조용히 앉아 있다. 나는 시리얼 상자를 샌디에게 돌려준다. 샌디는 나를 흘깃 보고는 상자를 받아 들고 바쁘게 시리얼을 입에 넣는다. 샌디는 평소에도 이렇듯 굶주린 사람처럼 음식을 먹는다. 재스민과 내가 맨 처음 샌디와 점심을 먹을 때 놀랐던 기억이 난다. 샌디는 정신없이 먹는다. 그 자리에서 배 속에 음식을 넣지 못하면 금세 죽기라도 할 것처럼. 그런 샌디를 보면 엄마는 품위가 없다고, 동물처럼 행동한다고 말할 것이다. 어쩌면 샌디의 가족 모두가 그렇다고 말할지도 모른다.

나는 샌디를 지켜보며, 어젯밤에 엄마 아빠가 나눈 이야기를 떠올린다. 내가 왜 샌디에게 그 이야기를 하는지 모르겠다. 어쩌면 화가 풀리지 않아서일 것이다. 아니면 단순히 호기심 때문에 그럴지도 모른다.

"사람들이 네 형에 대해 뭐라고 하는지 알아?"

샌디는 시리얼 상자에서 고개를 들어 나를 바라본다. 그리고 시리얼을 잔뜩 움켜쥔 손을 입 가까이에서 멈춘다.

"형이라니?"

샌디는 자기 형을 모르는 듯 말한다.

"마이키 형 말이야. 그가 흑인 남자를 죽였다고들 말해."

샌디는 아예 먹는 동작을 멈춘다. 나는 시리얼이 없기 때문임을 안다. 샌디는 뭐라고 대꾸해야 할지 모르겠다는 듯 눈을 깜박이며 내 침낭을 바라본다. 새들이 재잘거리는 소리가 들린다. 내가 집에서 나온 지 5분이 넘었다. 지금쯤 엄마는 잠에

98

서 깼을 것이다. 내가 어디에 가 있는지 궁금할 게 뻔하다.

"왜 그런 말들을 하지?"

샌디가 묻는다.

나는 어깨를 으쓱한다.

"죽였으니까."

"그건 사실이 아니야."

"사실인지 아닌지 네가 어떻게 아는데?"

"우리 형이니까!"

샌디의 목소리가 다시 커진다.

"그래, 네 형이니까 잘 알겠지. 네 형은 인종 차별주의자란 것도 말이야."

내 목소리도 커진다.

"네 형이 칼리드 형한테 무슨 짓을 했는지 너도 알지?"

가슴께에서 일던 통증이 배 쪽으로 내려간다. 내가 마지막으로 칼리드 형에 대해 말한 것이 언제였는지 금방 생각나지 않는다. 나는 공기가 배 속의 통증을 가라앉히기라도 하듯 숨을 크게 들이쉰다. 하지만 통증은 조금도 가라앉지 않는다.

"네 형이 무슨 짓을 했는지 알아?"

샌디의 얼굴이 새빨개진다. 눈도 흐리멍덩해진다.

"그리고 네 아빠도?"

내가 목소리를 더 낮추어 말한다.

"네 할아버지도?"

샌디가 고개를 가로저으며 반박한다.

"마이키 형은 인종 차별주의자가 아니야."

"솔직히 너에 대해서도 궁금해."

샌디는 말없이 일어나서 가방을 들고 텐트의 지퍼를 더듬거리며 찾는다. 나는 텐트를 나가려 애쓰는 샌디를 지켜본다. 샌디의 손이 떨리고 있다.

"이 시간에 어딜 가려는 거야?"

내가 묻는다.

"신경 쓰여?"

샌디가 차갑게 내뱉는다.

"응."

내가 바로 대답한다.

샌디가 나를 보고 선다. 샌디는 화난 표정이다. 그처럼 심하게 화가 난 표정은 처음이다.

"킹, 너는 바보 멍청이야. 지금까지 내가 만난 인간 중에서 최악이라고."

샌디는 그렇게 말하고 울기 시작한다. 부끄러워하면서도 드러내 놓고 우니까 우스꽝스럽게 보인다. 샌디가 울면서 내 눈을 똑바로 바라보며 말한다.

"그래, 우리 할아버지는 인종 차별주의자였어. 그래서 어쩌라고? 할아버지가 인종 차별주의자인 걸 내가 어떻게 해야 하는데? 그러는 너는……."

마지막 말에 나는 민감하게 반응한다. 무슨 말을 하려는지 정확히 알 수 없지만 말투로 보아 나를 공격하려는 것 같기 때문이다.

나는 더 이상 생각하지 않고 조용히 미안하다고 속삭인다. 진심으로 한 말이다. 하지만 샌디가 내 말을 들었는지 모르겠다. 샌디는 자기 말에 정신이 팔려 있다.

"우리는 친구였어. 서로 모든 걸 이야기했다고."

"알아."

"그래서 너한테 말한 거야. 그 말……."

샌디가 머뭇거린다. 샌디의 목소리가 한층 낮아진다.

"내가 남자를 좋아한다는 말. 그 말을 하자 너는 내가 네 신발에 침이라도 뱉은 것처럼 나를 바라보았어. 그때 나는 그런 네가 역겹게 느껴졌어. 너는 우리 할아버지가 인종 차별주의자라서 나쁜 사람이라고 생각하지. 그러는 너는 어떤데, 킹? 너도 똑같아. 우리 할아버지와 다를 게 하나도 없다고. 알아?"

샌디가 나를 노려보는 눈빛을 보니 금방이라도 주먹이 날아올 것 같다. 샌디는 상대방을 노려본 적이 거의 없는 아이다. 그런데 지금 눈을 부릅뜨고 나를 노려보고 있다. 샌디는 다시 텐트의 지퍼를 잡으려고 한다. 내게서 떠나려 한다. 샌디를 막을 수 없다는 걸 알면서도 나는 한 번 더 그의 손을 잡는다. 샌디는 내 손을 홱 뿌리치지만, 도로 앉아 무릎을 가슴에 갖다 대고는 흐느낀다. 나는 그렇게 슬피 우는 아이를 본 적이 없다. 지난번 아빠가 하염없이 흘린 눈물은 숨 쉬는 공기처럼 자연스러워 보였다. 그런데 샌디는 몸을 부르르 떨면서 운다. 한 번 흐느낄 때마다 온몸을 떨고 딸꾹질에 기침까지 한다.

"이건 불공평해. 사람들은 우리 할아버지가 나쁘다고 말하지. 그런데 그런 사람들이 나를 어떻게 보고, 얼마나 싫어하는지 알아? 특별한 이유 없어. 그냥 무턱대고 싫어해. 그러니까 불공평한 거라고."

나는 아무도 샌디를 싫어하지 않는다고 말하고 싶지만 입술이 떨어지지 않는다. 사실이 아니기 때문이다. 카미유와 대럴이 샌디에 대해 어떻게 말했는지 생각난다. 내가 알기로 학교 아이들 절반이 두 아이와 똑같이 생각한다. 재스민을 빼고 아무도 샌디와 함께 앉지도, 이야기하려 하지도 않는다.

아무튼 샌디 말이 옳다.

"미안해."

나는 좀 더 큰 소리로 말한다.

내 이름을 부르는 소리가 들린다. 엄마가 나를 부르고 있다. 엄마의 목소리에는 두려움이 담겨 있다. 샌디와 나는 지퍼가 마법처럼 저절로 열려 우리의 비밀이 온 세상에 드러나기라도 할 듯 바짝 긴장한 채 텐트 입구를 바라본다. 엄마가 다시 내 이름을 소리쳐 부른다.

"그만 가 봐야겠어."

나는 그렇게 말하고는 무릎을 꿇고 지퍼에 손을 갖다 댄다.

"나도 떠날 거야. 새 은신처를 찾아야겠어. 그러니까……."

샌디가 말을 멈추고 머뭇거린다. 나는 샌디가 이렇게 말하려 한다고 생각한다.

그러니까 더는 나한테 신경 안 써도 돼.

내가 샌디보다 먼저 말한다.

"그러지 말고 계속 여기에 있어."

샌디는 살짝 얼굴을 찌푸린다. 지금 샌디가 무슨 생각을 하는지 모르겠다.

"그냥 여기 있으란 말이야. 대체 어디로 가려고?"

샌디는 집으로 돌아갈 수 없다. 샌디는 나에게 무슨 일이 있었는지 말하지 않았지만, 나는 샌디 얼굴의 멍 자국과 입술의 베인 상처가 그냥 생기지 않았다는 걸 안다. 재스민과 나는 예전에 샌디의 팔에 생긴 누르스름하고 푸르스름한 멍을 본 적이 있다. 언젠가 재스민은 내게 샌디의 아빠가 샌디를 학대하는 것 같다고 속삭였다. 재스민은 선생님에게 말하려 했지만, 샌디가 자기한테 화를 낼까 두려워서 가만있었다.

샌디가 고개를 가로젓는다.

"나는 숨을 곳을 찾을 수 있어."

"그러다 붙잡힐 거야."

샌디가 고개를 들고 겁먹은 표정으로 나를 바라본다.

"아무한테도 말하지 않겠다고 약속해 줘."

나는 고개를 내젓는다.

"약속은 못 해. 대신 계속해서 음식을 가져다줄게. 너를 몰래 집 안으로 데려가 샤워도 하게 해 줄 수 있어. 너에겐 이곳이 안전해."

우리는 샌디가 이곳에 끝까지 머물 수 없다는 점에 대해서는 아무 말도 하지 않는다. 샌디가 지금은 안전하겠지만, 오랫동안 그렇지 않을 거라는 말도 하지 않는다. 언젠가 아빠는 루이지애나의 토박이들은 일단 합의를 하면 그것으로 끝이라고 말했다. 우리는 합의를 보기로 한다.

8장

나는 샌디를 텐트에 남겨 두고, 창문을 통해 몰래 집 안으로 들어가려다 엄마한테 들킨다. 엄마는 팔짱을 끼고 내 방문 앞에 서 있다.

"킹, 어디서 뭐 했니? 내가 부르는 소리 못 들었어?"

나는 어젯밤 잠이 오지 않아 텐트에 갔다고 둘러대며, 엄마의 얼굴을 똑바로 쳐다보지 않으려고 애쓴다. 엄마는 더 이상 캐묻지 않는다. 내가 샌디를 늪가에서 봤다고 말했을 때, 엄마 아빠가 얼마나 크게 화를 냈는지 떠올린다. 나는 그때 칼리드 형이 죽은 지 세 달 만에 처음으로 벌을 받았다. 내가 샌디를 뒷마당에 숨겨 주고 있다는 사실을 알면 엄마 아빠는 나를 어떻게 할까? 생각만 해도 몸서리쳐진다. 생각하지 않는 게 상책이다.

*

밤에 이따금 잠이 오지 않으면, 나는 침대에 앉아 휴대폰으로 흘러가는 시간을 바라본다. 잠자려 애쓰는 일에 지칠 때까지 그런다. 그러다 일어나서 일기장이 있는 매트리스 밑에 손을 넣는다. 일기장을 펼쳐 진화에 관해 쓴 글은 건너뛴다. 다른 페이지를 훑어보며 내가 칼리드 형을 찾을 수 있게 형이 준 단서가 있는지 찾는다.

형은 깊은 잠에 빠져 꿈을 꾸면서 이따금 눈꺼풀을 실룩이며 몇 번인가 내게 이렇게 말했다.

시간은 모두 하나야. 쪼개져 있지 않다고. 시간은 하나야.

그 말이 무슨 뜻인지 알아내기까지 오랜 시간이 걸렸다. 어느 날 아침 시리얼을 먹고 있을 때, 형이 내게 때때로 시간 같은 건 없다는 생각이 든다고 말했다.

우주가 시작된 맨 처음 빅뱅부터 모든 것이 끝나는 순간까지 그 모든 일은 동시에 일어나는 거야. 수많은 일이 한꺼번에 일어난다고. 폭발과 별, 은하계, 행성, 태양의 팽창, 작은 생명들이 사는 우리 행성의 팽창까지. 그런 다음 모든 것이 먼지로 변하고, 마침내 이 우주에 더는 아무것도 존재하지 않는 거지. 그 많은 일이 지금 바로 이 순간 일어나고 있어.

이런 말 뒤에 형은 어깨를 으쓱했다.

그렇지 않다고 어떻게 부인할 수 있겠어?

형 말이 맞다면, 모든 일이 동시에 일어난다면 그래서 형이 여전히 살아 있다면, 형은 꿈에서 미래를 보았을 것이다. 어쩌면 형은 내가 자기를 찾게 되리라는 걸 알았으리라. 어느 날 밤, 내가 어디서 형을 찾을 수 있는지 말했을 수도 있다. 하지만 형이 잠자리가 되었는데도 나는 그 사실을 알아차리지 못했다. 어쩌면 그 모든 것은 형이 지금도 살아 있다는 걸 대변할지 모른다.

칼리드 형은 땅속에서 살아 있다. 잠자고 꿈꾸며 살아 있다. 내게 그 삐딱한 미소를 지어 보이고, 손으로 내 머리를 만지며 살아 있다. 사소한 농담처럼 "사랑해, 동생!" 하고 말하며 살아 있다. 내 가슴의 통증처럼 살아 있다. 작은 우주처럼 팽창하며 살아 있다.

아빠가 나를 녹슨 픽업트럭에 태우고 학교로 향한다. 라디오에서 뉴스가 흘러나온다. 샌디 샌더스가 적어도 세 번은 언급된다. 하지만 내용을 들어 보니 모두 포기하고 저마다 제 길을 가기 시작한 것 같다. 어제 라디오 프로그램 진행자들도 그랬다.

라디오에 출연한 여자가 불쑥 이렇게 말한다.

여러분은 샌더스 집안의 아이들에 대해 웬만큼은 알 거예요. 아버지가 보안관인데도 마이클 샌더스와 찰스 샌더스는 늘 말썽만 피웠어요. 내 개인적인 생각이지만 그 애들은 범법자들이에요. 샌더스 집안의 막내아들은 아마도 가출했을 거예요. 그 애는 지금 뉴올리언스로 가는 길목에 있지 않을까 싶어요.

아빠는 여자의 말을 귀담아듣지 않는다. 나는 아빠를 자세히 살피지 않아도 그렇다는 걸 알 수 있다. 귀담아듣는다면 벌써 다이얼을 돌렸을 것이다. 아빠를 대신하듯 내가 손을 뻗어 다이얼을 살짝 돌린다. "지지직!" 하고 잡음이 흘러나온다. 아빠는 그제야 라디오 소리를 의식한 듯 고개를 번쩍 든다. 아빠 얼굴을 보니 오늘은 면도를 하지 않았다. 칼리드 형은 거울에 비친 자기 얼굴을 살피다가 턱에 난 잔털을 발견하면 내게 엷은 웃음을 지어 보이곤 했다. 형은 면도도 한번 해 보지 못하고 땅속에 묻혔다. 생각해 보면 이 또한 불공평한 일이다. 나는 언젠가 턱수염을 면도하겠지만, 형은 그렇게 하지 못할 것이다.

"킹, 하고 싶은 이야기가 있다."

아빠가 말한다. 그 말에 가슴이 뛴다. 심장이 세차게 펌프질한다.

이 트럭 안에서 아빠와 단둘이 이야기를 나눈 적은 없는 것 같다. 이따금 아빠는 무엇을 하는지 잊은 듯 중얼거릴 뿐이다. 멍한 표정으로 혼잣말하듯 내게 학교생활은 어떠냐고 물은 적은 있다. 아무튼 '하고 싶은 이야기가 있다'는 건 진지한 말일 게 분명하다.

"잠시 너한테 하고 싶은 말이 있어."

아빠가 침을 삼킨다. 그러고는 핸들을 더 꽉 움켜잡는다.

내 폐에서 공기가 다 빠져나가는 것 같다.

"칼리드 형과 관련 있는 건가요?"

내가 속삭이는 목소리로 묻는다.

아빠가 번득이는 눈빛으로 나를 바라본다.

"뭐? 아니…… 그건 아니야. 칼리드 이야기가 아니라고."

나는 실망감을 느끼는 한편으로 안도한다.

딱 1분의 침묵이 흐른 뒤 아빠가 말한다.

"내가 네 나이 때, 네 할아버지한테 들은 이야기를 해 주고 싶구나."

오, 안 돼! 그 이야기라면 들은 적이 있다. 언젠가 아빠가 칼리드 형에게 그 이야기를 하는 동안 나는 거실에서 아니메쇼를 보며 엿들었다. 그때 나는 곧바로 화장실로 뛰어가서 비누로 귀를 북북 문질러 귓속에 든 이야기를 씻어 내고 싶었다.

아빠의 말을 듣자마자 당황한 탓에 내 얼굴은 일그러져 간다. 나는 차창 밖으로 고개를 돌린다. 내 예상대로 아빠는 말을 멈추지 않는다.

"네가 알아야 할 게 있어. 이 나라의 한 남자에 대해 그러니까 한 흑인에 대해서 말이야."

나는 살짝 얼굴을 찌푸리고 조용히 손바닥의 손금을 내려다본다.

"네 안에는 아주 큰 힘이 있단다, 킹."

나는 지금까지 아빠가 이런 식으로 말하는 걸 들어 본 적이 없다. 아빠의 내면에 시인이나 성직자 심지어 예언자의 영혼이 깃든 것 같다.

"너는 아주 큰 힘을 지녔고, 그만큼 세상을 네 뜻대로 굴복시킬 수 있어. 그래서 네 엄마와 나는 너에게 킹이라는 이름을 지어 준 거란다. 내 말 무슨 뜻인지 알겠지?"

아빠는 내가 아닌 스스로에게 말하듯 고개를 끄덕인다.

"하지만 이 나라는 너를 두려워한단다. 세상은 너를 두려워해. 앞으로 죽 그럴 거야. 마찬가지로 세상 그러니까 그쪽 사람들은 맬컴을 두려워했어. 그래서 총을 쏴서 죽였지. 사람들은 예수 그리스도 역시 두려워했기 때문에 십자가에 못 박아죽였어. 그쪽 사람들은 너를 두려워할 거야. 그리고 두렵기 때문에 너를 해치려 할 거고. 너는 이 사실을 반드시 알아야 해."

아빠의 목소리가 작아진다.

"조심해야 해. 내 말 알아듣겠니, 킹?"

나는 아빠가 내뱉지 못한 말을 들을 수 있다.

조심해야 해, 킹. 너까지 잃을 순 없어.

"네, 아빠."

나는 재빨리 고개를 끄덕인다. 아빠의 목소리에 담긴 절박함을 느꼈기 때문이다. 아빠는 이를 악문 채 트럭을 운전한다. 나를 바라보지 않는다. 아빠의 목소리가 내 머릿속에서 맴돈다. 나는 재스민을 생각한다. 재스민은 나와 피부색이 같다.

아니, 나보다 훨씬 까맣다. 세상은 재스민도 두려워할까? 나는 샌디를 떠올린다. 샌디는 자신도 세상에 증오심을 품고 있다고 말했다. 그렇다면 샌디는 어떨까? 세상은 샌디도 두려워할까? 사람들은 내 피부색을 알 수는 있지만, 샌디를 보고 그가 남자와 여자 중 어느 쪽을 좋아하는지는 알지 못할 것이다. 내가 사랑하는 사람들은 또 어떨까? 세상은 그들도 두려워할까?

아빠는 트럭을 학교 앞에 멈춘다. 그 시간이 되자 배 속에서 꿀벌이 떼를 지어 날아다니는 것 같다. 아빠가 내게 사랑한다고 말할 때 나 또한 사랑한다고 말해야 할지 결정해야 하는 시간 말이다.

나는 아빠를 사랑한다. 내가 아빠를 사랑한다는 걸 나도 안다. 그런데 왜 아빠에게 사랑한다는 말을 하지 못할까? 왜 나는 늘 머뭇거리는 겁쟁이일까?

나는 트럭에서 뛰어내린다. 그러고는 문을 열어 둔 채 그대로 서 있다. 아빠를 빤히 쳐다보며 아빠가 그 말을 하길 기다린다.

아빠는 나를 흘깃 바라본다.

"뭐 하는 거야? 빨리 문 닫아!"

내 가슴속에 구멍이 뻥 뚫리는 것 같다. 내가 문을 닫자 아빠는 트럭을 출발시켜 속도를 높인다. 트럭 뒤로 흙먼지가 부옇게 피어오른다.

*

쉬는 시간에 나는 재스민과 앉아 있다. 도서관에서 보내는 쉬는 시간이다. 텔레비전 드라마나 영화, 책을 보면 아이들이 떠드는 소리에 화가 난 사서 선생님이 조용히 하라고 혼내는 장면이 많이 나오는데, 우리 학교 사서 선생님은 우리가 떠들든 말든 신경 쓰지 않는다. 사서 선생님은 책상 앞에서 꾸벅꾸벅 졸고, 대럴과 한 무리의 아이들은 창가에서 웃고 떠들며 휴대폰으로 영상을 보거나 자기들 모습을 동영상에 담는다. 잠시 후 대럴이 의자 위로 뛰어올라 몸의 균형을 잡은 뒤, 등받이에 한쪽 발을 올리고 뒤쪽으로 넘어지는 찰나 바닥에 착지한다. 그러자 모두 깔깔거리며 웃는다. 나도 대럴의 묘기를 보고 웃는다. 카미유와 브리애나와 몇몇 여자아이들은 수다를 떨거나 셀카를 찍는다. 앤서니만 한쪽에 떨어져 앉아 헤드폰을 낀 채 공부하고 있다.

어느 날 샌디가 나루토를 그리는 나를 본 다음부터 우리는 자주 만화 영화에 대해 이야기했는데, 그때 지나가던 재스민이 우리에게 관심을 보였다. 그렇게 나와 샌디와 재스민은 친해졌다. 우리가 서로 떨어져 앉아 있을 때, 나는 이따금 교과서에 얼굴을 파묻다시피 하고는 글자를 읽거나 썼다. 그 때문에 대럴은 나를 비웃곤 했다. 하지만 나는 배우는 걸 좋아한다. 내가 대학에 가게 될지 아직은 모르지만, 가능하다면 가고 싶다.

재스민은 공부를 잘하는데 만화 영화 감독이 되고 싶어 한다. 틀림없이 재스민은 픽사나 디즈니의 유명한 감독이 될 것이다. 샌디는 자신의 진로에 대해 신경 쓰지 않는다고 말했다. 솔직히 샌디는 대학에 갈 실력이 못 된다. 아마도 평생 이 도시에서 살 것 같은데, 그러거나 말거나 신경 쓰지 않는다고 했다.

도서관에 재스민이랑만 앉아 있으니 샌디의 빈자리가 더 크게 느껴진다. 재스민과 나는 한참 동안 말이 없다. 재스민은 노트에 무언가 끄적인다. 잠을 자지 못한 듯 재스민의 눈은 붉게 충혈되어 있다.

갑자기 재스민이 묻는다.

"그게 사실이라고 생각해?"

나는 무슨 말인지 몰라 되묻는다.

"뭐가?"

재스민이 다시 노트에 시선을 고정한다.

"샌디가…… 가출한 거 말이야?"

단어가 목구멍에 걸린 듯 술술 나오지 않는다. 내가 샌디를 숨겨 주고 있다는 사실을 아무한테도 말하지 않은 걸, 엄마 아빠가 알면 화를 낼 게 뻔하다. 마찬가지로 재스민도 화를 낼 것이다. 너무 화가 나서 한동안 나와 말하려 하지 않을 게 분명하다. 나와 친구 관계를 끝내겠다고 선언할 수도 있다.

그리고 나를 싫어하며 멀리할 것 같다. 내가 카미유와 대릴에게 샌디의 이야기를 함부로 말한 것에 대해 재스민이 나를 용서한다면 그나마 다행이다. 하지만 이번 일은? 이번 일은 용서받을 수 없을까 봐 겁난다.

재스민이 말한다.

"그러니까 내 말은 샌디가 가출한 게 사실이라면 사람들이 말하는 것보다 훨씬 낫다는 거야."

악어, 물, 납치범, 외계인 등 여러 가지가 머릿속을 스쳐 간다. 재스민은 지난 사흘 동안 괴로웠던 모양이다.

"샌디가 가출한 게 맞다면…… 샌디는 모두가 얼마나 걱정하는지 알아야 해. 안 그래? 샌디는 왜 가출하면서 아무한테도 말하지 않은 거지? 적어도 나한테는 말해야 하지 않나? 말하지 않고 가출한 게 이상해."

재스민이 그렇게 말하고 다시 노트를 본다. 노트에 무슨 글을 쓰는지 모르지만 재스민은 집중해서 쓰는 것 같지 않다. 별생각 없이 끄적거리는 듯하다.

나는 샌디 샌더스에 대한 말은 그만하고 싶다. 화제를 바꾸고 싶다.

"뭘 쓰는 거야?"

내가 재스민에게 묻는다.

재스민이 나를 바라보지 않고 대답한다.

"시나리오."

"시나리오? 시나리오를 쓴다고?"

재스민이 고개를 끄덕인다.

"응. 영화 시나리오를 써 볼까 해."

"영화 시나리오 한 편을 다 쓸 거야?"

내 말에 재스민이 웃는다.

"그래, 킹."

슬쩍 본 노트는 절반쯤 채워져 있다.

"언제부터 쓰기 시작했어?"

재스민이 수줍은 표정을 짓는다.

"몇 달 전부터."

"왜 나한테 말 안 했어."

재스민은 노트를 바라본다.

"글쎄, 나도 모르겠어. 그냥……."

나는 가만히 기다린다. 재스민이 뭐라고 더 말할 것 같기 때문이다. 재스민은 여전히 나를 보지 않은 채 어깨를 살짝 으쓱거린다.

"부끄러워서야. 창피해서…… 너한테 보여 주고 싶지 않았어."

나는 그 말에 상처받는다. 문득 우리가 아는 누군가는 이미 재스민의 노트를 보았을 거라는 생각이 든다.

"샌디한테는 읽어 보라고 했어?"

재스민이 얼굴을 찡그리며 인정한다.

"응."

내 다리가 들썩이기 시작한다. 재스민이 샌디에게 노트를 보여 준 것에 내가 왜 이토록 화가 나는지 모르겠다. 재스민은 나보다 샌디를 더 친한 친구로 생각하는 걸까? 그건 내가 신경 써야 할 일이 아닌 듯하다. 남자는 사소한 일에 신경 쓰면 안 된다고 칼리드 형이 말하곤 했다. 그래서 나는 샌디에게 노트를 보여 준 것에 대해서는 신경 쓰지 않는 척 말하지 않기로 한다.

"시나리오 내용이 뭔지 물어봐도 돼?"

내가 말하자 재스민이 갑자기 눈을 깜빡거린다.

"그냥 이야기야."

"무슨 이야기?"

재스민이 깊게 숨을 들이쉰다.

"한 소년에게 홀딱 반했지만 어떻게 말을 걸어야 할지 모르는 소녀 이야기."

그 말을 듣는 것만으로도 배 속이 뒤틀린다. 재스민은 여전히 나를 보고 있지 않다. 재스민이 나에 대해 쓰고 있을지 모른다는 느낌이 든다. 배 속에서 뜨거운 기운이 꿈틀거린다. 가슴속에 뿌리가 내리고 줄기 하나가 목구멍을 타고 위로 올라온다. 내 입에서 꽃대가 나오고 활짝 꽃이 핀다.

"안 읽어도 토할 것 같네. 우웩!"

재스민이 눈을 희번덕거린다.

"참, 남자애들은 유치해. 철없고."

나는 그 말에 짐짓 화를 낸다.

"여자애들은 어떻고? 남자애들보다 더 유치하고 철없을걸."

재스민이 나를 째려본다.

"너는 샌디가 동성애자라는 걸 알고 그 애와 이야기하는 걸 관뒀어. 그게 철없는 짓 아니고 뭐야?"

나는 재스민 말이 옳다는 걸 안다. 그 말에 반박할 수 없어 은근히 화가 난다. 벨이 울리자 우리는 가방을 챙긴다. 나는 가방을 어깨에 메고 재스민보다 빨리 도서관을 나온다. 사물 함이 늘어선 복도로 들어서는 순간 누군가 양팔로 내 목을 감싼다. 대럴이 나를 넘어뜨릴 듯이 껴안고는 낄낄거리며 웃는 다. 뒤쫓아 온 재스민이 한쪽 눈썹을 치켜올리며 미소 짓는다. 마치 우리가 남자애들은 유치하고 철없다는 자기 말을 증명 이라도 했다는 듯. 잠시 뒤 재스민은 몸을 돌려 카미유, 브리 애나와 함께 복도를 걸어 구내식당으로 향한다.

나는 대럴을 밀어내고 쏘아붙인다.

"이러지 말라고 했잖아!"

대럴이 씨익 웃는다.

"너 좀 거만해졌어. 여자 친구 좀 있다고 자기가 대단하다 고 생각하는 것 같아."

내가 대럴의 어깨를 밀친다.

"재스민은 내 여자 친구 아니야."

둘이서 걷는데 대럴의 야구팀 친구들이 끼어든다. 대럴은 그들과 이야기하느라 더는 나를 놀리지 못한다. 하지만 대럴이 놀릴 때가 더 나은 것 같다. 지금 나는 재스민에 대한 생각을 멈출 수가 없다. 대체 그 시나리오는 누구에 대해 쓴 걸까? 앞뒤 따져 보지도 않고, 대뜸 나에 대해 쓰고 있다고 판단한 내가 얼마나 오만한가 싶다. 나 자신이 한심하다는 생각도 든다. 재스민이 나를 바라보지 않으려 한 일과 무언가 어색한 분위기가 재스민에게서 퍼져 나와 내 살갗에 스며든다고 느꼈던 일도 떠오른다. 혹시 재스민이 정말 나를 좋아하는 걸까? 재스민이 내게 홀딱 반하는 일이 가능한가? 갑자기 숨을 곳을 찾고 싶어진다. 샌디 샌더스가 우리 집 뒷마당의 텐트를 찾아낸 것처럼 나도 그런 곳을 찾고 싶다.

우리 모두 구내식당으로 들어간다. 어찌된 일인지 그곳은 도서관보다 더 조용하다. 아무래도 선생님들이 식당 주변을 순찰하기 때문인 것 같다. 구내식당에는 플라스틱 의자가 많고, 누군가 바닥에 세척제를 쏟아 놓은 것 같은 냄새가 난다. 머리에 망을 쓰고 흰 가운을 입은 급식 담당자가 이 빠진 자리가 훤히 드러나게 웃으며 슬로피조(간 소고기에 양파와 토마토소스 등을 넣어 만든 샌드위치 - 옮긴이)와 치즈피자를 우유갑, 갈색 바나나와 함께 식판에 담아 준다. 나는 늘 앉는 자리로 간다. 카미유 옆에는 카미유가 생각하기에 합석할 자격이 충분하다고 여기는 아이들만 앉아 있다. 재스민은 식탁 맞은편에서 브리애나와 이야기하느라 내 쪽은 거들떠도 안 본다. 대럴이 내 옆에 와서 앉는다. 우리는 재스민과 브리애나를 바라본다. 둘은 우리가 바라보는 줄 알고, 우리 쪽을 흘끗거렸다가 이내 시선을 돌린다. 대럴과 나는 마주 보며 멋쩍게 웃는다.

이윽고 대럴이 고개를 저으며 말한다.

"여자애들이란……."

대럴도 나만큼 당황하고 있다는 게 느껴졌다.

"브리애나가 여전히 너한테 반해 있는 것 같은데. 안 그래?"

내가 묻는다.

대럴이 나를 한 대 쥐어박고 싶다는 표정을 짓는다.

"목소리 낮춰. 브리애나가 나를 좋아한다는 걸 다른 애들이 알까 봐 무섭단 말이야."

"알면 어때서?"

"브리애나는 키가 너무 크잖아? 나와 어울리겠냐고?"

대럴이 나보다 훨씬 큰 소리로 말한다. 나는 브리애나가 들었을까 궁금해서 맞은편 식탁을 흘끗거린다. 브리애나는 재스민과 속삭이느라 정신없어 보인다.

"다들 나를 놀릴 거야."

"그러지 않을 것 같은데."

내 반응에 대럴은 뭐라고 투덜대며 치즈피자를 집어 든다.

"너는 어떤데?"

내가 묻자 대럴이 나를 쏘아본다.

"어떠냐니, 뭐가?"

"너도 브리애나를 좋아하냐고?"

대럴이 어깨를 으쓱한다. 나는 대럴이 큰 소리로 '말도 안돼!' 하고 말하지 않아서 놀란다.

"일 년 전 브리애나의 키가 별로 크지 않았을 때…… 그러니까 그때는…….."

나는 큰 소리로 웃고 싶지만 그러지 않기로 한다. 재스민이 알면 유치하고 철없다고 말할 게 뻔하기 때문이다.

"서로 좋아하고 있네, 뭐. 아주 잘됐어. 안 그래?"

"잘못짚었어! 나는 죽어도…….."

대럴이 입을 딱 벌린 채 말을 멈춘다. 나는 대럴이 말을 멈추기 전까지 무슨 말을 했는지 알지 못한다. 잠시 슬로피조에 정신을 팔았기 때문이다.

대럴이 빠르게 말한다.

"그러니까 브리애나의 남자 친구가 되지 않을 거야."

나는 못 들은 듯 행동하고 싶다. 죽음과 칼리드 형을 동시에 떠올리지 않으려 행동할 때처럼 시치미를 떼고 싶다. 왜 갑자기 형 생각이 나는지 모르겠다. 나는 머릿속에 떠오르는 대로 말한다.

"좀 안타깝네. 너는 너희가 잘 어울린다는 걸 몰라. 어쩌면 앞으로도 절대 모를 거야. 브리애나가 너보다 키가 크다는 것만 알 뿐이지. 너는 지금 네 몸의 주인이 아니야."

대럴이 눈을 가늘게 뜨고 나를 바라본다.

"그건 또 무슨 말이야?"

칼리드 형이 어느 날 밤 내게 해 준 말이다. 그 말을 내뱉긴 했지만 무슨 뜻인지는 나도 모른다.

"네가 누군가와 사귀고 싶은지, 너는 어떻게 알지?"

내가 묻는다.

대럴이 어처구니없다는 듯 웃는다.

"대체 뭐라는 거야?"

어쩌면 내가 칼리드 형에게 물어보고 싶었던 말을 대럴에게 했다는 걸 알아차린다. 어느 날 형은 씩 웃고는 팔로 내 목을 감고, 내게 어떤 여자아이를 좋아하는지 알려 달라고 말했다. 그때 나는 형에게 묻고 싶었다. 누군가와 사귀고 싶다는 건 어떻게 알 수 있냐고. 하지만 질문을 되돌리기에는 너무 늦었다. 나는 물러나지 않고 버티기로 한다.

"네가 누구를 좋아하는지 너는 어떻게 아냐고?"

나는 재스민을 흘깃거리며 목소리를 낮추고 다시 대럴에게 묻는다. 내 입에서 말이 나오기 무섭게 재스민이 우리 쪽으로 고개를 돌린다. 우리는 눈알이 빠져나가지 않았나 싶을 정도로 깜짝 놀라 재빨리 시선을 거둔다.

대럴이 히죽히죽 웃으며 말한다.

"네가 누굴 좋아하는지 알기는 쉽지."

그럴 것 같다. 재스민은 내 친구이고, 나는 재스민을 좋아한다. 솔직히 아주 좋아한다. 하지만 그렇다고 해서 재스민의 손을 잡고 싶어야 마땅한가? 벨이 울리기 전 상급생들이 하듯 복도에서 재스민을 껴안아야 하나? 재스민에게 키스하고 싶어야 정상인가?

아니다. 정말이지 나는 그렇게 하고 싶지 않다.

대럴은 내 머릿속에서 갖가지 질문이 솟아나는 걸 눈치채지 못한 듯하다. 여전히 나를 보며 싱글싱글 웃는다. 그러다 나와 함께 무언가 음모를 꾸민 사람처럼 목소리를 낮게 깔고 말한다.

"네가 재스민한테 여자 친구가 되어 달라고 말하고 싶은지 아닌지 내 눈에 다 보여. 그래서 너한테 묻고 싶은 게 있어. 너는 듣기 싫겠지만 왜 네가 걸핏하면 샌디 샌더스랑 어울려 다녔는지 궁금해."

대럴은 그렇게 말하고 자지러지게 웃는다. 나는 한참 동안 머뭇거리다 마지못해 웃는다.

9장

오늘 밤 칼리드 형은 평소보다 조용하다. 나는 잠이 오지 않는다. 그래서 형이 잠자는 동안 하는 행동을 하나하나 적고 있다.

뒤척인다.

눈꺼풀을 실룩인다. 형이 꿈을 꾸고 있다는 뜻이다.

2분 동안 코를 곤다.

베개에 침을 흘린다.

형이 발로 나를 걷어찬다. 그래서 나도 똑같이 찬다.

형은 나처럼 피부색이 갈색이며, 머리칼은 잠잘 때 전체적으로 납작해지는 곱슬머리다. 그리고 한쪽 눈가에는 사마귀가 있다.

형이 뭐라고 중얼거린다. 나는 형에게 깼냐고 묻는다.

형은 이렇게 대답한다.

"너는 네 몸의 주인이 아니야, 킹."

나는 형에게 그 말이 무슨 뜻인지 묻지만 형은 대답하지 않는다. 형은 5분 동안 자다가 다시 이야기를 시작한다.

"우리는 모두 하나의 영혼이야. 별들이 우리 안에 있어."

형 말이 도무지 이해되지 않는다. 나는 설명 좀 해 달라고 말한다.

"우리는 하늘의 모든 별이자 하나하나의 별이야. 우리는 너무 많은 걸 잊고 있어. 별들은 각자 자신만의 색깔을 가지고 있지. 별들은 하늘에 수놓아져 있어. 하늘에 떠 있는 구름 한 조각을 봐, 킹. 작아 보이지만 구름은 바다만큼 넓어. 구름 속에는 별들이 가득 차 있지. 구름에서 비가 꽃처럼 쏟아져 땅을 수놓아. 너는 그 위를 걸을 수 있어. 꽃들 위를 말이야. 꽃들은 파도처럼 휩쓸려 다녀. 꽃들이 가라앉으면 양치식물과 버섯과 풀이 빽빽하게 들어찬 숲에 닿아. 별들도 이따금 숲에 떨어지지. 나는 숲속을 날아다닐 수 있어. 하지만 덩굴이 있어서 조심해야 해. 내가 재빨리 날지 않으면 덩굴이 나를 붙잡을 거야. 다행히 나는 늘 빨리 날아다녀. 재빨리 날아서 구름 속으로 들어갔다가 높은 하늘로 올라가지. 하늘은 온통 빛으로 이루어져 있어. 소용돌이치는 빛으로 이루어져 있지. 킹, 너는 그런 하늘을 본 적 있니?"

*

학교에서 수업이 끝나는 벨이 울리자 나는 뙤약볕에 쩍쩍 갈라진 보도를 서둘러 걷는다. 그러면서 샌디가 얼마나 배고파할지 생각한다. 집에 도착했을 때 샌디가 텐트에 없을까 봐 걱정하기도 한다.

학교와 집의 중간쯤 왔을 때, 나는 잠자리를 보러 가지 않았다는 사실을 깨닫고 걸음을 멈춘다. 루이지애나의 무더위에도 이상하게 손이 차다. 배 속이 뒤틀린다. 잠자리를 깜빡 잊다니! 잠자리들에게 가는 걸 어떻게 잊을 수 있지? 칼리드 형을 만나는 일을 잊는다니 말이 돼?

후끈한 바람이 얼굴과 머리칼을 어루만진다. 바람에 바스락거리는 잎사귀 소리와 매미의 노래에 맞추어 나뭇가지가 춤을 춘다. 땅에서는 김이 모락모락 솟아오르고 있다. 나는 돌아서서 점점 빠르게 걷다가 냅다 뛰기 시작한다. 팔다리를 부지런히 움직여 포장길을 날아갈 듯 가로지르고 흙길을 달려서 마침내 늪가에 다다른다. 숨이 차서 폐가 아프다. 허리를 굽혀야 할 만큼 옆구리가 쑤시고 심하게 경련이 인다. 나는 진창에 빠진 채로 숨을 헐떡인다. 눈에서 눈물이 흘러내린다. 내가 할 일이라고는 우는 것뿐인 듯하다. 투명한 날개가 달린 잠자리들은 여전히 나를 외면한다.

나는 어스름한 저녁이 되어서야 집에 도착했다. 루이지애나의 하늘이 빨간색에서 자주색으로 바뀐다. 언젠가 엄마는 하늘 색깔이 구름과 어울리지 않는 것 같다고 말했다. 나는 집으로 들어가지 않는다. 집 안이 어떤지 알기 때문이다. 집에는 사방에 벽 같은 침묵만 있다. 가시철사가 내 다리를 휘감아 나를 꼼짝 못 하게 한다. 곧 칼리드 형의 생일이다. 해마다 우리 집 경축일 순서는 이랬다. 추수감사절, 크리스마스, 칼리드 형 생일 그리고 마지막으로 마디그라 축제다. 형 생일은 형만을 위한 유일한 시간이었다. 올해는 추수감사절과 크리스마스를 축하하지 않은 첫 번째 해다. 또 칼리드 형의 생일을 축하하지 않을 첫 번째 해이기도 하다.

내 생일은? 나는 루이지애나가 가장 더운 때 그러니까 한여름에 태어났다. 어쩌면 지금 내 안에 이는 분노는 한여름의 열기 때문인지도 모른다. 전에 나는 분노한 적이 없었다. 엄마와 아빠, 칼리드 형에게 이따금 화가 나긴 했다. 하지만 지금처럼 분노하지는 않았다. 분노의 감정이 핏줄을 타고 끓어올라 심장을 뜨겁게 달군다. 왜 분노할까? 내가 여기서 이렇게 숨을 쉬고 있는데, 형은 그러지 못한다는 사실에? 이 점을 빼면 딱히 분노할 이유는 없는 것 같다.

나는 곧장 뒷마당의 텐트로 가서 지퍼를 연다. 숨이 탁 막힌다. 텐트 안에는 내 침낭과 쓰레기만 있다.

샌디는 없다.

나는 돌아선다. 목련잎이 산들바람에 살랑이며 신기루처럼 어른거린다. 뒷마당에는 서서히 다가오는 밤의 그림자뿐 아무것도 보이지 않는다.

"샌디?"

샌디를 불러 본다. 아무런 대답이 없다. 바람도 숨을 죽인 듯 조용하다.

"샌디!"

이번에는 크게 부른다. 역시 대답이 없다.

샌디는 떠났다. 순전히 내 잘못이다. 너무 늦게 온 탓이다. 샌디에게 내가 필요하다는 걸 뻔히 알면서도 늪가에서 시간을 보냈다. 아무튼 샌디는 떠났고, 지금 어디에 있는지 알 길이 없다. 별 탈 없이 잘 있는지도 알 수 없다. 나는 텐트 안으로 기어들어 가서 샌디가 있던 곳에 앉는다. 어쩌면 샌디는 더 이상 나를 보고 싶어 하지 않을 수도 있다. 내가 학교에 가자마자 떠났을지도 모른다. 나는 샌디가 음식을 받아먹는 걸 보고는 떠나지 않을 줄 알았다. 아니, 정확히 말하자면 샌디는 절대 떠나지 않을 거라며 나 자신에게 거짓말을 했다.

"킹!"

별안간 어디선가 내 이름을 부르는 소리가 들린다.

나는 고개를 들고 덤불 쪽을 뚫어지게 바라본다. 아무것도 보이지 않는다.

"킹!"

목소리가 다시 들린다. 낯선 사람의 윤곽이 어렴풋이 보인다. 그것은 유령이란 생각이 들 정도로 덤불 속에 조용히 서 있다. 나는 텐트 밖으로 나와 잔디밭을 가로질러 덤불 쪽으로 걷는다. 가까이 다가갈수록 샌디의 모습이 분명해진다. 샌디는 나뭇잎과 가시 뒤에 숨어 있다.

"샌디!"

샌디의 이름을 부르는 내 목소리가 샌디의 귀에 안도하는 것처럼 들리지 않기를 바란다.

"뭐 하는 거야? 왜 텐트에서 나왔어?"

"네 아빠 때문에……."

샌디의 목소리는 높고 날카롭다. 쉰 것 같기도 하다. 나는 샌디가 전처럼 긴장한 줄 알았는데 그렇지 않다. 오히려 겁먹은 표정이다. 샌디의 얼굴은 달빛만큼이나 창백하다.

겁먹은 샌디를 보자 심장이 마구 두근거린다. 심장이 갈비뼈를 세게 두드리는 바람에 살갗이 떨리는 것 같다.

"우리 아빠가 왜?"

나는 조심스레 묻는다.

"네 아빠가 집에 돌아왔어. 나는 아저씨가 집에 와 있는지 몰랐어. 정말 몰랐지. 저녁 늦게야 돌아올 줄 알았던 거야. 지난 이틀 동안 그랬으니까. 아저씨는 평소에 아주 늦게까지 밖에 있잖아. 안 그래? 아무튼 나는 배가 고파서 네 방 창문을 통해 집 안으로 들어갔어. 내가 찬장 문을 여닫는 소리를 아저씨가 들었지. 죄송하다고 말했지만 아저씨는 누구냐고 소리쳐 묻고는 전화로 경찰을 불렀어. 나는 재빨리 현관문으로 도망쳐 나왔지. 아저씨도 뒷마당으로 나왔고. 나는 아저씨가 텐트로 올까 봐 두려워 덤불 속에 숨었던 거야."

"아빠는 절대로 텐트 안을 들여다보지 않아. 텐트 안에 있으면 더 안전했을 거야."

샌디가 이를 악문다. 내게 더 할 말이 있는 것 같다.

"네 아빠가……."

샌디가 나지막이 속삭인다.

"나를 본 것 같아."

나는 숨을 멈춘다.

"왜 그렇게 생각하는데?"

"네 아빠는 덤불 속으로 들어와 샅샅이 살폈어. 그러다 나를 봤을 거야. 아저씨는 나와 한 걸음도 채 떨어지지 않은 곳까지 왔거든. 그러고는 집 안으로 들어갔지."

"알았어."

아빠가 우리 뒤에서 나타날까 봐 나는 뒤쪽을 흘깃거리며 말한다.

"아빠가 너를 봤다고 치자. 너를 알아는 봤어?"

"모르겠어! 하지만 그건 중요하지 않아. 이제 더는 여기에 있을 수 없어. 네 아빠가 다시 나를 찾으러 오면 어떡해?"

나는 샌디의 말이 옳다고 생각한다. 하지만 샌디가 자기 아빠에게 돌아갈 걸 생각하니 머리가 터질 것 같다. 샌디가 여기 우리 집 뒷마당에 있으면, 적어도 나는 샌디가 어디에 있는지 알고, 안전하다고 생각한다. 그 사실을 나 외에는 아무도 모를 테니까. 샌디가 달아나 어딘가에 숨는다면 샌디의 행방을 확인할 수 없다. 그렇게 되면 나는 다시는 샌디를 보지 못할까 봐 걱정하게 될 것이다.

어쩌면 루이지애나의 모든 곳에 유령이 있다는 엄마 말이 맞을지도 모르겠다. 누군가 뒤에서 슬며시 다가와 내 귀에 뭐라고 속삭이는 것 같은 기분이 든다. 샌디는 내 머릿속에 아이디어가 번쩍 떠오른 걸 알아차린 모양이다. 찌푸린 얼굴로 나를 똑바로 바라보며 두 손을 비비고 있다. 샌디는 무언가 궁금할 때 그런다.

"네가 숨을 곳이 어딘지 생각났어."

내가 샌디에게 말한다.

*

어느 날 밤, 칼리드 형은 강가의 늪지대에 있는 마틴 할아버지의 오두막에 대해 한참 동안 이야기했다.

"그곳은 언뜻 개집처럼 보여. 그리고 거미와 쥐들만 살지. 텅 비어 있지만 사방이 막혀 있어서 악어가 들어오더라도 나갈 길을 쉽게 찾지 못할 거야."

형은 늘 자기만 볼 수 있는 세계에 대해 이야기했는데 그날 밤은 달랐다. 내가 발 딛고 선 세계에 대해 처음으로 이야기한 것이다. 그래서 확실하게 기억난다.

자그마한 오두막에 대한 형의 말을 들었을 때 그것이 정말 있는지 궁금했다. 잠꼬대였을지도 모르니 확인해 보고 싶었다. 그래서 다음 날 나는 오두막에 대해 형에게 물어보기로 했다.

형과 나는 주방의 동그란 식탁에 앉아 럭키참스 시리얼을 먹고 있었다. 형은 요란하게 소리를 내며 시리얼을 먹었다. 나는 기회를 엿보다 마틴 할아버지의 오두막에 대해 물었다. 그러자 형은 찌푸린 얼굴로 나를 바라보며 되물었다.

"그걸 어떻게 알았지?"

나는 바로 대답하지 않고 화난 것 같은 형의 얼굴을 바라보며 멋쩍게 웃었다. 형은 늘 짓는 삐딱한 미소 대신 눈을 가늘게 뜨고 나를 바라보았다.

"다시는 그 오두막 이야기는 하지 않았으면 좋겠어."

형이 말했다.

나는 형의 진지한 말투에 당황했다.

"그 오두막은 너와 나를 위한 곳이 아니야. 마이키 샌더스 같은 사람이 해서는 안 될 일을 하려고 가는 곳이야. 너 학교 졸업하고 싶지? 대학에도 가고 싶지?"

나도 갑자기 진지해졌다. 나는 입을 앙다물고 결연하게 고개를 끄덕였다.

"그럼 그 오두막 이야기는 하지 마. 절대로 하지 말라고."

나는 그 뒤로 결코 오두막에 대해 이야기하지 않았다. 내 기억에서 거의 지웠다. 내가 마틴 할아버지의 오두막에 대해 알고 있다는 사실을 누군가 눈치챈다면 내게 위험이 닥칠 것 같았다. 그런데 지금 샌디를 보자 불현듯 오두막 생각이 났다.

*

우리는 밤중에 늪지대에 도착했다. 불빛이 하나도 없다. 별만 반짝거린다. 너무 깜깜하여 코앞의 손도 보이지 않는다. 나는 휴대폰 플래시로 길을 비춘다. 비취색 불빛에 내가 매일 걸었던 흙길이 드러난다. 불빛 하나로 세상이 갑자기 바뀌어 보이는 게 신기하다. 흙길과 나무들이 다른 세계의 풍경처럼 보인다. 호수 밑바닥의 찌꺼기들이 물 위에 떠오른 듯 수면이 부옇다.

샌디와 나는 말없이 걷기만 한다. 샌디가 무슨 생각을 하고 있는지 알 길이 없다. 그렇다고 내가 샌디의 생각을 꼭 알고 싶은지 나도 잘 모르겠다. 저녁 식사를 마치고 너무 피곤해서 자야겠다고 말한 뒤 방으로 향한 내가 없는 걸 알면 엄마는 어떻게 할까? 보나 마나 몹시 꾸짖거나 나를 집에 가두어 놓을 게 틀림없다.

"이게 좋은 생각인 게 확실해?"

샌디가 속삭이는 목소리로 묻는다. 왜 그렇게 조용히 말하는지 모르겠다. 유령이라면 모를까 근처에 사람이 있을 것 같지는 않은데 말이다.

"그럼 너는 다른 생각 있어?"

"아니."

샌디가 약간 화난 투로 대꾸한다.

"그래도 악어한테 잡아먹히고 싶지는 않아."

"사람이 악어한테 잡아먹혔다는 이야기를 마지막으로 들은 게 언제지? 요즘엔 통 못 들었잖아. 그러니 괜찮을 거야."

내가 말한다. 하지만 어둠 속에서도 샌디가 묻고 싶어 하는 걸 느낄 수 있다. 확실해? 하는 질문이 샌디에게서 뿜어져 나온다. 샌디가 소리 내어 묻지 않아 다행이다. 나도 잘 모르기 때문이다.

우리는 계속 걷는다. 걸음을 내디딜 때마다 땅이 무르더니 이내 신발이 푹푹 빠지는 진흙탕 길이 나온다. 잠시 후 늘 칼리드 형을 기다리며 서 있던 곳, 며칠 전 샌디가 우는 나를 발견했던 곳을 지나친다. 밤이라서 그런지 잠자리들은 보이지 않는다. 잠자리들이 지금도 날아다니는지 아니면 잠잘 곳을 찾아 평화롭게 잠들었는지는 모르겠다.

이윽고 우리는 진흙이 정강이까지 올라오는 곳에 이른다. 발을 보니 신발인지 진흙 덩어리인지 알 수 없다. 진흙이 양말 속으로 들어와 발가락 사이에 끼여 까끌까끌한 느낌이 든다. 옆에서 샌디가 진흙에서 발을 빼며 힘들다고 말한다.

"킹, 오두막은 대체 어디 있는 거야?"

샌디가 묻는다. 분노와 짜증이 섞인 샌디의 목소리가 마음에 들지 않는다. 나는 지금 너를 위해 애쓰고 있어. 알아?

"다 왔어."

"오두막에 대해선 어떻게 알았어?"

샌디가 묻는다.

칼리드 형한테 들었다고 말하고 싶지 않다. 지금은 형에 대한 이야기는 물론이고 생각조차 하고 싶은 마음이 없다. 가슴 속에서 솟아오르기 시작하여 내 몸 전체를 채우는 슬픔에 빠져들고 싶지 않으니까. 하지만 형을 떠올리고 싶지 않다고 생각한 순간 죄책감이 밀려온다.

"나를 믿어. 알았어?"

내가 말한다. 그 뒤로 샌디는 한참 동안 아무 말이 없다.

우리는 강에 이를 때까지 말없이 걷는다. 질척질척한 물가를 걸어 오르막길에 이르자 땅이 조금씩 단단해진다. 저기 숲 가장자리에 형이 알려 준 오두막이 희미하게 보인다.

마침내 우리는 오두막 앞에 선다. 나무판자로 지은 오두막은 이끼로 덮여 까맣게 보인다. 경첩이 떨어져 나간 문을 살짝 밀어 안으로 들어간다. 걸음을 내디딜 때마다 마룻널이 삐걱거리면서 곰팡내가 풍긴다. 휴대폰 플래시로 주위를 비추어 본다. 유령이 한쪽 구석에서 우리를 지켜볼지도 모른다는 생각이 든다. 다행히 아무것도 없는 듯하다. 오두막 안은 자그마한 거실처럼 보인다. 냉장고, 레인지, 두 개의 작은 캐비닛도 있다. 모두 벽에 붙어 있다. 방 한가운데에는 접이식 소파가 있다. 텔레비전이 없는 텔레비전 스탠드도 눈에 띈다. 한쪽 벽에 작은 문이 있다. 닫혀 있는데 화장실 같다.

"이게 그 오두막이야?"

샌디가 쉰 목소리로 묻는다. 샌디가 여기서 지낼 수 없다고 말할까 봐 걱정된다. 내가 샌디라면 그렇게 말할 것이다. 그런데 휴대폰 불빛 속에서 샌디가 나를 돌아보며 씩 웃는다.

"이 정도면 완벽해."

뜻밖이다. 샌디는 고개를 끄덕이고는 흰 시트가 덮인 소파에 털썩 앉는다. 마치 왕좌에 앉는 왕자처럼.

나는 문가의 전등 스위치를 올린다. 불이 들어오지 않는다. 몇 년 동안 아무도 이곳에 오지 않은 것 같다. 누구도 머물지 않은 듯하다.

"이 오두막은 누구 거야?"

샌디가 묻는다.

"몰라."

나는 거짓말을 한다. 샌디가 호기심 어린 눈으로 바라보는 걸 느낄 수 있다. 나는 개수대로 걸어가 수도꼭지를 틀어 본다. 조금 더 만지작거리자 누르스름한 물이 쏟아진다. 강에서 곧장 끌어 올리는 물인 것 같다.

"너는 여기에 혼자 있어야 해. 신경 쓸 사람은 없을 거야. 귀찮게 할 사람도 없을 거고. 내가 먹을 것과 담요를 갖다줄게. 다른 필요한 것도 가져다주고."

"만화책도 갖다줄 거야?"

샌디가 기대하는 목소리로 묻는다.

나도 모르게 웃음이 나온다.

"그럼. 만화책도 갖다줄 수 있어. 나중에 돌려준다면 말이야."

나는 주방 조리대에 놓인 낡은 석유램프를 발견하고 불을 켜려고 만지작거린다. 하지만 불이 켜지지 않는다. 우리 집 차고에 석유가 있을 거란 생각이 든다. 석유를 몰래 가져온다면, 샌디는 매일 밤 어둠 속에 있지 않아도 된다. 우선 휴대폰 플래시를 뒤집어 소파 위에 올려놓는다. 그림자가 진 캄캄한 구석을 빼고는 은색 불빛이 방 안을 비춘다.

샌디가 소파에서 일어선다.

"킹, 고마워."

샌디가 말한다.

나는 쑥스러워 못 들은 척한다.

"고맙다고."

"뭐가?"

샌디는 한 손을 옆구리에 대고 안절부절못한다. 그러다 긴장한 목소리로 말한다.

"나한테 잘해 줘서. 굳이 나한테 잘해 줄 필요도 없는데 말이야. 너는 나를 너희 집 뒷마당에서 지내게 해 주었어. 이리 데려오기도 했고. 그래서 고마워."

나는 망설인다. 무엇 때문에 샌디를 도와주었는지 말하지 않는다. 샌디를 심하게 대한 데 따른 죄책감이 느껴진다. 그래도 내가 잘못했다고 말하고 싶지는 않다.

"고맙긴."

나는 그 정도로 대답한다.

샌디가 다시 소파에 털썩 주저앉는다.

"여기서 나랑 함께 있어 줄래?"

내가 겪게 될 온갖 곤란한 상황이 머릿속을 맴돈다. 나는 여기서 지낼 수 없다.

"아니, 나는 집에 돌아가야 해."

샌디의 얼굴에 실망감이 감돈다.

"엄마와 아빠가 내가 침대에 없는 걸 알면 가만 안 둘 거야. 나를 가둬 놓을걸."

"네가 없는 걸 네 부모님이 아직 모른다면? 아마 아침까지 모를걸."

샌디가 그렇게 말하고 눈을 동그랗게 뜬다. 천진난만한 강아지의 눈 같다.

"그러지 말고 제발……. 나는 여기 있는 게 좋아. 하지만 불빛 없이는……."

샌디가 두 손을 흔든다.

"으스스해서 걱정 돼."

나는 그림자가 진 구석과 부드러운 바람에도 달그락거리는 유리창을 흘낏 바라본다. 나도 혼자서는 여기에 있고 싶지 않다. 어둠 속에서 혼자라니, 생각만 해도 소름 끼친다. 오두막은 공포 영화 세트장 같다. 엄마 아빠는 공포물이나 폭력적인 영화를 못 보게 하지만, 그렇다고 보지 않았던 건 아니다. 칼리드 형이 휴대폰으로 그런 영화와 드라마를 볼 때마다 나는 어깨너머로 구경하곤 했다. 대부분 형들은 동생이 귀찮게 달라붙으면 꺼지라며 신경질을 부릴 것이다. 하지만 칼리드 형은 그렇지 않았다. 내가 어떻게 하든 크게 신경 쓰지 않았다. 형은 무서운 장면이 나오면 나를 힐끔 보고는, 내가 겁먹었을 경우 하품하는 척 윗몸을 뒤로 젖히며 "그만 자야겠다."라고 말했다. 그러면 나는 무서워 더는 볼 수 없다는 식으로 말하지 않아도 되었다.

샌디는 무언가 간절히 바라는 듯한 커다란 눈으로 나를 바라본다. 우리가 친구였을 때도 샌디가 그런 눈으로 바라본 적이 있다. 그때 샌디는 내게 가장 좋아하는 책을 빌려 달라고 하거나 아니면 숙제를 혼자 하기 힘들다면서 도와 달라고 했다. 그러면 샌디를 우리 집 뒷마당의 텐트로 데려가곤 했다. 그때도 샌디는 집에 가고 싶어 하지 않았다. 갑자기 샌디와 내가 친구로 지내던 때가 그리워진다. 시간이 흘러 우리가 안고 있는 모든 일이 수습되면, 우리는 예전처럼 친구로 지낼 수 있지 않을까.

"알았어. 하지만 내가 곤란해질 경우……."

나는 말을 하다가 멈춘다. 곤란한 상황을 미리 생각하고 겁먹는 것은 그야말로 쓸데없는 짓이다.

샌디는 이해한다는 듯 고개를 끄덕인다. 우리는 접이식 소파를 당겨 침대 모양으로 만든다. 샌디가 그 위로 뛰어오르고, 나는 머뭇거리며 귀퉁이에 걸터앉는다. 샌디와 함께 있는 나를 본 사람은 아무도 없다. 나 자신과 유령들을 빼고는.

샌디가 그동안의 일에 대해 묻는다.

"사람들은 아직도 나를 찾고 있어?"

솔직히 말하는 게 나을 것 같다. 요즘 나는 입만 열면 거짓말을 하고 있어 더욱 그렇다.

"아니."

나는 샌디가 실망하거나 상처받은 표정이 아니어서 놀란다. 내가 실종되었는데 아무도 나를 찾지 않는다면 나는 실망하고 상처받을 것이다. 하지만 샌디는 안도하는 표정을 지을 뿐이다. 나는 이어서 말한다.

"사람들이 여전히 네 이야기를 하고 상황을 지켜보고 있긴 해. 하지만 이제 수색대는 해체됐어."

나는 잠시 멈추었다가 계속 말한다.

"네가 그냥 가출했을 뿐이라고 단정하는 사람들도 있어."

"그래? 정답이네."

샌디가 죄책감이라고는 전혀 없이 말한다.

나는 다시 잠자코 있다가 입을 연다.

"재스민이 걱정해."

샌디는 입을 앙다물고 가슴에 무릎을 바짝 붙인다.

"아무래도 재스민한테 말해야……."

내가 미처 말을 끝내기도 전에 샌디가 재빨리 "안 돼!" 하고 소리친다.

"재스민은 자기만 알고 있지 않을 거야. 나는 재스민을 알아. 재스민은 그 말을 듣고 별다른 생각 없이 가장 처음 만나는 어른한테 몽땅 불어 버릴걸. 그러는 게 나를 위한 최선의 방법이라고 생각하기 때문이지. 하지만 재스민은 몰라."

마음 한구석에서 재스민이 그러는 게 옳지 않을까 하는 생각이 든다. 사실대로 어른에게 말하는 편이 나을 것이다. 하지만 나는 겁나서 그러지 못한다.

"네가 한 말 생각해 봤어. 우리 할아버지와 아빠와 이런저런 일에 대한 거 말이야."

순간 나는 당황한다. 얼굴이 화끈거린다.

"애초에 너한테 그런 말 하지 말았어야 했는데……."

"하지만 네 말이 맞는걸, 뭐."

샌디가 그렇게 말하고 나에게는 보이지 않는 무언가를 본 듯 얼굴을 찡그린다.

"그래, 우리 할아버지는 인종 차별주의자였어. 아빠는…… 스스로 인종 차별주의자가 아니라고 말해. 자꾸만 부인하는데, 그걸 내가 어떻게 할 수는 없어. 그냥 미안하게 생각할 뿐이야."

"네 잘못이 아닌데 뭐."

"그래도 미안해. 우리 가족이 아무런 이유 없이 이 도시의 많은 사람들한테 해를 끼쳤으니까. 그건 나쁜 짓이야."

사과하려면 큰 용기가 필요하다는 말을 들은 적 있다. 사과는 자신의 잘못을 인정하는 것을 의미한다. 나라면 쉽게 사과할 수 없을 것 같다. 잘못했다고 사과하는 일은 무방비 상태로 얼굴을 난타당하는 것과 다름없다는 생각이 든다. 그런데 상대방의 사과를 받으면 나 또한 사과할 수는 있을 것 같다. 샌디가 사과할 만큼 용감하다면, 나도 샌디 못지않게 용감해질 자신이 있다.

"나도 미안해. 사람들이 너를 대하는 태도에 대해서 말이야. 내가 너를 대한 태도 역시 미안하고. 사실 너는 그런 대접을 받을 사람이 아니야."

내가 깊이 숨을 쉬고 나서 말한다.

내 말에 샌디가 살짝 미소 짓는다. 여전히 나한테는 보이지 않지만 샌디 자신은 볼 수 있는 무언가를 뚫어지게 쳐다보면서 말이다.

"샌디. 네 아빠에 대해…… 재스민과 나는 무척이나 궁금했어. 그리고……."

내 말에 샌디의 표정이 딱딱하게 굳어진다.

"뭐? 뭐가 궁금했는데?"

샌디의 목소리가 거칠다. 내가 무슨 말을 하려는지 알고 재촉하는 목소리 같다.

나는 샌디의 말에 움찔한다. 내가 당황한 것을 샌디가 알아차리지는 않은 듯하다. 알아차렸어도 크게 신경 쓰지 않을 게 분명하다. 샌디는 내가 대답하기를 기다리는 듯 눈도 깜박이지 않고 나를 빤히 바라본다. 샌디가 누군가를 이렇게 똑바로 바라본 적이 있던가? 내 기억에는 없던 것 같다. 샌디가 언제부터 상대방을 똑바로 바라보기 시작했는지 궁금하다.

"우리는 뜬소문이나 너한테 좋지 않은 이야기는 되도록 하지 않으려고 애썼어."

나는 일부러 재빨리 말한다.

"뭐랄까…… 이따금 네 몸에 시퍼렇게 생긴 멍 자국을 보곤 했어. 네가 누구한테도 보여 주려고 하지 않던 멍 자국 말이야. 그리고……."

"그래."

샌디가 내 말을 가로막는다.

"아빠한테 맞아서 생긴 거야."

무슨 말을 해야 할지 모르겠다. 나는 충격으로 입이 벌어져 있다는 걸 알아차리고 얼른 입을 다문다. 무언가 말해야 한다고 생각한다. 조금이라도 위로가 될 말을 샌디에게 해 주고 싶다. 하지만 아무리 생각해도 이 세상에 그런 말은 없는 것 같다. 나는 훌쩍이기 시작한다. 처음으로 형이 아닌 다른 사람 때문에 운다. 눈물이 마구 흘러내려 눈을 빠르게 깜빡거린다. 그러면 눈물이 멎을 줄 알았는데 그렇지 않다. 나는 얼굴을 돌린다. 내가 왜 우는지 나도 모르겠다. 샌디 아빠가 샌디를 때리는 게 부당하기 때문인가? 샌디는 누구한테 더욱이 아빠한테 그런 대우를 받을 아이가 아니라서? 아니면 내가 폭력을 멈추게 할 수 없어서인가?

나는 샌디에게 미안하다고 말한다.

"뭐가 미안해?"

샌디가 얼굴을 무릎에 반쯤 파묻은 채 나지막이 이어서 말한다.

"네 잘못이 아니잖아."

"하지만 네가 그런 일을 당하는 걸……."

"킹, 네 잘못이 아니라고 했잖아."

나는 샌디가 그 일에 대해 말하고 싶어 하지 않는다는 걸 알지만 멈출 수 없다.

"그래서 가출한 거야? 우리 엄마한테 말하고 싶어. 엄마가 도와줄 테니까. 엄마는 네 아빠가 다시는 그런 짓을 못 하게 할 방법을 찾아낼 거야."

"어떻게? 우리 아빠는 보안관이야."

"그래서 뭐?"

샌디가 고개를 절레절레 젓는다. 내 머릿속에서 재스민의 목소리가 울려 퍼진다. 너는 유치하고 철없어. 이번에는 재스민 말이 옳을지도 모른다는 생각이 든다. 나는 샌디를 돕기 위해 어떻게 행동해야 할지, 무슨 말을 해야 할지도 모르기 때문에 그런 말을 들어도 싸다고 생각한다. 내가 밤에 침대에 앉아 있을 때마다, 잠자리들을 쳐다볼 때마다 느끼는 것과 똑같은 감정이다.

하지만 샌디 덕분에 무언가 변화시킬 기회가 내게 주어질지도 모른다. 상황이 보다 나아질 수 있도록 돕는 기회 같은 것 말이다. 나는 다시금 시도해 보기로 마음먹는다.

"고모나 이모 아니면 삼촌이 있어?"

샌디는 찡그린 얼굴로 두 손을 내려다본다. 이드리스 고모처럼 손바닥을 위로 향하게 하고는 무언가 읽으려는 태도를 취한다. 마치 자기 인생을 낱낱이 알고 싶어서 손금이라도 보듯이 말이다.

"우리 삼촌은 어렸을 때 죽었어. 배턴루지(미국 루이지애나주의 주도-옮긴이) 어딘가에 사는 고모가 있긴 한데, 이제는 아빠와 연락하지 않아. 우리는 아빠와 마이키 형과 나뿐이야."

나는 엄지손톱을 물어뜯으며 곰곰이 생각에 잠긴다. 마이키 샌더스는 칼리드 형과 같은 학년이었으니까 내년에 열여덟 살이 될 것이다.

"그럼 네 형은 어때? 어쩌면 네 형과 함께 집을 나올 수 있을지도 모르잖아. 그리고……."

휴대폰의 흐릿한 불빛에 비친 샌디의 얼굴이 빨개진다.

"킹, 그만해. 지금 너는 재스민처럼 굴고 있어. 뭔가 더 나아지게 하려고 애쓰지만 아무런 소용이 없다고. 안 되는 건 안 되는 거야."

샌디는 고개를 더 낮게 숙인다. 샌디의 얼굴에 그림자가 드리워져 있다. 그래서 나는 샌디가 우는지 어떤지 알 수가 없다.

나는 침을 삼키고 다리를 꼰다.

"왜 진작에 가출하지 않았어?"

"무슨 말이야?"

"전에도 네 아빠가 너를 힘들게 했잖아. 그런데 왜 이번에 가출한 거지?"

샌디는 한참 동안 대답하지 않는다. 이윽고 샌디가 입을 연다. 목소리가 속삭임처럼 가느다랗게 들린다.

"왜 이번에 가출했냐고? 내가 동성애자라는 사실을 아빠가 알았기 때문이야."

"뭐라고?"

"아빠는 그렇게 행동하지 말랬어."

샌디가 별것 아니라는 몸짓을 한다.

"그렇게 행동하지 말랬다고?"

"동성애자처럼 행동하지 말랬어. 그래서 나는 그렇게는 못하겠다고 했지. 동성애자니까 말이야. 내 말에 아빠 눈이 붉어졌지."

샌디가 억지로 웃음을 짓는다. 하지만 나는 배 속이 뒤틀리며 극심한 통증이 몰려온다.

"대체 왜 그렇게 말한 거야?"

샌디가 웃음을 멈추고 잡아먹을 듯이 나를 노려본다. 샌디 샌더스는 그동안 누군가에게 놀림을 당하면 어떻게 했을까? 샌디가 해야 할 일이라고는 놀리는 사람들 가운데 한 명을 지금처럼 노려보는 것뿐이었으리라. 그러면 놀리는 사람은 입을 다물고 그 자리에 멈추어 서서 꼼짝하지 못할 것이다. 만약 내가 다시 물으면, 샌디는 나 또는 내 미래에 대해 악담을 퍼부을 게 뻔하다.

나는 말을 더듬거리며 적당한 말을 찾으려 애쓴다.

"내 말은…… 그러니까…… 너는 네 아빠가 그 일 때문에 너를 다치게 할 걸 알았으면서도 왜 그렇게 말했냐는 거지."

"너는 늘 걱정이 너무 많아, 킹."

샌디가 갈라진 목소리로 말한다. 샌디가 울기 직전이거나, 울고 있기 때문에 아니면 샌디의 목소리가 그냥 깩깩거려서 목소리가 갈라져 나오는 것은 아닌지 싶다.

"너는 늘 모든 사람이 너를 어떻게 생각할까 걱정해. 자신이 곤란해질까 봐 걱정하는 거지. 너무 많이 걱정하느라 행복해지는 법을 생각하지 못해, 너는."

"그럼 너는 행복해? 네 아빠가……."

내가 다시 말을 삼킨다.

"아니. 하지만 진실을 말했기 때문에 행복해. 뭐든 나 스스로 결정했기 때문에 행복하고, 누가 뭐라고 하든지 말든지 말이야. 그래서 나는 행복해, 킹."

샌디가 말을 멈추고 다시 나를 쏘아본다. 그 시선에는 죄책감이나 그동안 쌓였을지 모를 분노 같은 것이 담겨 있지 않다.

"너는……."

"행복하냐고?"

아니다. 나는 행복하지 않다. 배를 한 대 얻어맞은 것 같다. 나는 행복에 대해 생각해 본 적이 없다. 하지만 지금 그 단순하고 쉬운 질문 때문에 나의 내면세계는 충격에 휩싸인다. 나는 행복하지 않다. 내가 다시 행복해질 수 있을지 모르겠다.

샌디는 더 말하지 않는다. 그저 자야겠으니 내 휴대폰을 꺼달라고만 말한다. 그렇게 하루가 끝나 간다.

10장

"한 가지 말해 줄게."

칼리드 형이 그렇게 말하고 웃는다. 깨어 있을 때와 똑같이 웃는다. 형의 내면세계에 있는 빛이 죄다 눈과 피부로 흘러나오고 있는 것 같다. 형은 더 말하지 않는다. 그래서 나는 생각하고 쓰기만 한다. 그런데 웃음이란 무엇일까? 세상의 모든 행복을 잠깐 붙잡았다가 더는 붙들지 못하고 요란하게 표출해 버리는 것일까? 형의 웃음이 바로 그렇다. 아주 시끄럽고 짜증스러운 웃음! 하지만 형이 그렇게 웃을 때면 나도 웃지 않을 수 없다.

"듣고 있니?"

형이 속삭인다. 나는 몸을 기울이고 기다린다.

"비밀 하나 알려 줄게. 행복 같은 건 없어. 슬픔이나 분노나 뭐 다른 것도 없지."

"무슨 말이야?"

내가 속삭이며 묻는다.

"너만 있을 뿐이야. 네 안의 그 별. 어떤 것도 그걸 바꿀 수는 없어. 잊지 마, 킹. 잊지 않겠다고 약속해 줘."

형이 아주 잠시 진지하고 또렷하게 말하자, 나는 형이 깨어 있다고 생각한다. 형에게 깨어 있는지 묻지만 형은 대답하지 않는다. 그래서 나는 형이 한순간 깼더라도 이제 다시 잠들었다는 것을 알아차린다.

*

오늘은 칼리드 형의 생일이다.

나는 거실 소파에 앉아 럭키참스 시리얼을 먹으며 생일이라는 단어를 생각한다. 생일이 되면 나이를 한 살 더 먹고, 촛불을 불어 끄고, 아기 때 사진을 보며 자신이 얼마나 자랐는지 새삼 알게 된다. 누군가 죽었더라도 그 사람의 생일은 계속 축하해야 할까? 칼리드 형은 더 이상 자라지 않는다. 오늘은 여전히 형의 생일일까? 오늘은 형이 태어난 날이다. 어떤 것도 그 사실을 바꿀 수는 없는 것 같다.

아빠는 몸이 좋지 않아 오늘 일하러 가지 않았다. 형의 장례식 날을 빼고 아빠가 일하러 가지 않은 날은 없었던 것 같다. 내가 살아온 동안에는 없었다. 지금 아빠는 문을 닫은 채 침실에 있다. 엄마는 식탁에 앉아 다시 멍하니 꿈꾸는 듯한 눈빛을 하고 있다. 내가 다가가면 엄마는 갑자기 눈을 깜박이고 나를 바라보며, 그 가짜 미소를 지을 게 분명하다. 공기에 정적이 감돈다. 벽에서 빠져나온 그림자 같은 것이 우리를 덮치려 한다. 내가 이 집에 1초만 더 있다간 작별 인사도 하지 못한 채, 유령이 될 거라는 생각이 들기 시작한다. 그래서 가방을 집어 들고 현관문 밖으로 달려 나가 학교로 향한다.

보도는 갈라지고 잡초가 무성히 나 있다. 때때로 아예 보도는 없고, 흙길만이 거리의 검은 포장길을 따라 이어진다. 나는 길을 따라 걸으며 아무것도 생각하지 않으려 무척이나 애를 쓴다. 뭔가를 생각하면 그 생각이 항상 칼리드 형에게로 되돌아가기 때문이다.

햇볕이 뜨겁네.

칼리드 형은 항상 이렇게 말하곤 했지.

젠장, 오늘 왜 이리 더워.

수학 숙제를 끝내지 못했네.

칼리드 형은 수학을 다른 어떤 과목보다 좋아했지. 내가 수학 문제를 못 풀고 헤매면 맨 먼저 도와줄 사람이 형이었어. 하지만 나는 형한테 뽐내고 싶었지. 수학을 형보다 잘하지는 못하더라도 형만큼은 한다는 걸 증명하고 싶었어. 그럼 형은 나를 보며 씩 웃었지. 좀 더 형의 도움을 받을 걸 그랬어.

"킹!"

누군가 내 이름을 부르는 소리가 들린다.

"킹스턴 제임스!"

나는 발길을 멈추고 빙 돌아선다. 거리 맞은편의 목련 그늘 아래에 마이키 샌더스와 그의 백인 친구들이 앉아 있다.

나는 돌아서서 다시 걷기 시작한다. 훨씬 빠르게. 하지만 마이키가 계속 내 이름을 소리쳐 부른다. 돌아보니 마이키가 길을 건너 나를 쫓아오고 있다. 더 빨리 가야 할 것 같다. 하지만 마이키는 쉽게 나를 따라잡아 내 어깨를 붙잡고 빙 돌려세운다.

"내가 부르는 소리 못 들었어, 보이?"

숨이 턱 막힌다. 인종 차별주의자들이 흑인 남자를 '보이'라고 부른다는 말을 들었기 때문이다. 아빠는 내게 그 누구도 나를 그렇게 부르게 놔둬서는 안 된다고 했다. 하지만 나보다 키가 두 배나 더 큰 마이키는 촉촉하게 젖은 자그마한 눈을 가늘게 뜨고는, 주먹이라도 날릴 것처럼 나를 노려본다. 그러다 태울 듯한 햇볕이 붉은 얼굴에 내리쬐자 실눈을 뜨며 시선을 돌린다.

"뭐 좀 물어보자."

마이키의 말에 내 두 다리가 달달 떨린다. 나는 가방끈을 꽉 잡는다.

"너 내 동생 알지."

마이키가 말한다. 질문이 아니다.

"찰스 말이야. 너희 둘이 함께 있는 걸 봤거든."

마이키가 잠시 멈추었다가 묻는다.

"너 찰스 친구니?"

그것은 바로 내가 답을 찾으려 애쓰고 있는 물음이다. 나는 대답하지 않는다. 입을 꾹 다물고 있다. 마이키는 나한테 무시당하는 것을 좋아하지 않는다. 전혀 좋아하지 않는다. 마이키는 커다란 흰 손을 내밀어 내 어깨를 세게 치더니 나를 밀쳐쓰러뜨릴 것처럼 앞뒤로 흔들어 대기 시작한다.

"응? 너 찰스와 친구 맞지?"

나는 마이키에게 아니라고 말해 나를 내버려 두게 하고 싶지만, 그 말을 할 수가 없다. 내가 샌디와 친구가 아니었던 척한다면 샌디를 무시하는 행동일까? 지금 나는 샌디와 친구가 아닌 걸까? 내가 샌디에게 한 온갖 행동으로 보아 친구가 아니라고 한다면 공평하지 않은 것 같다.

"맞아요, 우리는 친구예요."

내가 말한다.

마이키가 우쭐한 표정으로 내 어깨에서 손을 떼고 팔짱을 낀다.

"너희 둘이 친구인 줄 알았어. 그걸 알고는 찰스한테 이야기 상대가 생겨 반가운 마음이 들었지. 찰스는 보통 혼자였던 것 같거든. 그래서 찰스가 걱정되었는데 말이야."

마이키가 내게 뭐라고 말할지는 몰랐지만, 다만 이런 말을 하리라고는 예상하지 않았다. 내가 알면 안 되는 비밀이라도 들은 기분이다.

"그래서, 킹."

마이키는 담배 냄새가 풍길 만큼 가까이 몸을 숙이고 말한다.

"네가 찰스의 친구라면 찰스가 어디 있는지 알겠구나, 그렇지?"

마이키가 내 표정을 살피며 아주 천천히 고개를 끄덕인다.

"그래, 너는 찰스가 어디 있는지 알아."

"아뇨, 몰라요."

나는 그렇게 내뱉고는 너무 빨리 대답했다는 생각에 불안해진다. 그래서 다시 천천히 침착하게 말한다.

"찰스가 어디 있는지 몰라요."

"거짓말하네."

"아니에요. 거짓말 아니에요."

마이키가 그 커다란 손으로 내 목을 붙잡을 것처럼 갑자기 움직인다. 그러자 마이키 샌더스가 흑인 남자를 죽였다는 소문이 떠오른다. 그러니 나를 죽이는 일도 문제는 없을 것이다. 어쩔 수 없다. 나는 한 걸음 물러선다. 무서워 미칠 것 같아 비명을 지르는 편이 나을 텐데 말이다.

마이키가 나를 노려보며 말한다.

"내 동생이 어디 있는지 말해, 킹."

"정말 몰라요."

"지금 내 동생이 어디 있는지 말 안 하면 샌더스 가족을 건

드린 걸 후회하게 해 줄 테야. 알아들어?"

나는 너무 겁나서 꿈쩍도 하지 못한다. 말도 하지 못하고, 고개도 끄덕이지 못한다. 아무것도 하지 못한다. 우리는 꼬박 1분 동안 그대로 서서 서로를 바라보고 있다. 사실 얼마 동안인지는 모르겠다. 너무 겁에 질려 시간을 셈할 수 없기 때문이다. 마이키가 우리 형을 괴롭히던 일이 떠오른다. 형이 용감하게 맞싸우던 기억도 난다. 나는 형이 여기에 있다면 뭐라고 말할지 안다.

용감하게 굴어, 킹.

"나는 샌디가 어디 있는지 몰라요."

단어들이 남의 말인 것처럼 내 입에서 나온다.

"그리고 안다 하더라도 절대 말하지 않을래요."

나는 잠시 마이키가 주먹으로 내 입을 치지 않을까 생각한다. 하지만 마이키는 도마뱀을 입에 문 고양이처럼 만족스러운 표정을 짓더니 길을 가로질러 목련 그늘 아래로 돌아간다.

마이키가 가 버리자 나는 다시 심장의 움직임을 느낀다. 가슴속에서 심장이 쿵쾅거린다. 심장이 갈비뼈에 부딪치는 소리 같다. 곧 심장 마비가 일어날 것 같기도 하다. 칼리드 형이 그랬다. 한창 축구 연습 중에 아무런 이유 없이 심장 마비를 일으켰다. 형은 건강하고 젊었다. 형처럼 건강한 사람이 심장 마비를 일으켜 죽은 경우는 없지만, 형은 그렇게 죽었다.

하지만 나는 여기에 여전히 살아 있다.

나는 계속 걷는다.

*

학교에서 재스민은 브리애나, 카미유와 함께 앉아서 보내는 시간이 점점 더 많아졌다. 점심시간에, 수업 시간에, 우리가 함께 앉기로 되어 있는 쉬는 시간에도, 나는 머리를 맞대고 낄낄대며 속닥거리는 그들 셋을 본다. 때때로 그들이 나에 대해 낄낄거리고 속닥대는 것 같다는 생각에 기분이 그리 좋지는 않다.

학교에서 수업을 마치는 벨이 울리자 재스민이 마침내 내게 관심을 보인다. 내가 사물함 앞에 서서 책을 넣고 있을 때, 재스민이 내 옆에 걸음을 멈추어 선다. 그러고는 임무 수행 중인 것처럼 무척 진지한 표정으로, 쉬는 시간 동안 써 온 노트를 내민다. 재스민의 대본 노트다.

"받아 줬으면 좋겠어."

재스민이 내게 말한다. 나는 재스민이 숨을 참고 있다는 것을 알 수 있다. 재스민의 어깨가 바짝 긴장한 나머지 귀에 닿을 것처럼 치켜 올라가 있다.

"읽어 봐 달라고?"

내가 놀라 묻는다.

재스민은 노트를 곧장 내 손에 쥐여 준다. 재스민이 내게 일기를 건네준 듯한 기분이 든다. 내가 읽어서는 안 되는 일기, 너무 은밀한 내용이라 보면 안 되는 일기 말이다.

"내가 읽어도 되는지 모르겠네."

내가 재스민에게 말한다.

재스민이 살짝 고개를 떨구며 말한다.

"뭐 안 될 건 없지."

"네가 좋아하는 남자아이에 관한 이야기야?"

재스민은 두 손을 맞잡고 내 운동화를 내려다본다. 이렇게 물어볼 생각은 아닌데, 정말 아니었는데도 더 생각해 볼 새도 없이 질문이 내 입에서 튀어나온다.

"재스민, 네가 좋아하는 남자아이는…… 내가 아니지?"

재스민은 한참 동안 말이 없다. 나는 숨을 참고, 재스민이 거짓말이라도 하길 바라며 기다린다. 잠시 동안 우리는 아무 일도 없는 체한다.

마침내 재스민이 입을 연다.

"아니, 내가 좋아하는 남자아이는 바로 너야."

나는 살갗이 불길에 휩싸인 것처럼 너무 당황스럽다. 무슨 말을 해야 할지 모르겠는데, 재스민은 언제나처럼 참을성 있는 모습이다. 우리 사이의 침묵을 메우려 하는 대신 가만히 서서 내가 어떻게 말할지를 기다린다. 나는 금방이라도 땅에 떨어질 것 같은 노트를 움켜쥐며 재스민에게 묻는다.

"왜 나지?"

재스민이 어깨를 으쓱한다. 나는 여전히 치켜 올라간 재스민의 어깨를 보며, 그 어깨가 머리 꼭대기까지 올라가지는 않을까 생각한다.

"너는 정말 친절하고 늘 다른 사람을 생각해. 똑똑하고 부지런하고 항상 해야 할 일이라도 되는 듯 꼬박꼬박 숙제를 하지. 그리고 모든 게 네 형을……."

재스민이 말을 멈춘다.

나는 계속 재스민의 노트를 내려다본다. 물속에서 재스민의 말을 듣는 것 같다. 한 여자아이가 내게 좋아한다고 말하고 있다. 나를. 내가 뭐라고 말해야 할까? 내가 어떻게 느껴야 할까? 항상 많은 여자아이들이 칼리드 형에게 반했다. 여자아이들은 화장을 하고 긴 머리를 늘어뜨린 채, 이 작은 도시 곳곳을 돌아다니며 우리 형을 따라다녔다. 형은 여자 친구를 사귀어 본 적이 한 번도 없었다. 언제나 축구와 토론 팀과 성적에 열중했다. 형은 원하는 대학에 들어가려 노력했고, 여자 친구를 사귈 시간이 없었다. 하지만 형은 내가 지금 뭐라고 말해야 할지 분명히 알려 줄 수 있다. 어쩌면 형은 내가 재스민을 좋아하는지 알 수 있도록 도와줄지도 모른다. 그게 내가 스스로에 대해 정말 모르는 한 가지이기 때문이다.

"응?"

재스민이 아주 조용한 목소리로 재촉한다. 마치 내가 자신의 감정을 상하게 하는 말을 하길 기다리기라도 하듯이. 나는 지난 몇 주 동안 넘치도록 남의 마음을 상하게 했다. 셀 수도 없을 만큼 여러 번 샌디의 감정을 상하게 했다. 그런데 또다시 재스민에게 똑같이 하는 것은 상상할 수도 없다. 내가 재스민에게 좋아하지 않는다고 말하면, 재스민은 더 이상 나와 친구로 지내고 싶어 하지 않겠지?

나는 심호흡을 하고 나서 재스민에게 말한다.

"나도 너를 좋아해."

햇살만큼이나 따스하고 환한 미소가 재스민의 얼굴에서 뿜어져 나와 눈을 감아야 할 만큼 아주 밝게 빛난다. 재스민이 양팔을 벌려 나를 껴안으며 묻는다.

"이제 우리는 남자 친구와 여자 친구가 된 거야?"

나는 재스민이 '응'이라는 말을 듣고 싶어 한다는 걸 안다. 그래서 곧바로 "응." 하고 대답한다.

재스민은 내 손을 잡고 나를 교문 밖으로 이끈다. 우리를 지켜보는 많은 시선이 느껴진다. 대럴은 입을 딱 벌리고 있고, 카미유는 히죽거리며 손을 흔든다. 내 손은 땀이 나면서 무지 뜨겁다. 모두가 지켜보는 앞에서 재스민에게 손을 잡히고 싶지는 않지만, 우리는 이제 남자 친구고 여자 친구다. 남자 친구와 여자 친구는 그렇게 한다. 재스민이 내 뺨에 입술을 살짝 갖다 댄다. 그러고는 내가 뭐라고 말할 새도 없이, "우우우!" 하고 외쳐 대는 아이들 틈에 나를 남겨 두고는 멀리 달아난다.

나는 별일 아니라는 듯 씩 웃는다. 하지만 먼지 자욱한 흙 길을 걷는 동안 아무것도 생각할 수 없다.

내게 여자 친구가 생긴 사실을 알면 칼리드 형은 어떤 반응을 보일까? 당연히 기뻐할 것이다.

너도 누가 너를 동성애자로 생각하길 바라지 않겠지?

남자를 좋아한다는 샌디의 말을 엿들은 형이 내게 했던 질문이다. 하지만 칼리드 형이 샌디의 그 말을 들었다면 내 말도 들었을 게 틀림없다. 그때 나는 이렇게 대꾸했던 것 같다.

이따금 나도 내가 동성애자가 아닐까 하는 생각이 들어.

내가 내뱉은 그 말을 들었다고 칼리드 형이 실토한 적은 없다. 단지 샌디와 가까이하지 말라고만 말했을 뿐이다.

너도 누가 너를 동성애자로 생각하길 바라지 않겠지?

나는 형에게 누가 어떻게 생각하든 신경 쓰지 않는다고 말했다. 하지만 형은 신경 썼다.

흑인은 동성애자가 되면 안 돼, 킹. 우리는 이미 피부색 때문에 전 세계 사람들로부터 미움받고 있어. 동성애자라는 이유로 사람들이 또 우리를 미워하게 만들 수는 없어.

칼리드 형이 내게 그 말을 했을 때, 나는 그동안 간직해 온 의문들을 놓아 버렸다. 왜 나는 대럴이 여자아이들을 좋아하는 것처럼 그들을 좋아하지 못하는가 하는 의문. 왜 내가 샌디와 어울릴 때마다 웃음이 끊이지 않고, 샌디의 미소를 좋아하고, 샌디가 몇 시간 동안 하는 이야기에 잠시도 지루해하지 않으며 귀 기울일 수 있는가 하고 이따금 품었던 의문 말이다. 나는 언제나 샌디의 말을 듣는 걸 정말 좋아했다. 누군가를 좋아하면 그러는 건지 가끔, 아주 가끔 궁금했다.

나는 의문을 놓아 버리려 했다. 온갖 의문을 떨쳐 내려 애썼다. 하지만 지금 잠자리에게 가는 길에 내 머릿속은 온통 그 의문들로 가득 차 있다.

11장

　나는 늪가에 도착했을 때, 멈추지 않고 연못을 지나 어젯밤 샌디와 함께 걸었던 길로 들어선다. 낮의 길은 밤과 다르게 보인다. 떡갈나무 가지들이 이끼 낀 땅바닥으로 치렁치렁 드리워져 하늘거리고, 달콤한 목련꽃 향기가 대기를 가득 채운다. 매미들이 시끄럽게 울어 대고, 산들바람이 나무들 사이를 살랑인다.

　햇빛 아래에서 오두막은 훨씬 나빠 보인다. 금방이라도 무너질 것 같다. 나는 오두막 안으로 살금살금 들어간다. 하지만 샌디는 없다. 고개를 돌려 창밖을 본다. 강기슭 부근에 앉아 있는 샌디의 뒷모습이 보인다.

　나는 오두막을 나와 그쪽으로 향한다. 열기가 훅 끼쳐 오고, 매미 소리가 귀청을 때린다. 샌디 옆에 앉자 풀이 오도독 소리를 내고, 두 손에 느껴지는 물기가 청바지에도 스며든다. 샌디를 놀래 주려고 내 딴에는 살금살금 다가갔지만, 샌디는 나를 보지도 않고 말한다.

"안녕, 킹."

"사람이 왔는데도 별로 놀라는 것 같지 않네."

"멀리 있을 때부터 네 발소리가 들렸으니까. 네가 요란하게 걷는 거 알 만한 사람은 다 알잖아?"

샌디가 농담하듯 말해서 안심이 된다. 나는 일부러 고개를 크게 내젓는다.

"아니야, 나 그렇게 안 걸어."

"요란하게 걷는 거 맞아."

나는 샌디가 앉아 있는 둔덕 언저리에 다리를 걸치고 앉는다. 아래로 강물이 둑에 찰싹찰싹 부딪치고 그때마다 물방울이 튄다. 샌디의 두 손에는 낚싯줄이 쥐여 있다. 내가 낚싯줄을 어디서 구했냐고 묻자, 샌디는 찬장에서 몇 가지 물건들과 함께 발견했다고 말한다.

"망치, 나사 몇 개, 셀로판테이프 몇 개, 성냥 한 상자."

샌디가 말을 멈추고 묻는다.

"이 집이 누구 건지 알아?"

"모르겠어."

나는 거짓말을 한다.

"주인이 누구든 절대 안 왔으면 좋겠어. 너와 나 둘만 있으면 돼. 이곳이 마음에 들어. 이런 곳이라면 죽을 때까지 지낼 수 있을 것 같아. 할 일이라고는 물고기를 잡고, 산딸기를 따고, 비 내릴 때 주전자에 물 받는 것뿐이야. 여기서는 평생 지내도 질리지 않을 것 같아."

"외롭지 않을까?"

내가 묻는다.

"네가 있잖아. 안 그래?"

샌디의 말이 내 가슴속으로 부드럽게 날아든다.

"재스민은 이제 내 여자 친구야."

내가 샌디에게 말한다.

샌디가 고개를 빙 돌려 나를 바라본다. 내가 여기에 온 뒤 샌디가 나를 보는 건 지금이 처음이다.

"정말이야?"

"응."

샌디는 밑에서 찰싹거리는 강물을 내려다본다. 그리고 한참 동안 말이 없다가 입을 연다.

"축하해."

"누군가에게 여자 친구가 생긴 걸 알았을 때 그렇게 되물어야 하는 거야?"

샌디가 어깨를 으쓱한다.

"내가 그걸 어떻게 알겠어? 그냥 나라면 그렇게 물을래. 상대가 누구든지 말이야."

"너는 뭐든 너 하고 싶은 대로 하는 것 같아. 그렇지?"

샌디가 고개를 끄덕인다.

"맞아."

"그런 네가 부러워."

"왜?"

샌디가 묻는다. 목소리가 화난 것처럼 들린다.

"너도 뭐든 하고 싶은 대로 할 수 있는데 왜 부러워? 하겠다고 결심만 하면 할 수 있는 거 아닌가?"

정말 그럴 수 있는지 모르겠다. 나는 가출할 수 없다. 나는 여자아이가 아니라 남자아이를 좋아한다고 말할 수 없다. 나는 그 어떤 것도 제대로 하지 못한다. 이유는 모르겠다. 나와 샌디가 왜 그렇게 다른지 모르겠다.

"내가 부럽다는 네 말 마음에 안 들어. 내가 보기에 너는 완벽한 삶을 누리고 있는데……."

샌디의 말에 내가 웃음을 터뜨린다.

"하하하! 완벽한 삶을 누린다고? 내가?"

"그렇잖아?"

샌디가 나를 쏘아보며 말한다. 그 날카로운 눈초리에 나는 놀란다. 왜 샌디가 내게 그토록 화가 났는지 모르겠다.

"네 엄마와 아빠는 네가 원할 때마다 새 티셔츠와 청바지를 사 줄 수 있지?"

나는 눈길을 돌린다. 내 얼굴에 뚜렷하게 죄책감이 드러난다. 샌디가 이어 말한다.

"네 엄마는 여전히 너랑 함께 살고 있지? 네가 아기였을 때 너를 버리지 않았고? 너한테는 잠잘 수 있는 침대가 있지?"

샌디가 잠시 말을 멈추었다가 계속한다.

"네 아빠가 너를 때려?"

"미안해, 샌디."

"너는 미안하다는 말밖에 하지 못하는 것 같아. 내가 보기에 너는 진지하게 생각하지도 않고 미안하단 말을 내뱉어. 너는 또 미안하다는 말을 먼저 던져 놓고, 미안한 일을 하려는 사람 같기도 해."

이제는 나도 화가 난다. 요즘 샌디는 걸핏하면 내 화를 돋운다. 내가 샌디를 도우려고 무엇을 하든, 뭐라고 말하든 우리는 예전처럼 친구로 돌아가지 못할 것 같다.

"적어도 너한테는 형이 있어. 살아 있는 형이 있다고."

내가 중얼거리듯 말한다.

샌디의 얼굴은 부드럽게 풀린 듯하지만, 그는 내 말에 아무런 대꾸도 하지 않는다.

우리는 물고기가 미끼를 물길 조용히 기다린다. 이 강에 살아 있는 물고기는 한 마리도 없고, 끝도 없이 기다려야 한다는 생각이 들기 시작할 때쯤 샌디가 말한다.

"재스민이라고 했어?"

"응. 나도 이렇게 될 줄은 몰랐어."

나는 어색하게 미소 지으며 대답한다.

"나는 알았어! 재스민은 틈만 나면 네 이야기를 했거든. 재스민이 너를 좋아한다는 걸 나보다 늦게 알아차리다니, 웃기는걸."

"정말이야?"

샌디가 웃는다.

"너 참 눈치가 없구나. 너도 그렇게 생각하지, 킹?"

그런 것 같다. 어쩌면 나는 눈치 없는 것 이상으로 둔감할지 모른다.

"샌디, 너는 나를 어떻게 생각해? 싫어해?"

샌디가 크게 숨을 들이마신다. 내가 기억하는 샌디의 모습으로 돌아온다. 샌디는 땅바닥을 바라보며 낚싯줄을 만지작거린다. 얼굴이 점점 빨갛게 변한다. 하지만 목소리는 차분하다.

"글쎄. 잠깐이지만 너를 좋아했어. 그러니까 그날 밤…… 내가……."

샌디가 말을 멈춘다. 하지만 나는 샌디가 무슨 말을 하려는지 훤히 안다. 그날 밤 모든 것이 바뀌었다. 샌디가 내게 자신의 비밀을 털어놓고, 내가 샌디에게 내 비밀을 말한 그날 밤…….

"그날 밤 내가 얼마나 기뻤는지 말로 표현할 수 없을 정도야."

샌디가 아주 작은 목소리로 말한다. 매미 소리와 강물이 흘러가는 소리, 산들바람이 나무들 사이를 살랑거리는 소리 때문에 샌디의 말을 알아듣기 힘들다.

"내가 너를 좋아했기 때문만은 아니었어. 마침내 내가 혼자가 아니라고 느꼈기 때문이지. 난생처음이었어. 누군가 나와 똑같다고 알려 준 사람과 마주한 건 말이야."

"그런데 그 사람이 모든 걸 망쳐 버렸지."

내가 샌디의 말을 받아 마무리한다. 샌디는 대꾸하지 않는다. 하지만 우리는 그 말이 사실임을 안다. 나는 우리 둘 사이의 모든 것을 망쳐 놓았다. 너무 겁났기 때문이다. 왜 나는 늘 두려워할까?

내가 말을 이어 가기도 전에 샌디가 크게 숨을 헐떡이는 소리를 낸다. 나는 샌디가 내려다보는 곳, 그러니까 샌디의 두 손을 본다. 샌디가 잡고 있는 낚싯줄이 팽팽해진다.

"뭔가 잡혔나 봐!"

내가 소리친다.

"알아!"

샌디가 긴장한 목소리로 말한다.

낚싯줄이 다시 팽팽해지면서 마구 흔들거린다. 샌디는 낚싯줄을 움켜쥐고 끌어당기려 애쓴다. 하지만 도리어 샌디가 강물로 이끌려 들어갈 것 같다. 나는 뒤로 가서 샌디의 두 팔을 잡고 힘껏 당긴다. 그러다 우리는 한 덩어리가 되어 둘 다 나동그라진다. 우리는 서로의 얼굴을 바라본 뒤 낚싯줄 끝으로 시선을 옮긴다. 아무것도 없을 거라고 예상했는데, 땅바닥에 커다란 물고기가 팔딱거리고 있다. 물고기는 아가미를 위아래로 움직이며 햇빛에 반짝거린다. 물고기는 계속 팔딱거리다 어느새 흙투성이가 된다.

"와, 이걸 잡다니!"

샌디가 연신 감탄한다.

"도로 놔주자."

내가 말한다.

샌디가 나를 돌아본다.

"뭐? 왜?"

물고기는 여전히 팔딱거리며 물을 찾듯 입을 벌름거린다. 내 눈시울이 붉어지는 걸 느낀다.

"이 물고기가 계속 살도록 강에 도로 놔주자고."

하지만 샌디는 성큼성큼 다가가 물고기 꼬리를 잡는다.

"킹, 모든 생물은 언젠가 죽게 돼 있어. 나는 이 물고기 먹을래. 여기 있고 싶지 않으면 그만 가도 돼."

나는 더 이상 할 말이 없다. 샌디를 따라 오두막으로 들어간다. 샌디가 주방에서 식칼을 잡고 물고기의 머리를 잘라 낼 때, 나는 눈길을 돌린다. 머리가 없는데도 물고기는 꿈틀거린다. 나는 소파에 앉아 무릎을 가슴에 붙인다. 피와 내장의 냄새가 공기 속에 가득 퍼진다. 샌디의 말이 떠오른다.

모든 생물은 언젠가 죽게 돼 있어!

"나는 마이키 형과 함께 낚시를 하곤 했어. 그 덕에 형한테 낚싯바늘에 미끼를 꿰는 방법을 배웠지. 때로는 낚시가 굶지 않는 유일한 방법이었어. 아빠는 화가 나면 우리한테 음식을 살 돈도 주지 않았거든. 그럼 형과 나는 먹는 문제를 해결해 야 했지."

샌디의 말이 내 귀에서 메아리친다.

모든 생물은 언젠가 죽게 돼 있어!

샌디가 쨍그랑거리는 소리를 내며 냄비를 꺼낸다. 레인지에 서 딸칵대는 소리가 나는가 싶더니 물고기가 지글지글 익어 가는 소리가 들린다. 샌디는 온갖 종류의 물고기를 여러 방법 으로 요리할 줄 안다고 말한다. 가재도 잡을 줄 안다고. 엄밀 히 따져 가재는 물고기가 아니지만 말이다. 샌디는 마이키 형 에게서 케이준(18세기 캐나다에서 추방되어 미국 루이지애나 근 교에 정착한 프랑스계 사람들 - 옮긴이) 요리법 몇 가지를 배웠다 고 말한다. 그 요리법은 샌디의 엄마가 두 아들과 남편을 버리 고 집을 나가기 전에 마이키 형에게 가르쳐 주었다고 한다. 샌 디의 엄마는 맞고 싶지 않았으며, 두 아들이 맞는 것에는 신경 쓰지 않았기 때문에 집을 나갔다.

샌디는 모든 걸 털어놓는다. 하지만 지금 나에게는 샌디의 이야기가 귀에 잘 들어오지 않는다. 아까 샌디가 했던 말만 머릿속에 울려 퍼진다. 나는 누구에게도 절대로 털어놓을 생 각이 없던 말을 샌디에게 내뱉는다.

"우리 형은 잠자리야."

분명 나는 그렇게 말했다. 그 말을 할 생각이 없었는데도 했다. 샌디 샌더스와 함께 있으면 나도 모르게 해서는 안 되는 말을 내뱉는 것 같다. 샌디는 비밀을 말해 달라고 조르지 않는다. 어쩌면 샌디는 한 시간 동안 남에게 말할 기회도 주지 않고 혼자 떠들어 댈 수 있다. 그런데 그럴 때면 나도 모르게 모든 것을 털어놓게 된다. 그래서 나는 텐트에서 내 비밀 한 가지를 샌디에게 말한 것이다.

지금 여기에서도 나는 샌디에게 또 다른 비밀을 털어놓았다.

물고기가 지글거리며 계속 익고 있다. 샌디는 나를 돌아본다. 아무 말도 하지 않는다. 설명해 달라고 하지도 않는다. 내가 미쳤다고 말하지도 않는다. 그저 나를 지켜보기만 한다. 마치 이 비밀을 들으려고 평생 기다려 온 사람 같다. 아니면 이미 알고 있지만, 내가 말을 끝내길 기다리는 것 같기도 하다.

"형은 잠자리가 됐어. 형의 장례식 때 잠자리가 찾아와 관에 내려앉아서 알게 된 사실이야. 말도 안 되는 일인 건 나도 알아. 아무튼 나는 잠자리가 형이라는 걸 알게 됐어."

샌디가 레인지를 끈다. 그러고는 조용히 내게 다가온다. 마치 내가 잠들어 있어서 깨우지 않으려는 듯. 샌디는 소파의 내 옆자리에 앉아 내게서 시선을 떼지 않은 채 조심스럽게 다리를 꼰다.

"형이 다시 나를 찾아오기를 계속 바라고 있지만, 형은 아직 오지 않았어. 나는 매일 늪가로 가. 그날 네가 나를 봤던 곳 알지? 나는 칼리드 형을 만나러 그곳에 갔어. 거기서 형을 기다렸지. 하지만 형은 나타나지 않아. 절대로 나타나지 않지."

샌디는 아무 말도 하지 않는다. 단지 누구의 말도 그렇게 가까이에서 들어 본 적 없는 것처럼 내 말에 귀 기울인다.

"형은 이따금 내가 잠들어 있을 때 찾아오곤 해. 하지만 그게 정말 형인지 아니면 내가 그냥 형의 꿈을 꾸는 건지 전혀 모르겠어."

눈물이 나오며 눈 안쪽이 따끔거린다. 울고 싶지 않다. 지금 여기서는 아니다. 나는 일어서서 샌디가 내 얼굴을 보지 못하도록 고개를 돌려 창밖을 내다본다.

"왜 내가 지금 이 이야기를 너한테 하는지 모르겠어."

샌디는 여전히 아무 말이 없다.

마침내 샌디가 묻는다.

"같이 먹을래?"

나는 샌디를 바라보며 손바닥으로 뺨을 닦는다.

"양념이나 채소 같은 건 없어."

샌디가 어깨를 으쓱하며 말한다.

나는 고개를 끄덕인다. 샌디는 레인지 쪽으로 가서 찬장을 탕 소리 나게 여닫으며 접시를 찾는다. 이 빠진 접시 하나와 스푼 하나가 샌디의 손에 들려 있다. 우리는 소파에 앉아 미처 제거하지 못한 비늘이나 뼈에 손가락이 다치지 않도록 조심하며 물고기를 조각낸다. 살이 질겨서 잘 씹히지 않는다. 덜 익은 부위도 있다. 그래도 우리는 허겁지겁 먹는다. 그러고는 예전에 친구였을 때, 쉬는 시간에 함께 앉아서 또는 방과 후에 집으로 가면서 했던 것처럼 이야기를 나눈다.

"이따금 우리가 그렸던 만화가 생각나."

샌디가 입에 음식을 가득 문 채 웃으며 말한다.

"그래?"

"너도 그 만화에 대해 생각해 본 적 있어?"

"응, 그 만화가 얼마나 형편없었는지 생각나."

샌디가 소리 내어 웃는다.

"그렇게 형편없지는 않았어!"

"아니, 엄청 형편없었어!"

샌디가 절레절레 고개를 젓는다.

"우리는 그 만화를 좀 더 공들여 그려서 학교 아이들한테 팔 수도 있었어."

"말도 안 되는 소리 하지 마. 오히려 아이들한테 돈을 주면서 만화를 사 달라고 애걸해야 팔 수 있었을 거야."

샌디가 고개를 가로젓는다.

"아무튼 그 만화가 자주 생각나. 내가 만든 최고의 작품이었어."

"그 만화 너만 그린 건 아니잖아?"

"알아."

샌디가 재빠르게 말한다.

"어쩌면 그래서 최고의 작품일 거야. 너와 재스민과 함께 그린 그 만화, 굉장히 재미있었어."

샌디가 잠깐 침묵한 뒤 계속 말한다.

"그 만화를 재스민한테 돌려받아 복사해서 팔아 봐."

나는 두 손으로 물고기를 집어 작은 뼈들을 발라내며 샌디를 바라본다.

"내가 재스민을 좋아하는지 모르겠어. 아무래도 여자 친구로서가 아니라 그냥 친구로서 좋아하는 것 같아."

샌디는 내가 아닌 다른 곳을 보며 묻는다.

"그럼 왜 네가 재스민의 남자 친구지?"

나는 그 물음에 대한 답을 모르겠다.

샌디가 말한다.

"네가 재스민한테 거짓말하는 거라면 그건 비겁한 짓이야. 재스민을 속이는 거라고."

우리 둘 다 말없이 생각에 빠져든다. 어쩌면 샌디는 나와 같은 생각을 하고 있을지 모른다. 그 텐트에서 어떤 농담에 함께 웃었던 일이 생각난다. 샌디는 그때 한바탕 웃고 나서, 나를 똑바로 바라보지 않은 채 조용하고 진지하며 빠른 속도로 이야기하기 시작했다. 마치 자신의 인생이 걸려 있는 듯. 샌디는 그 비밀을 내게 털어놓으며 "아무한테도 말하면 안 돼. 약속할 수 있지?"라고 말했다. 나는 그러겠다고 약속했다.

샌디가 꺼낸 그 말은 1분쯤 공중에 떠올라 나를 무겁게 짓눌렀다. 갑자기 목이 탁 막히는 기분이었다.

내가 샌디에게 묻는다.

"너는 네가 동성애자라는 걸 어떻게 알았어?"

샌디는 물고기를 뚫어져라 바라본다. 나는 샌디가 평소처럼 먹고 있는데도 살코기가 곧장 사라지지 않아 놀란다. 샌디는 바늘에 실을 뀔 때처럼 자기 손가락과 물고기 뼈에 집중하고 있다.

"모르겠어. 그냥 느꼈던 거 같아."

"어떻게 느꼈는데?"

샌디는 금속 지붕을 올려다보며 골똘히 생각에 잠긴다.

"영화와 텔레비전과 책에서 사람들이 묘사하는 그런 감정이지. 긴장되면서 동시에 설레기도 했어. 여자아이가 아니라 남자아이한테 그런 감정을 느꼈지. 그래서 내가 동성애자라는 걸 알았던 거야. 여자아이한테 그런 감정을 느낀 적은 없어."

샌디는 나를 바라보며 내가 무언가 말하기를 기다린다. 하지만 나는 할 말이 생각나지 않는다. 나도 똑같다는 걸 안다. 이따금 내가 샌디에게 느끼는 감정이 그렇기 때문이다. 긴장되면서 동시에 설렌다. 짜릿한 행복감이 나를 감싸는 기분이 들기도 한다. 그럴 때면 무언가 소리 내어 말해야 한다는 조급함에 배 속이 뒤틀린다.

우리는 접시와 스푼을 치운다. 샌디는 물고기의 남은 부분과 내장을 강물에 던진다. 샌디에게 물고기를 놓아주자고 말했던 게 생각난다. 샌디와 나는 해가 기울면서 조금씩 자줏빛으로 물들어 가는 강둑에 서 있다. 샌디는 우리 형이 잠자리라서 기쁘다고 말하고는 이렇게 덧붙인다.

"진정으로 사라지지는 않아. 그 어떤 것도. 내 생각은 그래."

12장

　　하루가 흐르고 또 흘러 마침내 그 모든 날이 흐릿하게 하나
로 되어 가기 시작한다. 모든 일이 동시에 일어나며 시간 같
은 것은 없다는 형의 말이 옳을지 모른다는 생각이 든다. 언
제나처럼 나는 학교에 가고, 수업이 끝나는 벨이 울리자마자
늪가로 향한다. 하지만 칼리드 형을 기다리는 대신 지난번 그
오두막으로 가서 샌디와 함께 오후를 보낸다.

　　나는 냉장고에서 남은 음식을 챙겨 샌디에게 가져다준다.
볶음밥과 이틀 지난 춘권, 땅콩버터, 젤리, 흰 빵, 심지어 피자
한 판까지. 아빠는 그 피자를 주문했지만 상자도 뜯지 않은
채 주방 조리대에 놓아두고 자러 갔다. 샌디는 낚시를 하거나,
산딸기를 따며 토끼 덫을 놓기도 한다. 그는 그런 것쯤 아무
일도 아니라는 듯 토끼를 잡아 가죽을 벗기고 요리한다.

갑자기 우리 사이에 있던 온갖 싸움이 아예 일어나지 않았던 것처럼 느껴진다. 그냥 내가 머릿속에서 지어낸 일이나 악몽인 것 같다. 우리는 내가 샌디에게 더는 이야기를 나눌 수 없다고 말하기 이전으로 돌아가 다시 가까운 친구가 된다. 몇 시간 동안 이야기를 나눈다. 만화 영화에 관해 토론도 하고, 만화책에 대한 의견을 주고받기도 한다.

어느 때 샌디는 소파 밑에서 하모니카를 찾아내 불고, 나는 냄비를 엎어 마음대로 두드리며 우리는 연주 아닌 연주를 시작한다. 그렇게 우리만의 음악 공연을 펼친다. 또 우리는 늪가로 가서 누가 빨리 달리나 겨룬다. 샌디는 악어에게 쫓기듯 달리기 때문에 매번 이긴다. 우리는 강물에 뛰어들어 헤엄도 치고, 맨손으로 메기를 잡으려 애쓰기도 한다. 나는 메기가 전기 쇼크를 일으킬 수 있다는 사실을 떠올린다. 그래서 샌디와 함께 첨벙거리며 물에서 나온다.

샌디는 나를 따라 늪을 가로질러 잠자리들이 사는 곳으로 간다. 샌디는 한마디도 하지 않는다. 그냥 내가 그곳에 서서 투명한 날개를 퍼덕이며 날아다니는 잠자리들을 바라보도록 놔둔다. 칼리드 형을 기다리든 어떻든 상관하지 않겠다는 태도다. 내가 몸이 뜨거워지는 걸 느낄 때도, 눈물이 날 때도 샌디는 아무 말도 하지 않는다.

칼리드 형이 화난 건 아닐까? 내가 형을 자주 찾으러 오지 않기 때문에, 엄마와 아빠가 바라는 대로 행동하기 때문에 화가 났을까? 나는 계속 형을 기다린다. 이제는 숨 쉴 때마다 슬픔에 휩싸이지 않는다. 나는 평정심을 찾았다. 샌디 덕분에.

*

토요일 아침, 나는 엄마와 아빠보다 먼저 일어난다. 럭키참스 시리얼과 전날 밤에 먹다 반쯤 남긴 치즈버거를 가지고 샌디에게 갈 생각이다. 하지만 내 가방의 지퍼를 여는 순간, 복도 쪽 문이 삐걱거리며 열리고 목욕 가운의 끈을 질끈 동여맨 엄마가 나온다. 엄마가 늘어지게 하품을 한다. 엄마의 눈이 감기는 그 순간, 나는 재빨리 치즈버거를 냉장고에 도로 넣는다. 그러고는 가방을 식탁 밑에 숨기려 하는데 너무 늦었다. 엄마가 내 손에 든 가방을 보고 눈살을 찌푸리며 묻는다.

"어디 가니? 아직 아침 7시도 안 됐는데."

나는 3초 정도 머뭇거리다 대꾸한다.

"도서관에 가려고요."

엄마는 실눈을 뜨고 나를 노려본다. 내가 엄마에게 거짓말을 할 때마다 생기는 문제는 항상 엄마가 알아차린다는 것이다. 어떻게 알아차리는지 도무지 알 수가 없다.

"도서관엔 뭐 하러 가는데?"

엄마가 묻는다.

"숙제하러 가겠죠?"

나는 질문하듯 말하고 움찔한다.

"숙제? 아닌 것 같은데. 숙제는 집에서 해도 되잖아."

엄마가 주방으로 들어와 찻주전자를 집어 든다.

"킹, 요즘 집에 있는 시간이 별로 없더구나. 방과 후면 늘 어딘가 들렀다 오는 거 같은데."

"말했잖아요. 재스민과 함께 새 만화를 그리고 있다고요."

내가 말한다. 하지만 엄마는 안다. 내가 거짓말한다는 걸.

복도 쪽 문이 다시 열리고, 아빠가 화장실에서 물 내리는 소리가 들린다. 아빠는 끙끙거리며 주방으로 들어와 늘 그렇듯 "안녕!" 하고 인사한다. 우리 셋은 어김없이 토요일 아침을 보낸다. 칼리드 형이 죽은 뒤 지난 몇 달 동안 그랬던 것처럼. 두려운 것은 우리의 토요일이 예전에는 어땠는지 내가 기억할 자신이 없다는 사실이다.

칼리드 형은 여전히 잠자고 있을까? 그렇다. 형은 아직 우리의 침실에 있다. 나는 급하게 텔레비전 앞으로 달려간다. 칼리드 형이 일어나서 나와 채널을 놓고 싸우기 전에 선수를 쳐야 한다. 엄마는 아침 식사를 준비하고, 칼리드 형은 하계 축구 연습을 준비한다. 그러는 동안 아빠는 식탁에 앉아 신문을 읽은 뒤 밖으로 나가 잔디를 깎고 잡초를 뽑는다. 우리 가족의 일상은 그랬다. 우리는 영원히 그렇게 살 거라고 믿었고, 한순간에 모든 것이 변할 수 있다고는 생각하지 않았다.

토요일 아침인 지금, 엄마는 내가 숙제를 할 거라고 기대한다. 내가 거짓말을 한 탓이다. 나는 식탁에 앉아 아니메쇼가 나오는 거실의 텔레비전에 눈길을 주면서 샌디에 대해 걱정하지 않으려고 애쓴다. 샌디는 그 오두막에서 혼자 살아남을 수 있다. 내가 음식을 가져오기를 기다리다 오지 않을 듯싶으면, 사냥이나 낚시를 하거나 산딸기를 딸 것이다. 나는 엄마가 등을 보이는 순간을 기다린다. 햄버거와 시리얼을 가방에 챙겨 넣고 현관문으로 달려 나갈 틈을 노리는 것이다.

나는 집에서 어떻게 빠져나가면 좋을지 골똘히 생각하느라 찬장과 냉장고 문이 열렸다 닫히는 소리를 듣지 못한다. 이윽고 레인지 위의 냄비가 달가닥거리는 소리를 낼 때 나는 고개를 든다.

냉장고 문 앞에 서 있는 엄마를 보는 건 익숙하다. 하지만 거기 서 있는 아빠를 보자, 나는 놀라서 확인하듯 다시 바라본다. 목을 세게 꺾은 탓인지 뼈끼리 부딪히는 소리가 난다. 아빠는 우유 한 팩과 달걀 두어 개를 꺼낸다. 그러고는 커다란 그릇과 팬케이크용 밀가루를 집어 든다. 엄마는 아빠를 지켜보지만, 나만큼 놀란 표정은 아니다. 그동안 엄마는 아빠가 무언가 먹고 싶으면 스스로 요리해야 한다는 사실을 깨닫기를 기다리고 또 기다렸다.

엄마가 식탁의 내 옆자리에 앉는다.

"숙제하는 거 도와줄까?"

나는 고개를 젓고 아빠를 바라본다. 누군가를 감시하듯 빤히 쳐다보는 행동이 무례한 일인 줄 안다. 그래도 눈길을 돌릴 수 없다. 아빠는 그릇에 달걀을 깨어 넣고, 우유와 팬케이크 가루를 붓는다. 사실 나는 아빠가 레인지 켜는 법도 모를 줄 알았다.

팬케이크 여러 장이 완성되어 식탁에 놓인다. 그 옆에 메이플 시럽까지 있다. 아빠는 엄마와 내 접시에 팬케이크를 나누어 담고, 의자에 앉아 한마디 말도 없이 팬케이크를 먹는다. 엄마는 팬케이크를 작은 사각형으로 반듯하게 잘라 한 조각을 입에 넣은 뒤 한참 동안 조심스럽게 씹는다. 아빠의 요리에 대해 이렇다 저렇다 말이 없다. 그저 "맛있구나. 안 그러니?" 하고 내게만 물을 뿐이다. 나는 팬케이크를 씹으며 재빨리 고개를 끄덕인 다음 더 달라고 말한다.

"킹스턴."

엄마가 내 이름을 정식으로 부를 때는 하려는 말이 진지하다는 뜻이다. 나는 더 천천히 씹는다.

"엄마 아빠는 마디그라 축제에 대해 너와 이야기를 좀 나누고 싶었어."

팬케이크 덩어리가 목에 걸린다. 지난번 엄마가 내게 마디그라 축제에 대한 이야기를 꺼냈을 때, 나는 아무 말도 하지 못하고 그저 울기만 했다.

나는 한참 동안 가만히 앉아 있다. 마치 내 앞에 성난 개 한 마리가 있어서 물릴까 봐 꼼짝도 못 하듯이. 엄마와 아빠도 똑같이 움직이지 않은 채 나를 지켜본다. 우리 모두 숨을 죽이고 서로 말하기를 기다린다.

이제 나는 칼리드 형을 생각해도 울지 않는다. 혹시 그래서 형이 화난 건 아닐까?

"몇 주 뒤면 마디그라 축제가 열려. 이드리스 고모한테 우리가 간다고 연락해 놔야겠구나."

엄마가 말한다.

우리가 갈지 안 갈지는 엄마가 결정한다는 말투다. 하지만 나는 그런 엄마 때문이 아니라 가고 싶어 하는 나 자신에게 화가 날 뿐이다. 나는 해마다 열리는 마디그라 축제를 좋아했다. 가장행렬, 화려한 의상과 수레, 신나는 음악까지. 마디그라 축제는 현실과 완전히 다른 세상으로 들어가는 통로 같았다. 나는 유령과 천사와 괴물이 있는 세상에 넋을 잃곤 했다.

하지만 이제 축제에 갈 수 없다. 나는 내가 뉴올리언스에 갈 수 없다는 걸 안다. 칼리드 형이 살아 있지 않다는 것, 형이 존재하지 않는다는 사실을 아는 것처럼.

나는 양해도 구하지 않고 식탁을 떠난다. 엄마가 내 이름을 불러도 못 들은 척한다. 복도를 걸어 칼리드 형과 함께 썼던 침실로 들어가서 매트리스 밑에 손을 넣어 일기장을 꺼낸다. 창문을 열고 밖으로 기어 나와 바닥에 착지한다. 풀과 야생화의 정글을 가로질러 텐트로 달려간다.

나는 텐트 안에 앉아 있다. 시간이 얼마나 흘렀는지 알 수 없다. 알고 싶지도 않다. 별생각 없이 앉아서 일기장을 획획 넘긴다.

하늘은 자주색이야, 킹.

바다가 불타는 것 같아.

우리는 개미들의 등에 타고 있어.

우리는 구름 속을 헤엄치고 있어.

텐트 안에 들어오고 나서 꽤 많은 시간이 흘렀다. 잠에서 깨어 보니 열기가 담요처럼 나를 감싸고 하늘이 불타는 듯 빨 갛다. 나는 칼리드 형의 꿈을 꾸었다. 이번에는 평소 꾸던 꿈 과 달랐다. 형이 나를 찾아왔다. 거리 맞은편에 서 있는 형을 보았기 때문에 형이 나를 찾아왔다는 걸 안다.

형은 나를 바라보다 서서히 다가오더니 내 손을 잡는다. 어 느 틈엔가 우리는 바다 밑바닥을 걷고 있다. 거기에는 우리 의 도시가 보인다. 전기메기가 헤엄치며 지나가고, 이끼가 해 초처럼 하늘거리고, 목련꽃이 거품들과 함께 떠다닌다. 칼리 드 형은 한마디도 하지 않고 가만히 내 곱슬머리에 손을 얹는 다. 내가 눈을 깜박이자 어느새 우리는 구름 속에 서 있다. 흠 뻑 젖은 거대한 빛의 세계다. 우리 주위로 색깔들이 만화경처 럼 빛난다. 고개를 들자 저 멀리 거꾸로 매달려 있는 우리의 도시가 보였다. 도시는 점점 멀어지며 하나의 점이 되어 갔다. 우리를 감싼 푸른 하늘이 오로지 빛, 빛, 빛이 되어 갔다.

나는 눈을 깜박여 꿈을 기억해 내려고 애쓴다. 꿈이 사라지기 전에, 내가 깬 것을 알아차리기 전에 그 모든 것을 붙잡으려 애쓴다. 무언가 손을 간질인다. 작은 잠자리다. 다이아몬드 같은 날개를 가진 초록색 잠자리다.

잠자리는 곧바로 날아가 버린다. 나는 잠자리를 눈으로 좇으려 한다. 훨훨 날아가는 잠자리를 지켜보지만, 잠자리는 아주 빠르게 사라진다. 나는 내가 아직 자고 있는지, 잠자리를 본 것이 꿈속이었는지 알 수 없다.

*

내가 늪가에 도착할 즈음 해가 저물기 시작한다. 나는 진창길을 철버덕거리며 달려 잠자리들을 지나친다. 꿈과 잠자리와 칼리드 형이 내게 돌아온 것에 대해 샌디에게 말할 생각을 하니 가슴이 두근거린다. 비록 형과 함께한 시간은 짧았지만 말이다. 나는 오두막에 도착해 쾅 소리 나게 문을 연다. 곧 주방에서 무언가를 요리하는 샌디를 볼 것이라고 기대하면서. 그런데 레인지는 꺼져 있고, 조리대의 냄비는 텅 비어 있다. 나는 서둘러 밖으로 나와 오두막 뒤편으로 간다. 하지만 강가에 앉아 물고기가 낚싯바늘에 걸리기를 기다리는 샌디는 보이지 않는다.

나는 얼굴을 찡그리고 덤불 쪽으로 가서 외친다.

"샌디!"

어쩌면 샌디는 또 숨었는지 모른다. 아니면 게임을 하고 있는지도.

"샌디!"

다시 부른다. 하지만 어둠 속에 숨어 있는 그림자는 없다. 내 이름을 부르는 목소리도 들리지 않는다. 나는 그 자리에 서서 나무들을 뚫어지게 바라본다. 마치 그 나무들이 내 물음에 답하기라도 하듯. 들리는 건 저녁 산들바람에 바스락거리는 소리뿐이다. 오늘 저녁은 매미도 조용하다.

갑자기 이곳이 샌디와 내가 꼬박 일주일 동안 지낸 곳처럼 느껴지지 않는다. 하늘에는 잿빛 구름이 몰려와 곧 번개가 치고 소나기가 쏟아질 것 같다. 나는 이리저리 뛰어다니며 샌디를 부르지만 여전히 대답이 없다.

나는 우리 집으로 한달음에 달려간다. 너무 열심히 뛴 나머지 심장이 가슴을 뚫고 튀어나올 것처럼 쿵쾅거리고, 옆구리에 경련이 인다. 나는 숨을 헐떡이며 현관문을 열어젖힌다.

거실에서 엄마가 나를 보고 묻는다.

"킹! 대체 무슨 일이니?"

엄마가 나를 소파로 이끈다. 그 소리에 아빠가 득달같이 달려 나온다. 나는 그토록 빠르게 달리는 아빠를 본 적이 없다. 엄마가 바닥에 쓰러졌던 형 장례식 날 아침을 빼고 말이다. 아빠는 눈을 동그랗게 뜨고, 우리가 위험에 빠졌는지 알아보려는 듯 주위를 살핀다. 아빠의 눈에는 소파에서 울고 있는 내가 있을 뿐이다. 엄마가 물 한 컵을 내게 건넨다. 나는 물컵을 뿌리치고 입으로 공기를 잔뜩 들이마셔서 말이 나오게 하려고 애쓴다.

"샌디는……."

나머지 말은 목에 걸려 입 밖으로 나오지 못한다.

'늪가가 아니라 오두막에 숨어 있었어요. 샌디한테 무슨 일이 일어난 것 같아 걱정돼요. 처음 샌디 샌더스가 사라졌을 때보다 더 불안해요.'

내가 나머지 말을 내뱉기도 전에 엄마가 고개를 젓고는 눈을 깜박이며 나를 빤히 바라본다.

"샌디? 샌디는 괜찮아. 사람들이 발견했단다."

내 입이 탁 닫힌다. 엄마에게서 물컵을 건네받는 두 손이 떨린다.

"샌디를 발견했다고요?"

엄마가 물컵을 쥔 내 손을 잡고 들어 올린다.

"물 좀 마셔."

"어떻게 된 일이에요?"

내가 묻는다.

엄마는 대답하지 않고 물컵을 빼앗아 내 입에 대고 기울인다. 마치 내가 아기라도 되는 듯. 나는 물컵을 밀어내고 고개를 돌린다. 여전히 제대로 숨을 쉴 수 없다. 2킬로미터나 쉬지 않고 달려온 탓이지만, 나는 그 사실을 알아채지 못한다.

"샌디는 어디에 있어요?"

엄마는 지금 자신이 지어 보이는 표정을 내가 보지 못할까
봐, 소리 나게 물컵을 탁자에 내려놓는다. 엄마의 짜증을 대변
하듯 쨍그랑 소리가 울려 퍼진다.

"무슨 일이니, 킹?"

"샌디는 어디로 갔어요?"

나는 또다시 묻는다. 대답을 들을 때까지 계속해서 물을 기
세로. 마침내 아빠가 대답한다. 아빠는 샌디가 샌디의 아빠에
게 돌려보내졌다고 말한다.

나는 도시를 가로질러 샌디의 집으로 곧장 뛰어갈 것처럼
소파에서 벌떡 일어선다.

"샌디는 거기에 있으면 안 돼요!"

엄마와 아빠 모두 나를 바라본다. 내 목소리에, 내 말에 놀
란 표정이다. 그들은 자주 이렇게 말하곤 했다. 자식은 부모에
게 함부로 소리 질러서는 안 된다.

엄마가 내게 진정하라고 말한다.

"엄마와 아빠는 어른이니까 자신들이 가장 잘 안다고 생각
해요! 샌디에 대해 아무것도 모르면서요."

"너한테 무슨 일이 있었는지는 모르겠구나. 하지만 우리와
말할 때는 목소리를 낮추도록 해."

엄마가 말한다.

"아세요? 엄마 아빠는 제 말을 전혀 귀담아들으려 하지 않

아요. 샌디 아빠, 그 사람은⋯⋯."

엄마가 똑바로 일어선다.

"네 방으로 들어가! 어서!"

나는 복도를 달려 내 침실로 들어간다. 침실 창문으로 빠져 나가 최대한 빨리 샌디의 집으로 달려갈 작정이다. 하지만 침대로 올라가기도 전에 방문이 열린다.

"너 외출 금지야."

엄마가 명령조로 말한다.

"학교에 가는 게 아니면 이 침실에서 못 나가. 알아들었니?"

"알아들었냐고요? 샌디 아빠가 샌디를 때린다고요!"

내가 소리친다.

내 말이 공기 중으로 울려 퍼진다. 그럼에도 엄마가 내 말을 알아들었는지 모르겠다. 엄마는 돌처럼 가만히 서 있다. 마침내 엄마가 입을 연다.

"그걸 어떻게 아니?"

"샌디가 말했어요."

"아마 거짓말했을 거야."

엄마가 눈살을 찌푸리며 말한다.

"그 애는 문제가 많아, 킹. 가출 소동도 벌였어. 게다가⋯⋯."

"샌디는 거짓말하지 않았어요. 샌디 몸에 멍 자국이 있단 말이에요."

"멍 자국은 다른 원인으로도 생길 수 있어. 샌더스 집안 아이라면……. 아마 제 형처럼 싸움질하고 다녔을 거야."

가슴 가득 화가 치밀어 오른다.

"샌디는 절대로 싸우지 않아요! 누구와도 싸우지 않는다고요!"

엄마가 입을 꾹 다문다.

"증거 같은 게 없잖아. 증거 없이는 아무것도 할 수 없어."

"그래서 샌디를 자기 아빠한테 그냥 돌려보내자는 거예요? 아무것도 하지 않고요?"

"그는 샌더스 보안관이야. 아무런 증거 없이 그 사람을 어떻게 고발할 수 있겠어? 더욱이 우리는 그게 사실인지 어떤지도 모르잖아. 그 애는 너한테 거짓말했을 거야, 킹."

너무 화가 나 내 입에서 울음이 터져 나온다. 울음을 멈출수 없다. 아빠가 방에 들어와 나를 지켜보는데도 눈물이 그치지 않는다. 엄마가 두 팔로 나를 껴안고 달래며 진정시키려하는데도 울음이 멈추지 않는다. 너무 심하게 울어 몸이 반으로 쪼개지거나 녹아 버릴 것 같은 느낌이 든다. 샌디 때문만은 아니다. 잠자리 때문에도, 꿈 때문에도, 칼리드 형 때문에도 가슴이 찢어질 듯 슬프다.

나는 엄마와 아빠에게 나 혼자 있게 해 달라고 소리친다. 엄마는 떠났지만, 아빠는 문간에 그대로 서 있다. 나를 빤히 바라보면서.

"그래."

아빠가 착 가라앉은 목소리로 말한다. 나는 아빠와 눈이 마주친다.

"울 수 있는 일이지."

아빠의 입에서 흘러나온 그 말이 내 가슴을 적신다.

"알아."

아빠가 헛기침을 하고는 말을 잇는다.

"내가 뭐라고 했는지 알아. 사내는 울지 않는 법이라고, 남자는 울면 안 된다고 했지."

아빠가 다시 헛기침을 한다. 그제야 나는 아빠의 눈이 젖어 있다는 사실을 알아차린다. 아빠는 침을 삼키고 고개를 끄덕인다. 나는 아빠가 무엇에 고개를 끄덕이는지 모르겠다. 아빠는 크게 심호흡을 하고 나서 말한다.

"그런 말 다 잊으렴. 울고 싶을 때는 실컷 울어. 알았지?"

아빠는 내 대답을 기다리지 않고 돌아서 방을 나간다.

나는 혼자가 되어 잠들 때까지 운다. 꿈속에서도 운다. 나는 거리 한쪽에 서서 칼리드 형이 오기를 기다리며 건너편을 뚫어지게 바라본다. 하지만 형은 오늘 밤 나를 찾아오지 않는다. 날개를 퍼덕이는 잠자리도…….

13장

사흘 내내 다른 이야기를 하는 사람은 없다. 샌디 샌더스가 발견되었다는 이야기뿐이다.

"샌디는 가출한 거래."

"늪가의 마틴 할아버지네 가재잡이 오두막에 숨어 있었다며?"

"마틴 할아버지는 어느 날 이른 오후, 오두막에 갔다가 잠들어 있는 샌더스 집안 아이를 발견하고 깜짝 놀랐대."

모두 이런 식으로 떠들어 댄다. 그래서 더 화가 난다. 샌디가 왜 가출했는지 알고 싶어 하는 사람은 아무도 없다.

재스민이 벤치의 내 옆자리에 앉는다. 카미유와 떨어져 있어 우리 둘뿐이다. 이게 우리가 해야 하는 또 다른 일이다. 이제 우리는 남자 친구와 여자 친구로서 다른 사람과 있기보다는 단둘이 시간을 보내야 한다. 손을 맞잡고 평소보다 더 가까이 붙어 앉아야 한다. 나는 이따금 재스민을 지켜본다. 재스민도 나처럼 이 모든 일에 신경을 곤두세우고 있는지 알아내기 위해서다. 끈적거리는 손으로 재스민의 손을 잡고, 우리는 어깨가 닿을 만큼 바짝 붙어 앉는다. 그러자 안 그래도 더운 날씨가 더욱 덥게 느껴진다. 하지만 재스민의 얼굴에는 미소가 떠나지 않는다. 마치 이것이야말로 자신이 원하는 모든 것인 듯.

"샌디한테 너무 화가 나."

재스민이 내게 말한다.

"샌디는 우리한테 사실을 말할 수 있었어. 늪가로 가는 길에 우리 집이나 너희 집에 들를 수도 있었지. 내내 그곳에 숨어 있는 대신 우리 중 한 명과 있을 수도 있었고. 샌디한테 무슨 일이 생기면 어쩌지?"

나는 여전히 재스민에게 사실을 털어놓을 수 없다. 사실을 말하면 재스민은 더 이상 내 손을 잡지 않을뿐더러, 어느 정도 확신하건대 내 친구가 되지 않을 것이다. 더 나쁘게는 앞으로 재스민의 남자 친구가 되지 못할 것이다.

"어쩌면 샌디는 우리까지 곤란해지는 걸 원치 않았을 거야."

내가 말한다. 하지만 재스민은 귀담아듣고 있는 것 같지 않다. 내 쪽을 쳐다보지도 않는 것 같다. 대럴이 우리를 향해 입맞춤하는 소리를 내다가 카미유에게 팔을 찰싹 얻어맞고서야 그만두고 비명을 지른다. 재스민이 쑥스러운 듯 고개를 푹 숙인다. 나는 재스민이 미소 짓고 있는 걸 눈치챈다.

"대럴은 너무 철없어."

재스민이 말한다.

나도 한때 재스민에게 유치하고 철없는 아이였다. 어쩌면 재스민은 아직도 내가 철없다고 생각하는지도 모른다. 누가 알겠는가? 하지만 재스민은 그런 말을 하지 않는다. 이제 이 아이는 내 여자 친구다.

*

마지막 수업이 끝나는 벨이 울리자마자 나는 재스민이 아이들 앞에서 내 뺨에 키스를 하기 전에 슬며시 학교를 빠져나간다. 매일 일과가 끝나면 재스민은 아이들 앞에서 그렇게 했다. 그때마다 아이들은 일제히 "우우우!" 하고 놀렸다.

나는 길모퉁이에 선다. 늪가로 이어지는 길이다. 잠자리들에게 가는 것이다.

나는 처음으로 그 길을 외면한다. 칼리드 형에게 기도하듯 짧게 말한다.

미안해.

그 말밖에는 할 수 없다. 나는 뜨거운 태양 아래 흙먼지를 일으키며 계속 걸으면서 몇 번이고 같은 말을 중얼거린다.

미안해. 미안해. 미안해. 형을 잊지 않을게. 여전히 형이 보고 싶어. 미안해.

내가 걷는 길에 나오는 마을은 늘 한결같다. 똑같아 보이는 집들이 한 줄로 길게 늘어서 있다. 햇빛을 받아 차들이 반짝거린다. 이런 마을에 사는 샌디를 가난하다고 할 수는 없을 것이다. 누군가 고집스레 비밀을 지키려 한다면, 그 진실이 무엇인지는 끝내 알 수 없으리라. 나는 샌더스 가족의 집 건너편에서 걸음을 멈춘다. 그 집은 우리 집보다 더 크다. 흰색 페인트가 햇볕에 바래 있고, 넓은 뜰에는 바위와 잡초가 무성하다. 나는 건너편 길의 나무 아래에 서서 그 집을 쳐다본다. 무슨 일이 있기를, 문이 열리고 누군가 소리치기를 기다린다. 얼마나 오랫동안 그러고 있었는지 발이 아프고, 눈이 따끔거린다. 하늘이 만화경처럼 색깔을 바꾸기 시작할 때까지 나는 거기에 서 있었다.

하늘은 자주색이야, 킹.

그때 길 건너편 집의 현관문이 열린다. 마이키 샌더스가 반짝이는 검은색 쓰레기봉투를 들고 밖으로 나온다.

마이키는 보도 가장자리로 가서 쓰레기통의 금속 뚜껑을 열고 봉투를 넣는다. 몇 시간을 기다린 와중에 일어난 일이라 내가 너무 흥분한 모양이다. 숨어 있어야 한다는 걸 깜빡 잊었다. 나는 나무 아래에서 벗어나 마이키와 열린 문을 차례로

쳐다본다. 마이키가 나를 바라본다. 마이키에게 들킨 걸 깨닫
자마자 나는 돌아서 후다닥 달아난다.

마이키는 내가 한 걸음 내딛기도 전에 어느새 내 앞에 와
있다. 하마터면 커다란 바위 같은 마이키와 부딪힐 뻔했다.

"여기 얼씬대지 마."

마이키가 경고하듯 말한다.

"내 말 알아들었어? 여기 얼씬대지 말라고, 킹스턴 제임스!"

나는 마이키 샌더스의 말이 끝나자마자 획 돌아서서 온 힘
을 다해 우리 집으로 뛰어간다.

이튿날 나는 용기를 내어 어제와 똑같은 일을 반복한다. 그
나무 아래에서 기다리는 것이다. 이번에는 마이키가 나를 발
견하지 못하도록 더 깊은 그늘 속으로 숨는다. 똑같은 실수를
반복하지 않을 것이다. 샌디를 잠깐이라도 보고 싶다. 하지만
끝내 보지 못한다. 그날도, 다음 날도 마찬가지다.

내가 기다림에 진저리가 난 것은 사흘째 되는 날 저녁이다.
사흘 동안 나는 샌디의 흔적조차 찾지 못했다. 샌디가 안전한
지 아무도 모른다. 아무도 샌디의 안부를 물을 생각조차 하지
않는다. 사람들은 모두 샌디가 안전하다고 생각한다. 샌디가
아빠와 함께 있기 때문이다. 하지만 샌디는 늪가에서 지낼 때
가 더 안전했다. 나만 빼고 아무도 그 사실을 모른다.

나는 겁쟁이지만, 이제 용감해져야 한다. 우리가 정말 친구
라면 나는 샌디를 도와야 한다. 비록 그 어느 때보다 더 겁나

지만 말이다. 나는 한 차례 심호흡을 하고 목련 그늘에서 나와 길 건너편으로 걸어간다. 포장길의 갈라진 틈을 밟으며 걷는다. 콘크리트 계단을 쿵쿵거리며 올라가 나도 모르게 부서진 나무 문을 두드린다.

문이 홱 열린다. 나는 숨을 헐떡이고 비틀거리며 물러선다. 샌더스 보안관이 내 앞에 서 있다. 마치 보안관은 내가 그 목련 아래에 서 있던 사실을 알고, 자기 집 문을 두드리길 기다린 것 같다. 나는 보안관의 다리 사이로 집 안을 들여다보려 애쓰지만 너무 어두워 쉽지 않다. 내가 보안관 너머를 더 들여다보려는 순간, 그가 등 뒤로 문을 닫는 바람에 아무것도 보지 못한다.

샌더스 보안관이 나를 위아래로 훑어본다. 보안관은 내가 누구인지 잘 안다. 그는 전에 자기 아들과 함께 있는 나를 본 적이 있다. 언젠가 내가 샌디와 함께 이 집에 왔을 때, 그는 지금 서 있는 바로 그 자리에서 독기 서린 눈초리로 나를 보았다. 나는 이 자리에서 샌디와 이야기하고 있었다. 그때 나는 떠날 수밖에 없었다. 그가 나 같은 흑인을 싫어한다는 소문이 생각나서였다.

지금 보안관은 나를 여느 때와 똑같은 표정으로 내려다보고 있다. 조금은 온화한 미소를 짓고 있는데 어디까지나 예의상 그런 것이다. 우리 소도시 사람들은 누구에게나 그런 미소를 지어야 한다고 여긴다. 하지만 나 같은 아이는 그 미소의 의미를 알 수 있다. 그는 나를 싫어한다. 내가 자기 아들과 친구여서인지, 내 피부색 때문인지는 모르겠다. 어쩌면 둘 다일 것이다.

"킹스턴이지?"

보안관이 묻는다. 나는 언젠가 수색대 모임에서 들은 그의 목소리를 기억해 낸다. 그때 보안관은 자기 아들을 찾도록 도와 달라고 사람들에게 간곡히 부탁했다. 그때와 똑같이 걸걸하고 낮은 목소리다.

"킹이라고 해요."

나는 무심코 그렇게 대꾸한다. 긴장한 탓에 손바닥이 온통 땀범벅이고 가슴이 쿵쾅거린다.

"킹."

보안관이 고쳐 말한다.

"무슨 일이지?"

나는 내가 하고 싶은 말을 안다.

샌디를 만나게 해 주세요. 샌디와 이야기하게 해 주세요. 샌디가 괜찮은지 확인하고 싶어요.

하지만 그 말은 내 입에서 나오지 않는다. 나는 나를 쏘아보며 내가 용기 내어 말하기를 기다리는 보안관의 붉게 탄 얼굴에서 눈길을 돌릴 수 없다.

"참 낯짝도 두껍군."

보안관이 말한다. 그는 여전히 내게 접대성의 온화한 미소를 짓고 있다. 그래서인지 그의 목소리가 더 무섭게 들린다. 무더위에도 오싹 소름이 돋고, 온몸이 떨린다.

"참 뻔뻔스럽구나, 킹. 연락도 없이 찾아와 내 집 문을 두드리다니 말이야."

목이 완전히 잠겨 버린 것 같다. 말을 해야겠다고 생각만 해도 목이 막히는 느낌이다.

"내 말 잘 들어. 당장 꺼져! 그리고 다시는 여기에 나타나지 마. 그렇게 하면 가출 미성년자를 도운 죄로 너를 체포해 소년원에 보내는 일은 하지 않겠다."

두려움이 온몸을 옥죈다.

"아 참, 늪가에서 네가 한 짓은 나도 다 알고 있다. 찰스한테 들었지."

"아저씨에 대해 저도 알아요. 샌디가 말해 줬어요."

내가 말한다. 어디서 그런 용기가 솟아났는지 모르겠다.

"아저씨한테 맞았다는……"

나는 말끝을 흐린다. 보안관이 크게 한 걸음 다가온다. 나는 뒤로 물러서다가 콘크리트 계단에 굴러떨어질 뻔한다.

"조심해라!"

보안관이 재빨리 말한다. 그의 눈빛은 마을 어딘가에서 보았을 때보다 더 차갑다. 그 눈빛에 목에 걸려 있던 말이 목구멍 안으로 쏙 들어가 버린다.

보안관이 만족스러운 얼굴로 실눈을 뜨고는 푸른 하늘을

올려다본다.

"당장 달려가라. 네 부모님이 걱정할 테니까."

보안관은 그 말을 끝으로 나를 콘크리트 계단에 세워 둔 채 문을 닫는다. 어서 집으로 돌아가라는 그의 말투는 다분히 협박조다. 우리에게 무슨 일이 있었는지 안다면, 그러니까 내가 샌디를 도운 사실을 그가 안다면 엄마와 아빠에게 알리는 걸 막을 방법은 없다.

갑자기 창문에 비친 그림자가 보인다. 커튼이 움직인다. 그림자는 아무래도 유령인 것 같다. 금세 사라졌기 때문이다.

*

집에 돌아오자 엄마와 아빠가 나를 기다리고 있다. 나는 집 안으로 들어가 문을 닫고는 그들을 바라본다. 그들은 식탁에 앉아 있는 자세도, 나를 바라보는 시선도 평소와 별반 다르지 않다. 하지만 두 사람은 나를 죽 기다리고 있었다. 내가 거실로 들어가 그들 앞에 멈추어 가방을 바닥에 내려놓을 때까지도 둘 다 아무 말이 없다.

맨 먼저 입을 연 사람은 아빠다.

"오늘 전화가 왔었다."

아빠는 그렇게 말했지만, 나는 그게 무슨 뜻인지 안다. 누가 아빠에게 전화했는지 정확히 안다. 그 사람이 뭐라고 했는지도 잘 안다. 샌더스 보안관은 단순히 엄포만 놓는 사람이 아니다.

"그게 사실이니?"

엄마가 묻는다.

"그동안 너는 그 애가 어디 있는지 알고 있었지? 그 애를 도와 숨겨 줬고?"

할 말이 없다. 뭐라고 말해야 할지 난감할 뿐이다.

아빠는 나를 바라보려 하지 않는다. 이어 가볍게 헛기침만 하고는 입을 연다.

"샌더스 보안관이 말했는데……."

아빠는 말을 멈추고 다시금 헛기침을 한다.

뭐라고 했는데요?

나는 그렇게 묻고 싶지만 말이 나오기는커녕 숨도 쉬기 힘들다.

엄마가 아빠 대신 말하려고 한다. 엄마는 믿기지 않는다는 듯 고개를 저으며 입을 연다.

"네가 동성애자라는 게 사실이니, 킹?"

딱 10초 동안 엄마의 입에서 그 말이 흘러나왔다. 시야가 흐려지더니 이내 눈앞이 캄캄해진다. 다리도 후들거린다.

엄마 아빠는 가만히 앉아 내가 말하기를 기다린다. 두 사람은 원하는 대답을 들을 때까지 아무 말도 하지 않을 것이다.

"아뇨."

내가 쉰 목소리로 대답한다. 믿어지지 않을 정도로 매끄럽게 말이 나온다. 나는 배에 잔뜩 힘을 주고 같은 말을 큰 소리로 힘차게 되풀이하려고 한다.

아뇨! 아뇨! 아뇨! 아뇨! 아뇨!

하지만 그 말은 입 밖으로 나오지 않는다.

그들은 꿈쩍도 하지 않는다. 눈도 깜박거리지 않는다. 엄마의 얼굴은 울음을 삼키려 애쓰느라 마치 가면처럼 보인다. 아빠의 얼굴은 훨씬 더 좋지 않다. 멍하니 얼빠진 얼굴에서 나는 아빠의 생각도 느낌도 짐작할 수 없다. 정말 최악의 상황이다.

"보안관은……."

엄마가 꼿꼿이 앉아 두 손을 꽉 맞잡는다.

"보안관 말로는 샌디가 동성애자인데, 너랑 어울리다 동성애자가 될 생각을 했다는구나. 그러니까 너 때문에……."

"거짓말이에요."

내 목소리는 나 자신조차 말하고 있다고 느끼지 못할 정도로 아주 조용하다.

하지만 그들의 얼굴에서 알 수 있다. 두 사람은 샌더스 보안관의 말을 믿는다. 그들 역시 나에 대해 똑같은 의문을 품었기 때문이다. 나도 스스로에게 똑같은 의문을 품어 왔다. 생각할수록 우습다. 우리 모두 똑같은 의문을 품고 똑같은 생각을 하고 있지만, 그것에 대해서는 아무도 말하지 않는다.

13장 201

나는 울고 있다. 눈물을 주체할 수 없다. 아빠는 내게 울어도 괜찮다고 했지만, 지금은 내가 우는 모습을 보고 싶어 하지 않을 것 같다.

내가 주방에서 뛰쳐나가도 그들은 나를 부르지 않는다. 내가 텐트 안으로 기어 들어가서 지퍼를 올릴 때까지도 두 사람은 쫓아 나오지 않는다. 오늘 밤 텐트 안은 더 차갑다. 몸이 떨리기 시작할 정도로 아주 춥다. 이 차가운 공기는 어디서 오는 걸까? 혹시 내게서 나오는 걸까? 나는 침낭으로 몸을 감싸고 눈을 꼭 감는다.

"칼리드 형."

형의 이름을 불러 본다. 내가 부르는 소리를 듣고 오늘 밤 형이 꿈속에서 나를 찾아왔으면 좋겠다. 형은 한동안 나를 찾아오지 않았다. 길가에 서서 나를 지켜보다가 슬며시 다가와 내 손을 잡아 주는 형은 이제 꿈에서도 없다. 하늘을 솟구쳐 날아오르는 잠자리들도 없다. 형은 화가 난 게 틀림없다. 내가 형을 까맣게 잊고, 형을 보러 늪가로 가지 않고, 오로지 샌디만을 생각하기 때문일 것이다.

나는 꿈을 꾼다. 자면서도 내가 길가에 서서 형을 기다리는 꿈을 꾼다는 걸 안다.

"칼리드 형."

나는 소중한 것을 놓치지 않으려는 듯 형의 이름을 속으로만 중얼거린다.

형은 내 곁에 있을 때 늘 그랬던 것처럼 특유의 삐딱한 미소를 짓는다. 우리는 유리처럼 잔잔한 수면 위에 앉아 있다. 오직 물만이 끝없이 펼쳐져 있다. 손가락으로 물을 건드릴 때만 물결이 살짝 일렁인다.

"형, 왜 하필 잠자리야? 사자나 표범이나 늑대 같은 멋진 것도 있잖아. 안 그래?"

내 물음에 형이 웃음을 터뜨린다. 장난기 가득한 형의 눈동자가 반짝거린다. 나는 형이 내 뒤통수를 한 대 쥐어박을 거라 생각하고 머리를 숙인다. 하지만 형은 내 곱슬머리에 가만히 손을 얹어 놓을 뿐이다.

"내가 잠자리라고 누가 그래?"

내가 얼굴을 찡그리자 형이 손을 치운다. 그러고는 무언가 잡으려는 듯 물속에 손을 집어넣는다. 무엇을 잡으려는지 모르겠다.

"내가 잠자리라고 누가 그랬어?"

형이 다시 묻는다.

14장

나는 혼자 학교에 간다. 해가 떠오르기도 전에 흙길을 걸어 간다. 나는 아빠의 얼굴을 똑바로 쳐다볼 수가 없다. 그 얼굴 에서 내가 두려워하는 것을 보고 싶지 않다. 실망, 분노……. 어제 나를 볼 때 아빠는 멍한 표정이었다. 생각하면 할수록, 그 멍한 눈길이 아빠의 진짜 감정을 감추지는 못했다는 것을 더 확실히 깨닫는다. 아빠가 실제로 느끼는 감정은 이렇다. 너 를 위해 아무것도 해 줄 수 없어. 네가 동성애자라면 내 아들 이 될 수 없으니까. 너는 더 이상 내 아들이 아니야.

나는 카미유의 벤치를 지나친다. 대신 도서관으로 가 예전 에 샌디, 재스민과 함께 앉았던 자리로 간다. 마치 샌디가 갑 자기 나타나기를 바라는 것처럼. 하지만 샌디는 오지 않는다. 도서관은 웃음소리와 말소리로 조금씩 채워진다. 나는 두 팔로 머리를 괴고 책상에 엎드린다. 잠을 자려는 자세이긴 하지만 잠을 자려는 건 아니다.

브리애나가 내 옆에 앉지만 나는 알아차리지 못한다. 브리애나는 키가 커서 때때로 문을 지나려면 고개를 숙여야만 한다. 브리애나에게 초능력이 있다면, 어쩌면 그녀는 남의 눈에 띄지 않으려 할 것이다. 브리애나가 "안녕!" 하고 인사할 때에서야 나는 그녀가 곁에 앉은 사실을 알아채고는 깜짝 놀란다. 브리애나가 웃는 걸 보니 그런 내가 우스꽝스럽다고 생각하는 듯하다.

"그게 사실이야?"

브리애나가 묻는다. 뜬금없는 질문이다. 브리애나는 이렇게 묻고 싶었을 것이다.

네가 동성애자라는 게 사실이야? 네가 샌디를 숨겨 줬다며, 사실이야? 너는 네 형이 잠자리가 됐다고 생각한다는데 그것도 사실이야?

"사실이라니, 뭐가?"

내가 묻는다. 브리애나의 입에서 무슨 말이 튀어나올지 조마조마하다.

브리애나가 계속 웃으며 말한다.

"네가 대럴을 도와줬다며? 그러니까…… 내가 무슨 말을 하려는지 알잖아?"

브리애나가 무슨 말을 하는지 알기까지 3초라는 긴 시간이 걸렸다. 모든 게 분명해진다. 대럴은 브리애나에게 여자 친구가 되어 달라고 말한 게 틀림없다.

"고마워. 아이들은 대부분 내가 대럴한테 홀딱 반했다며 비웃었어."

나는 어깨를 으쓱한다. 그게 나 때문은 아니다. 브리애나의 말이 더는 귀에 들어오지 않는다. 수많은 생각이 머릿속을 휘젓는다. 온갖 생각과 의문과 공포가 내 귀로 새어 들어오는 것 같다.

"남들이 비웃든 말든 상관없이 우리는 있는 그대로의 우리여야 해. 우리가 좋아하는 사람을 좋아해야 하고."

브리애나가 내 말에 공감한다는 뜻으로 고개를 끄덕인다. 그러고는 웃으며 나를 바라본다. 하고 싶은 말이 더 있는 표정이다. 나는 아무 말 없이 잠자코 있다.

브리애나가 묻는다.

"샌디는 어때?"

브리애나는 여전히 미소 짓고 있다. 나를 향해 계속해서 미소 짓는 걸로 보아, 브리애나가 나에 대한 모든 걸 알고 있는 게 분명하다.

"내가 어떻게 알겠어?"

내가 쏘아붙이자 브리애나가 움찔한다. 하지만 표정은 그대로다.

"너는 샌디의 친구잖아. 안 그래? 늘 샌디와 어울리는 것 같던데 뭐."

"샌디의 친구였어."

나는 과거형으로 말한다.

"샌디가 가출했을 때 숨어 지내도록 도와주지 않았어?"

브리애나의 말이 내 가슴에 파고든다.

"뭐라고?"

"카미유가 그러더라고. 카미유는 로니한테 들었대. 로니는 잭한테 들었고, 잭은 자기 형한테 들었대. 잭의 형은 마이키 샌더스한테 들었고 말이야. 네가 샌디를 도와 늦가에 숨겨 줬다고. 카미유는 또 이렇게 말했는데, 그게 뭐냐면……."

브리애나가 말을 멈춘다. 샌더스 보안관이 우리 엄마와 아빠에게 했던 말이 생각난다. 마이키도 남에게 말했을 수 있다.

맞잡은 두 손이 떨리기 시작한다. 나는 두 손을 탁자 아래로 숨긴다. 뭐라고 말해야 할지 모르겠다. 브리애나는 내 표정에서 답을 얻은 게 틀림없다. 브리애나의 얼굴에서 서서히 미소가 사라지는 것을 보면 알 수 있다.

"괜찮아, 킹?"

"다들 알아? 대럴도 아는 거야?"

내가 멈추었다가 다시 묻는다.

"재스민도?"

브리애나가 천천히 고개를 끄덕이더니 얼굴을 찌푸린다.

"다들 알면 어때서? 뭐가 문제지?"

나는 이미 가방을 집어 들고 있다. 어떻게 해야 좋을지 모르겠다. 어디로 가야 할지 모르겠다. 어디론가 가서 하루 종일 숨어 있어야 할 것 같다. 오해를 바로잡으러 재스민과 다른 아이들에게 가 봐야 하지 않을까 싶지만, 그 아이들에게 뭐라고 한단 말인가?

오해한 거야. 나는 샌디가 안쓰러웠을 뿐이라고.

누구든 내가 거짓말한다는 사실을 눈치챌 것이다.

"조금 전 네가 한 말 생각난다."

브리애나가 나지막이 중얼거린다.

"'남들이 비웃든 말든 상관없이'라고 했지, 아마?"

더 이상 대응할 필요가 없다. 나는 브리애나가 더 말하기 전에 도서관을 빠져나온다.

*

첫 수업을 알리는 벨이 울리기까지 아직 몇 분이 남아 있다. 나는 도서관 복도를 달려 급히 문을 열고 밖으로 나온다. 그리고는 운동장을 가로질러 뛰어간다. 카미유의 벤치에 모여 시간을 보내는 아이들이 보인다. 재스민은 나를 등지고 앉아 있다. 앤서니는 선 대수학(미국 학생들이 대수학을 배우기 전에 듣는 수업-옮긴이) 교과서에 코를 박고 있다. 카미유는 대럴에게 큰 소리로 뭐라고 말한다. 대럴이 웃는다. 뒤돌아보니 브리애나가 나를 쫓아 달려오고 있다. 나는 벤치 쪽으로 서둘러 간다. 어떻게 행동해야 할지, 뭐라고 말해야 할지도 모르지만 말이다.

카미유가 먼저 나를 알아본다. 카미유는 다가오는 나를 바라보며 미소를 짓는다. 하지만 카미유의 눈에 짓궂은 장난기가 번득이는 것을 알 수 있다. 재스민과 대럴도 고개를 돌려 나를 바라본다. 앤서니는 교과서에서 시선을 옮겨 나를 흘깃 쳐다보더니 경고하듯 고개를 살살 젓는다.

"와, 이게 누구야! 거짓말쟁이 납시었네."

카미유가 두 손을 입술에 대고 말한다.

대럴은 팔짱을 끼고, 재스민은 등을 돌린다. 나는 떨리는 숨을 조용히 내쉰다.

브리애나가 내 뒤에서 다가온다.

"카미유, 너는 하나만 알고 둘은 모르는 것 같아."

브리애나의 말에 카미유가 눈썹을 치켜뜬다.

"그게 무슨 말이야?"

"너는 킹이 왜 그걸 비밀로 했는지 모르잖아."

"이유 같은 건 중요하지 않아. 킹은 샌디가 어디에 있었는지 알고 있었어. 온 마을 사람들이 샌디를 찾고 있었는데 말이야."

카미유는 얼굴에 번진 미소를 거둔다. 그러고는 재스민을 가리키며 계속 말한다.

"재스민은 샌디한테 무슨 일이 있을까 봐 걱정돼서 거의 미칠 지경이었어! 그건 너도 알잖아?"

차라리 몰랐으면 좋았을 것이다. 나는 억지로라도 사과하고 싶다. 하지만 아이들 앞에서 나를 등지고 있는 재스민에게 사과하려고 하자 이상한 기분이 든다.

브리애나가 다시 입을 연다.

"그래. 하지만 샌디는 킹이 아무한테도 말하지 않기를 바랐을 거야."

"왜지?"

대럴이 큰 소리로 묻는다. 나는 대럴이 무슨 뜻으로 그렇게 묻는지 정확히 안다. 침묵이 흐르는 것으로 보아 대럴의 의도를 모두 알아챈 것 같다. 카미유가 마이키 샌더스의 말을 모두에게 전했는지 궁금하다.

"이상하네. 안 그래?"

대럴이 자기를 지원해 주기를 바라는 눈초리로 아이들을 둘러보며 말한다.

"그 애는 동성애자야. 그리고 너는 갑자기 그 애의 절친이 됐어. 안 그래? 그 애를 늪가에 숨겨 줬잖아?"

나는 고개를 저으며 마른침을 삼킨다. 그러면서 숨을 고르려 애쓴다.

"함부로 말하지 마, 대럴!"

내 입에서 나온 말은 그것뿐이다. 물론 그 말로 충분하지 않다고 생각한다. 브리애나는 아무런 대꾸도 하지 않는다. 앤서니는 나 때문인지 아니면 방금 내뱉은 내 말 때문인지 움찔한다. 나는 더 이상 할 말이 없다. 그런데도 카미유와 대럴은 계속 나를 바라보며 무슨 말이든 아니, 내가 왜 그랬는지 설명해 주기를 바란다. 왜 나는 그 일에 대해 모두에게 거짓말을 했을까?

내가 해야 할 말을 생각해 내지 못하는 사이 재스민이 벤치에서 벌떡 일어난다. 그러고는 나를 거들떠보지도 않고 말없이 그 자리를 떠난다. 내가 재스민을 따라가려 하자 카미유가 다급하게 내 앞을 가로막고 말한다.

"재스민을 내버려 둬."

나는 카미유의 어깨 너머로 재스민을 바라본다. 내 시선을 의식한 듯 재스민의 걸음이 빨라진다.

"거짓말쟁이, 킹스턴 제임스! 재스민은 너 같은 남자 친구 필요 없어."

"그만해, 카미유. 더 말하지 않아도 네 마음 충분히 알아. 그러니 너도 그만 킹을 내버려 둬."

앤서니가 타이르듯 말한다.

카미유가 앤서니 쪽으로 홱 돌아선다.

"그만하라고? 네가 어떻게 킹 편을 들 수 있지?"

카미유는 앤서니에게 큰 소리로 말한다. 그러고는 브리애나에게도 소리친다.

"너도 마찬가지야!"

"물론 킹이 거짓말한 건 잘못이야. 하지만 우리가 다 알지 못하잖아. 이유도 모르고. 내 말은 킹한테 기회를 줘야 한다는 거야."

브리애나가 말한다.

그러자 앤서니까지 모두, 지금이야말로 내가 모든 걸 설명해야 하는 기회인 듯 나를 바라본다. 내가 어떻게 샌디를 숨겨 주고 모든 일을 비밀로 했는지 솔직하게 털어놓을 기회 말이다. 하지만 말 대신에 뜨거운 눈물이 나오려고 한다. 여기서, 이 친구들 앞에서 울 수는 없다. 결국 나는 아이들이 눈 한 번 깜박일 틈도 주지 않고, 운동장을 가로질러 교실을 향해 달려간다. 벨이 울리자 학생들이 우르르 몰려들어 첫 시간 수업을 받으러 간다. 복도를 가득 메운 아이들이 이 교실 저 교실로 들어가고, 나 혼자만 남는다. 책상 앞에 다소곳이 앉아 선생님 말에 귀 기울일 수 있을 것 같지 않다. 화장실에 앉아 있으면 조금이라도 기분이 나아질까? 나는 그런 생각을 하며 화장실 쪽으로 몸을 돌린다. 그때 뒤에서 목소리가 들린다.

"사실대로 말해 봐, 킹."

나는 다시 돌아선다. 재스민이 사물함 옆에 서 있다. 벤치에서는 내게 눈길 한 번 주지 않더니, 지금은 가방끈을 꽉 쥔 채나를 쏘아본다. 그 시선이 칼날처럼 날카롭다. 마치 나에 관한 모든 것을 꿰뚫어 보는 듯하다.

"사실대로 말해 봐, 킹."

재스민이 같은 말을 되풀이한다.

여기에는 우리 둘뿐, 아무도 없다. 재스민은 늘 내 절친이었다. 샌디와 함께 가장 친한 친구였다. 재스민과 샌디에게는 무엇이든 말할 수 있다고 생각했다. 하지만 샌디에게는 내 비밀을 말했지만, 재스민에게는 아직 말하지 않았다.

"샌디가 줄곧 어디에 있었는지 정말 알고 있었던 거야?"

재스민의 질문에 나는 운동화를 내려다보며 가만히 고개를 끄덕인다.

"샌디가 가출했을 때 숨도록 도와줬고?"

나는 다시 고개를 끄덕이며 중얼거리듯 말한다.

"샌디가 도움이 필요하다고 말했어."

재스민은 아무런 대꾸도 하지 않는다. 여전히 내 얼굴에 시선을 둔 채 내가 자기와 눈을 맞추는지 아닌지 지켜본다.

"그리고 네가 동성애자라는 게 사실이야?"

재스민의 거침없는 질문에 나는 조용히 숨을 내쉰다. 온몸의 힘이 쏙 빠지면서 다리가 휘청거린다. 나는 가까스로 몇 걸음 걸어 재스민에게 다가간다.

"재스민……."

"어서 사실대로 말해!"

재스민이 비명에 가까운 큰 소리로 말한다. 몇몇 교실의 문이 일제히 열리는 소리가 난다. 덜컥 겁이 난다.

나는 고개를 설레설레 젓는다.

"모르겠어."

"모르겠다니, 무슨 소리야?"

잘못 말할까 봐 두렵다.

"모르겠어."

"뭘 모르겠다는 거냐고?"

나는 눈을 감는다. 너무 꼭 감아서일까, 갑자기 현기증이 느껴진다.

"샌디가 나한테 그랬어. 자기는 남자아이를 좋아한다고. 그래서 나도 그런 것 같다고 했지."

나는 계속 눈을 감고 있다. 나를 바라보는 재스민의 표정을 대하기 겁이 나서 눈을 뜰 수가 없다. 재스민이 복도에 나를 혼자 세워 두고 떠났는지, 그대로 있는지 모른 채 나는 아주 오랫동안 눈을 감고 있다.

이윽고 재스민의 목소리가 들린다.

"킹, 나 좋아하니?"

나는 마침내 눈을 뜬다. 복도의 불빛에 눈을 깜박거려도 여전히 현기증이 인다.

"너는 내 가장 친한 친구야."

"나를 좋아하냐고?"

나는 그렇다고 소리 내어 말할 수 없다. 말 대신 고개를 내저으려고 한다. 그런데 내가 움직이기도 전에 재스민이 내게 등을 보이고 복도를 걸어간다. 나 혼자 남겨 둔 채.

*

늪가는 늘 그렇듯 변함이 없다. 맨 처음 내가 오기 전부터 내가 떠나고 오랜 시간이 흐른 뒤까지도 모든 것이 똑같지 않을까 싶다. 어쩌면 자그마한 천국 또는 낙원일 테지만, 이곳은 내 것이 아니다. 내 천국도, 낙원도 아니다. 잠자리들의 천국이고 낙원일 뿐이다.

칼리드 형은 잠자리가 아니다. 이는 내 발밑의 흙만큼이나 분명한 사실이다. 칼리드 형은 잠자리가 아니다. 전에도 형은 잠자리가 아니었다.

칼리드 형은 이 세상에 나 혼자 남겨 두고 떠났다. 그랬을 뿐, 형은 결코 잠자리가 아니다.

나는 이 사실을 잘 알고 있다. 그런데도 이따금 형은 잠자리라고, 스스로에게 말한다. 어쩌면 형이 언젠가는 돌아올 거라고 믿고 싶어서 스스로에게 이런 거짓말을 하는 게 아닐까 싶다. 아무리 그래도 형은 절대로 돌아오지 않는다. 칼리드 형은 영원히 내 곁을 떠났다. 고통스러워 인정하고 싶지 않지만 그것은 엄연한 사실이다. 그 사실이 나를 뒤흔든다. 마치 내 갈비뼈를 부러뜨리거나 산산조각 내어 먼지로 만들 것처럼. 아무튼 칼리드 형은 영원히 떠났다.

끝없는 벼랑으로 떨어지는 것 같다. 배가 아프다. 통증이 온몸을 옥죈다. 이제껏 한 번도 경험한 적 없는 통증이다. 뼈들이 모두 부러지는 것 같다. 누군가 내 심장을 꽉꽉 쥐어짜는 것 같다.

나는 칼리드 형이 보고 싶을 뿐이다. 형이 돌아오기를 바랄 뿐이다. 그게 내가 바라는 전부다.

나는 잠자리들을 향해 소리친다. 하지만 잠자리들은 내게 전혀 신경 쓰지 않는다. 자신들의 작은 낙원을 이리저리 날아다닐 뿐이다. 잠자리들은 자기들이 살아 있다는 걸 알까? 잠자리들은 자기들이 죽을 때를 알까?

15장

아빠가 닭고기와 감자를 요리한다. 나는 배가 고프지 않아 접시에 담긴 음식을 빙빙 휘젓기만 한다. 평소 같으면 엄마가 어서 음식을 먹으라고 하겠지만, 오늘 저녁에는 아무 말도 하지 않는다. 지난 몇 달 동안 집 안은 침묵으로 꽉 채워져 있었다. 그런데 오늘 저녁의 침묵은 다르다. 우리는 각자 자기만의 세계에 빠져 있지 않다. 오늘 저녁 우리는 모두 같은 것에 대해 골똘히 생각하고 있다.

내가 동성애자일지 모른다고 생각하는 것에 대해.

나는 자리에서 일어난다. 엄마 아빠는 여전히 아무 말도 하지 않는다. 나는 복도를 지나 내 침실 쪽으로 간다. 그제야 두 사람의 목소리가 들린다. 그들이 너무 낮게 속삭여 무슨 말인지 알아들을 수 없다. 나는 그들이 나에 대해 무슨 말을 하는지 군이 알고 싶지 않다. 나는 침실 창문으로 빠져나가 곧장 텐트로 향한다.

텐트의 지퍼를 여는 순간, 두 주일 전 밤 여기서 샌디를 처음 발견했을 때가 떠오른다. 샌디가 여기에 오지 않았다면 모든 것이 달라졌으리라. 침낭 안에 들어가 누우려는데 바닥에서 무언가 움직이는 듯 바스락거리는 소리가 난다. 빈대 같은 벌레일 거란 생각에 나는 재빨리 일어나 앉는다. 바닥에 자그마한 사각형 모양의 종이가 눈에 들어온다. 종이에는 휘갈겨 쓴 글자가 보인다.

— 오늘 밤 학교 앞에서 만나. 샌디.

나는 두 번 생각할 것도 없이 텐트에서 기어 나와 잰걸음으로 거리를 나선다. 한숨 돌릴 새도 없이 걸음을 재촉한다. 늦은 건 아닐까? 보름달이 하늘 높이 떠 있다. 샌디가 없으면 어떡하지? 샌디가 며칠 전 그 쪽지를 남겼는데, 내가 알아차리지 못한 거라면? 너무 늦은 게 아닐까?

나는 가로등 불빛이 주황색으로 빛나는, 학교로 이어지는 마지막 골목에 들어선다. 나를 기다리는 그림자라도 있으면 좋겠지만, 눈에 띄는 게 아무것도 없다. 나는 아빠가 나를 내려 주던 학교 운동장 앞에서 걸음을 멈추고 가쁜 숨을 몰아쉰다.

"킹!"

누군가 나를 부른다. 나는 소리가 나는 쪽을 재빨리 돌아본다. 벤치 옆에 샌디가 보인다. 나는 망설이지 않고 달려가서 두 팔을 벌려 샌디를 와락 끌어안는다.

"괜찮아?"

나는 포옹을 풀고 샌디의 몸을 꼼꼼히 살핀다. 샌디 아빠가 또다시 샌디를 때린 흔적이 있는지 걱정되기 때문이다. 다행히 그런 흔적은 없는 듯 보인다.

하지만 샌디의 얼굴은 어둡다.

"학교에 오지 않았던데."

내가 말한다.

"아빠가 집에서 나가지 못하게 나를 방에 가둬 놨지."

"뭐라고?"

"아빠는 하루에 딱 한 번만 나를 방 밖으로 나오게 했어. 음식을 먹고 화장실에 가도록 말이야. 창살 틈으로 열쇠를 집어 도망쳐 나왔지. 내가 없어진 걸 알면 아빠가 나를 죽일 거야."

"네 아빠는 절대로 그렇게 못 해!"

"아니, 우리 아빠는 그렇게 할 수 있어. 얼마든지 할 수 있다고. 킹, 이 마을에서 멀리 벗어나야겠어. 영원히 돌아올 수 없는 곳으로 갈 거야."

"그게 무슨 말이야?"

"이곳을 떠나겠다고. 뉴올리언스로 갈 거야. 마디그라 축제를 틈타 뉴올리언스에 가면 아무도 나를 찾아내지 못할 것 같아. 사람이 너무 많으니까. 마디그라 축제가 끝나기 전에 루이지애나를 떠날 거야.”

“설마 너 진심은 아니겠지?”

“너는 이 도시에서 살 수 없어. 아빠한테서 도망쳐야 한다
고.”

“도망쳐서 어디에서 살 건데?”

내 목소리는 점점 더 커진다.

“음식이나 옷은 또 어떻게 구할 거야? 게다가…….”

“그런 건 내가 알아서 할 테니까 걱정하지 마, 킹.”

샌디가 그렇게 말하고 팔짱을 낀다. 내게 더 할 말이 있는
게 분명하다.

“네가 나랑 함께 갔으면 좋겠어.”

“뭐라고?”

“여기서는 너답게 살지 못해! 모두 너를 싫어한다고. 네 정
체성 때문에 말이야.”

“나를 사랑하는 사람들도 있어.”

그 말이 사실임을 샌디와 나 스스로에게 확신시키려는 듯
내가 조용히 말한다.

샌디가 천천히 고개를 끄덕인다.

“내가 보기에는 너를 사랑하는 사람들이 너를 가장 아프게
할 것 같은데.”

샌디가 그 말을 하는 순간, 나는 칼리드 형이 내게서 등을
돌리고 누워 있던 밤으로 돌아간다.

너도 누가 너를 동성애자로 보는 거 바라지 않지?

칼리드 형은 내게 상처를 주었다. 애초에 그럴 생각은 없었을 것이다. 어쩌면 나를 지켜 주려 했을 뿐인지도 모른다. 하지만 형은 내게 다른 누구보다 더 큰 상처를 주었다. 형은 내가 스스로 정체성에 부끄러움을 느끼게 했다. 그런 생각을 하자 문득 죄책감이 든다. 칼리드 형은 이제 여기에 없어 자기를 변호하지 못하고, 자기 입장을 해명하지도 못하는데 나는 형에게 분노의 감정을 품고 있다. 형에게는 그 말을 해명할 기회조차 없는데도.

"누군가를 그리워하면서 동시에 분노하는 게 가능하다고 생각해?"

내가 묻는다.

샌디가 망설임 없이 고개를 끄덕이며 말한다.

"나는 엄마한테 화가 나지만 그러면서도 늘 엄마를 그리워해."

나는 벤치에 앉으며 말한다.

"나는 너랑 떠날 수 없어."

"늪가에서 보낸 날들…… 그건 내 인생 최고의 날들이었어."

내게도 그랬다. 하지만 나는 말로 내뱉지 않는다.

"아빠는 나를 이해하지 못해. 형은 내 편을 들지 않고."

샌디가 말을 멈추었다가 계속한다.

"네 엄마와 아빠는 어때? 너를 이해해?"

나는 침묵이 우리 세 식구를 숨 막히게 했던 저녁 식사 자리를 떠올린다.

"엄마와 아빠는 이렇다 저렇다 말 안 해."

샌디가 몸을 숙이고 속삭이듯 말한다.

"뉴욕에는 갈 곳 없는 동성애자들을 받아 주는 센터가 있어. 우린 거기에서 지낼 수 있을 거야."

"뉴욕이라고? 우리가 어떻게 뉴욕까지 가?"

"할 수 있어, 킹. 우리는 늘 해냈잖아."

나는 고개를 젓는다. 하지만 이 도시를 벗어나는 상상을 하자 온몸으로 열기가 퍼지는 것 같다. 엄마와 아빠에게서 뿜어져 나오는 나를 향한 실망감과 부끄러움, 카미유와 대릴과 재스민의 분노, 재스민이 나를 바라볼 때마다 얼굴에 드러나는 부담스러운 표정으로부터 탈출하는 것, 결코 나쁘지 않다. 재스민이 내게 느끼는 배신감으로부터도 벗어날 수 있다.

"그만 가 봐야겠어."

샌디가 속삭이는 목소리로 말하고는 다시 일어선다.

"내가 방에 없는 걸 아빠가 알면 큰일 나. 다음 화요일에 다시 열쇠를 훔칠 거야. 그러고는 버스를 타고 뉴올리언스로 갈 거야. 가서 너를 기다릴게. 강가의 성당 앞에서 말이야. 거기가 어디인지 알지?"

"세인트루이스 대성당 말이야?"

샌디가 고개를 끄덕인다.

"거기서 너를 기다릴게, 킹. 하지만 오래는 못 기다려. 하루 동안 기다릴게. 이제 가 봐야겠어."

나는 고개를 끄덕인다. 샌디는 내가 알아챌 새도 없이 걸음을 옮긴다. 하지만 무언가 생각하는가 싶더니 돌아서서 다시 나를 바라본다.

"그동안 네가 해 준 모든 일에 고마워, 킹."

오히려 내가 샌디에게 고마워해야 할 것 같다. 하지만 내가 뭐라고 말하기도 전에 어느새 샌디는 저만큼 가 버린다.

16장

"우리가 혼자인 척하기는 쉬워."

칼리드 형이 내게 말했다. 형은 잠에서 깨어 있었고, 고개를 들고 창밖의 검푸른 하늘에 떠 있는 별들을 올려다보았다. 형은 내게 제대로 잠을 못 잤다고 말했고, 나는 가만있었다. 형만이 볼 수 있는 우주에 대해 더 듣고 싶었기 때문이다.

나는 이렇게 말문을 열었다.

"형은 늘 잠꼬대를 하는데, 알아?"

형은 내게 자주 짓는 미소를 보이며 물었다.

"내가 무슨 잠꼬대를 하는데?"

나는 어깨를 으쓱했다. 설명하기 힘들면서 동시에 내 마음 한쪽에서는 말하고 싶지 않기도 했다. 나와 잠든 칼리드 형 사이의 비밀이어야 할 것만 같았다. 하지만 형은 정말로 알고 싶어 했고 그래서 나는 때때로 형이 꿈에서 보는 그 비밀 우주에 대해 말했다. 형이 웃었다.

"그것 참 이상하네."

형은 그렇게 말하고 다시금 창밖으로 고개를 내밀어 밤하늘을 올려다보았다.

형은 한참 동안 아무 말이 없었다. 밤하늘만 올려다볼 뿐이었다.

나는 일기장을 꺼내 이 모든 일에 대해 썼다. 왜 그랬는지 이유는 잘 모르겠다. 단지 잊어버리지 않고 오래도록 기억하고 싶어서였던 것 같다.

*

엄마가 마디그라 축제에 대한 이야기를 꺼내지 않자 조바심이 난다. 엄마의 마음이 변해 결국 우리가 마디그라 축제를 보러 가지 않게 될까 봐 걱정되기 때문이다. 하지만 주말이 다가오자 엄마는 내게 여행 가방을 꾸리라고 말한다. 우리는 일주일 동안 이드리스 고모 집에 머물 것이다. 내가 아무런 거부 반응을 보이지 않자, 엄마는 놀란 모양이다. 나는 거부하기는커녕 티셔츠 몇 벌을 챙기기까지 한다.

엄마가 내 방문 앞에서 팔짱을 끼고는 빙긋 웃으며 묻는다.

"네가 어쩐 일이니?"

나는 끙 하고 앓는 소리를 낸다. 사흘 전 엄마와 아빠가 보안관으로부터 그 전화를 받은 이후로 엄마가 나와 대화를 시도한 건 지금이 처음이다. 나는 두 사람 모두 내게 두 번 다시 말을 걸지 않을 거라고 생각했다.

내가 쭈그려 앉아서 짐을 꾸리는 동안 엄마가 방 안으로 들어와 침대 귀퉁이에 앉는다.

"킹."

엄마가 사뭇 진지한 말투로 말하기 시작한다.

"곰곰이 생각해 봤어."

나는 엄마가 무엇을 생각했는지 알고 싶지 않다. 지금은 그저 티셔츠를 접는 일에 온 신경을 집중하고 싶다.

"티셔츠 너무 많아."

엄마가 웃음기 가득한 목소리로 말한다.

"얼마나 머물 생각인데?"

나는 이 질문에 속으로 이렇게 대답한다. 영원히요. 하지만 티셔츠를 지나치게 많이 챙기면 안 된다. 의심을 받을 수 있기 때문이다. 나는 티셔츠 몇 벌을 도로 서랍 속에 넣는다.

엄마가 한숨을 내쉰다.

"나는 무척 놀랐어. 네가 동성애자일지 모른다고 생각한 순간에 말이야."

엄마는 그렇게 말하고 잠자코 기다린다. 내가 뭐라고 대꾸할지, '사실이에요'라고 할지 아니면 '사실이 아니에요'라고 할지 기다리고 또 기다린다. 하지만 나는 한마디도 하지 않는다. 죽을 때까지 대답하지 않을 생각이다.

내 침묵을 견디지 못한 엄마가 말한다.

"나는 너를 내버려 두기로 했단다. 마음의 준비가 되면 말하겠지 하고 기다리기로 했어. 하지만 지금으로서는 그게 잘한 일인지 모르겠구나."

나는 엄마를 흘깃 올려다보며 묻는다.

"내가 먼저 엄마한테 말하기를 바랐어요?"

"꼬치꼬치 물어서 너를 당황하게 하거나 겁먹게 하고 싶지 않았어. 네가 준비되었을 때 말하도록 하는 게 현명할 듯싶었지."

내가 망설인다.

"그럼 아빠는요?"

엄마는 고개를 숙이고 드레스의 주름을 편다.

"네 아빠는 시간이 좀 필요할 거야. 무슨 말인지 이해하지?"

엄마가 천천히 고개를 들며 묻는다.

나로서는 이해할 수 없다. 어젯밤 샌디가 내뱉은 말을 생각해 본다. 이따금 우리가 사랑하는 사람들이 우리를 가장 아프게 한다. 나는 옷 서랍을 탕 소리 나게 닫는다.

"킹, 나한테 말하고 싶지 않으면 그래도 괜찮아. 하지만 누군가한테는 말해야 해."

나는 엄마가 더 말하기 전에 벌떡 일어선다.

"치료사 따위는 만나고 싶지 않아요!"

엄마가 놀라 몸을 뒤로 젖힌다.

"목소리 낮춰."

내 안에서 분노가 끓어올라 생각할 겨를도 없이 이런 말이 튀어나온다.

"내가 왜 엄마한테 말하겠어요? 엄마는 늘 내 말을 무시하는데."

나는 엄마가 붙잡기 전에 침실에서 뛰쳐나간다. 아빠가 만든 채소 요리를 먹을 거냐고 묻고, 텔레비전을 그만 보고 자라고 말한 것 외에 짐 꾸리기를 끝내라고 알린 것이 고모 집으로 떠나기 전 닷새 동안 엄마가 내게 마지막으로 한 말이다.

*

뉴올리언스로 가는 아빠의 픽업트럭 안에서 흐르는 침묵은 정말 견디기 힘들다. 침묵이 계속되어 나는 어쩌면 엄마와 아빠가 속으로 할지도 모를 말들을 생각하는 것으로 지겨움을 달래려 애쓴다.

엄마: 킹, 나는 이제 너를 받아들일 수 없구나. 네 말과 행동을 용서할 수 없어.

아빠: 킹, 네가 동성애자라면 너는 더 이상 내 아들이 아니다.

세 시간을 달리자 이른 아침에 내린 소나기로 반짝이는 검은 포장도로, 허물어진 건물들, 갈색의 물웅덩이로 군데군데

파인 초록색 들판이 나타난다. 하늘을 향해 치솟은 도로 양쪽의 나무들과 맞은편에서 천천히 다가오는 자동차들을 제외하면 우리가 사는 마을과 크게 달라 보이는 것은 없다.

나는 깜빡 잠들었다가 픽업트럭이 배턴루지를 지날 때 교통 혼잡으로 차들이 경적을 빵빵 울려 대는 바람에 잠에서 깬다. 다시 눈을 감았다가 뜨자 해가 하늘 한가운데 높이 떠서 노란빛을 내뿜고 있다. 아빠는 조약돌이 깔린 길 한쪽에 픽업트럭을 세운다. 오래된 발코니가 있는 주택들이 길가에 늘어서 있다. 지붕 색깔은 분홍색과 푸른색, 초록색 등으로 다양하다. 주택가 안쪽, 잎이 무성한 식물과 선홍색 꽃들이 점령한 발코니에서 이드리스 고모가 우리를 향해 손을 흔들고 있다.

아빠가 여행 가방을 꺼내는 동안, 나는 내 가방을 어깨에 둘러메고 길을 건너다 부르릉거리며 다가오는 차를 보고 걸음을 멈춘다. 이드리스 고모의 집 현관 계단에 다다르자 우두커니 선 고모가 보인다. 고모는 한마디도 하지 않는다. 그저 아빠와 엄마와 나를 차례로 껴안기만 한다. 고모에게서 박하잎과 레몬그라스 차 냄새가 풍긴다.

"뜨거운 햇빛 속에 서 있지 말고 안으로 들어가자."

우리는 고모를 따라 바깥보다 훨씬 뜨거운 복도로 걸어간다. 복도 바닥은 여기저기 갈라져 있고 벽은 얼룩져 있다. 복도는 입구부터 옷걸이와 화분과 흩어진 신발들로 비좁은 데다 지저분하기 짝이 없다. 우리는 숨을 헉헉거리고 땀을 뻘뻘 흘리며 2층으로 이어진 비좁은 계단을 올라간다. 거실은 2층에 있는데 창문이 죄다 활짝 열려 있어서 세상의 모든 빛이 쏟아져 들어오는 것 같다. 무더위에 상한 듯 보이는 키위와 바나나, 복숭아 들이 그릇에 담겨 있다. 그 위를 자그마한 파리들이 윙윙거리며 날아다닌다. 소파는 여기저기 해지고 구멍까지 뚫려 있다. 그러거나 말거나 나는 이드리스 고모 집이 마음에 든다. 지금 내가 사는 집이 묘지라면, 이드리스 고모 집은 생명과 사랑이 넘치는 교회다.

엄마와 아빠는 이곳에 올 때마다 쓰는 침실로 들어간다. 이드리스 고모는 나를 또 다른 비좁은 계단으로 이끌어 다락방으로 올라간다. 그 다락방에서 나는 칼리드 형과 함께 간이침대에서 자곤 했다. 나와 형 모두에게 익숙한 곳에 갈 때마다 항상 그렇듯, 가슴 가득 공허함이 밀려온다. 이드리스 고모는 한마디 나누지 않아도 상대방의 기분이 어떤지 알아차리는 사람이다. 마지막 층계에 발을 올렸을 때 고모는 가만히 내 어깨에 손을 얹는다.

다락방은 전과 조금 달라 보인다. 맨 먼저 푸른색 새 침대 시트와 흰색의 얇은 새 커튼이 눈에 들어온다. 칼리드 형의 사진이 놓인 침실용 탁자도 새것이다. 나는 형이 보이지 않도록 사진을 돌려놓고 싶다. 그런데 이드리스 고모가 몇 걸음 절뚝거리며 방을 가로질러 가더니 사진을 집어 든다.

"네 형은 참 미남이야. 그렇지 않니?"

고모가 미소 지으며 묻는다.

미남이었죠.

나는 고모의 말을 과거형으로 고치고 싶다.

"너무 따지지 마라."

내가 속으로 중얼거린 말을 들은 듯 고모가 말한다. 그러고는 사진을 도로 침실용 탁자에 내려놓는다.

"이 세상 모든 영혼은 죽은 상태에 머물러 있지 않단다."

그 말이 무슨 뜻이냐고 묻기도 전에 이드리스 고모는 절뚝거리며 나를 지나쳐 방을 나간다.

*

나는 아래층에서 레코드 긁히는 소리와 함께 들려오는 재즈 소리에 잠에서 깬다. 하늘이 검푸르다. 그래서 하루를 잠으로 보냈다는 사실을 알아차린다. 1층 주방에서 닭찜과 새우와 채소 냄새가 풍겨 온다.

내일은 화요일이다. 샌디와 성당 앞에서 만나기로 한 날이다. 혼자가 된다는 생각에 속이 약간 메스꺼워지기 시작한다. 우리는 정말 집을 떠날 수 있을까? 엄마 아빠는 나를 이해하지 못한다. 그렇더라도 그들을 떠나 다시는 보지 않을 용기가 내게 있을까?

나는 침대에서 나와 천천히 계단을 내려간다. 저녁 식사 냄새가 점점 더 진해진다. 1층에서 웃음소리가 들려온다. 오랫동안 부모님의 이런 웃음소리를 듣지 못했다. 웃음소리는 이내 잦아든다. 나는 마지막 층계에서 살금살금 내려가 등을 벽에 붙이고 멈춰 선다.

엄마의 목소리가 들린다.

"그 애한테 어떻게 말해야 할지 모르겠어요."

엄마는 몇 초 전에 웃었다. 그런데 지금은 우는 것 같다.

"올케가 굳이 말하지 않아도 될 거야."

이드리스 고모가 엄마에게 말한다.

"지금 그 애한테 무엇보다 필요한 건 올케가 말을 들어 주는 거라고 생각해. 우리 어른들이 아이들을 과소평가하는 것 같아. 우리도 어렸을 때는 어른들 말 안 들었어. 어른들보다 훨씬 똑똑한 줄 알았으니까. 사실 킹은 똑똑해."

엄마가 짧게 웃는다.

"이따금 너무 똑똑해서 탈이죠. 킹은 요즘 걸핏하면 목소리를 높여 말대답해요. 예전과 달라진 것 같아요. 지금은 화가 잔뜩 나 있어요."

"시간이 필요해. 슬픔도 여러 형태가 있어. 죽을 때까지 가라앉지 않는 슬픔도 있지. 그렇잖아?"

나는 뒤통수를 벽에 기댄 채 귀 기울인다. 평소의 나라면 내가 없는 자리에서 어른들이 내 이야기하는 걸 좋아하지 않았으리라. 그래서 엿듣지도 않았을 것이다. 하지만 이드리스 고모에게는 무언가 특별한 게 있다. 사랑이 듬뿍 담긴 고모의 말투에는 그녀가 무슨 말을 하는지 듣고 싶도록 유혹하는 힘이 있다.

"올케, 인내심을 가지고 그 애를 지켜봐. 그리고 귀 기울여 들으려고 해 봐. 그러면 그 애는 자기한테 무엇이 필요한지 말할 거야."

냄비가 달그락거리는 소리와 함께 접시가 쨍그랑거리는 소리가 들린다. 엄마가 코를 풀고 나서 내 이름을 소리쳐 부른다. 나는 살금살금 그 자리에서 벗어나 일부러 몇 계단을 올라가 큰 소리를 내며 다시 내려온다. 주방에서 엄마는 동그란 식탁에 음식을 차리고 있다. 아빠는 레인지에 놓인 냄비를 휘젓고 있다. 이드리스 고모는 마치 내가 벽 뒤에서 엿들었다는 사실을 알기라도 하듯 내게 살짝 미소 짓는다. 엄마와 아빠는 고모의 미소를 알아차리지 못한다.

저녁 식사가 준비되자 우리는 모두 자리에 앉아 기도한다. 이드리스 고모가 칼리드 형에게 몇 마디 말을 전한다. 우리가 형을 다시 만날 준비가 될 때까지 하느님이 형을 보살펴 줄 거라고, 우리는 언제나 형을 사랑하고 그리워한다고도 말한다. 비록 우리가 많은 시간을 함께하지는 못했지만 우리의 삶은 형 덕분에 더 나아졌다고도 한다. 우리 모두 아멘이라고 말하고, 엄마는 혼자 눈가를 비빈다.

"킹, 무엇이 가장 기대되니?"

이드리스 고모가 묻는다. 나는 고모가 내일 있을 가장행렬에 대해 묻는 줄 알고 이렇게 대답한다.

"가장행렬 의상이요."

나는 대답이 좀 부족하다고 생각하고 한마디 덧붙인다.

"음식도요."

엄마가 내 말에 웃는다. 아빠는 내게 아무런 반응을 보이지 않는다. 나를 쳐다보지도 않는다. 내가 잠에서 깨어 엿듣기 전에 아빠도 고모에게 내 이야기를 했는지 궁금하다. 어쩌면 아빠는 내가 동성애자가 되지 않도록 하는 방법에 대해 조언을 구했을지 모른다.

"이 축제는 언제나 즐겁지."

고모가 닭찜과 채소를 내 접시에 수북이 담으며 말한다.

"레기."

고모가 아빠의 이름을 부른다.

"킹을 일찍 데리고 나가는 게 좋겠어. 가장행렬이 시작되기 전에 킹한테 좋은 자리를 차지할 기회를 줘야지."

아빠는 음식을 씹으며 못마땅한 듯 끙 하고 앓는 소리를 내고는 몸을 뒤로 젖힌다. 아빠의 몸무게에 눌려 의자에서 삐걱 소리가 난다. 나는 아빠가 내게 큰 상처를 줄 거라고는 생각하지 않았다. 그럴 거라고는 이제껏 단 한 번도 생각하지 않았다. 그런데…… 나는 아빠가 내게 눈길조차 주지 않고, 말을 건네지도 않으며 끙 소리를 낼 때마다 가슴이 찢어지는 듯한 아픔을 느낀다. 아빠가 이렇게 나를 아프게 하면 나는 결국 산산조각이 나거나 허물어질 거라는 확신이 든다.

평소 세 식구의 저녁 식사 시간은 조용하지만, 고모는 이런 저런 이야기들을 계속 풀어놓는다. 주로 엄마 아빠의 어린 시절 이야기다. 고모는 그들이 고등학교 시절 어떻게 만나서 사랑에 빠졌는지에 대해서도 말한다.

"네 엄마 아빠는 고등학교 커플이었어."

그 이야기에 아빠가 살짝 미소 짓는다. 고모는 형의 출생에 얽힌 이야기도 꺼낸다. 엄마는 병원까지 가지 못하고 길 한가운데의 차 안에서 칼리드 형을 낳았다는 것이다.

고모가 말한다.

"그 애는 아무것도 막지 못할 기세로 태어났어. 이 세상의 그 누구보다, 어떤 존재보다 삶의 의지가 강한 아이였지. 어릴 때부터 그 애는 온 마음과 영혼을 다해 살았어. 사람들은 대부분 그냥저냥 살아가. 하지만 칼리드는 자기가 이 세상에 존재하는 게 대단한 행운이라는 것을 알고 있었어. 그리고 삶의 한순간도 낭비하려 하지 않았지. 너희 가운데 그렇지 않다고 생각하는 사람은 없을 거야."

고모의 말이 맞다. 우리 세 식구 가운데 고모 말이 틀리다고 여기는 사람은 없다.

저녁 식사를 마친 뒤, 엄마 아빠는 내일 있을 행사를 앞두고 일찍 잠자리에 들기 위해 위층으로 올라간다. 고모는 내게 주방에 남아서 설거지를 도와 달라고 말한다. 고모가 큰 냄비들을 씻으면 나는 그것들을 받아 타월로 깨끗이 닦은 뒤 조리대에 놓는다. 고모는 다른 어른들과 달리 내가 잘못한 일이 있어도 억지로 말하게 하지 않는다. 그저 레코드에서 흘러나오는 재즈에 맞춰 콧노래를 부를 뿐이다.

"고모."

내 목소리에 고모는 고개를 들고 특유의 다정한 미소를 지어 보인다.

"왜, 킹?"

"아까 고모가 한 말 무슨 뜻이에요? 영혼에 관해 말했잖아요?"

내가 묻는다.

"영혼이라고?"

"네."

고모는 쭈그려 앉아 냄비를 치우고 끙 소리를 내며 다시 일어선다.

"이놈의 무릎이 내 몸에서 가장 중요한 게 무엇인지 알려주는구나. 나 대신 설거지 좀 하렴. 나는 잠깐 앉아야겠구나."

나는 고모가 시키는 대로 한다. 그릇을 씻고 닦아 내는 일을 하며 고모가 무언가 말하기를 기다린다. 고모는 한참 동안 말이 없다. 다시 질문을 던질까 생각하는데 마침내 고모가 입을 연다.

"내가 네 할아버지이자 내 아버지에 대해 말했니?"

고모는 내 대답을 기다리지 않고 할아버지에 대한 이야기를 시작한다. 할아버지는 허리케인 카트리나가 뉴올리언스를 휩쓴 다음 날 잠자다 세상을 떠났다.

"나는 우리 아버지가 보고 싶었단다. 물론 지금도 마찬가지야. 애가 탈 정도로 아버지가 보고 싶구나."

"그 마음이 사라지기도 하나요?"

"아버지를 보고 싶어 하는 마음?"

고모가 묻고는 고개를 내젓는다.

"점점 사라지지. 예전엔 아버지가 매일 보고 싶었는데, 요즘은 그 정도는 아니란다. 아버지한테 전화할 수 있으면 좋겠구나. 그럼 뭔가 재미있거나 우스운 일이 생길 때마다 아버지한테 전화해 죄다 말할 수 있겠지."

나는 잠자코 듣기만 한다.

"하지만 보고 싶어 하는 마음도 시간이 흐르면 달라지게 돼. 색이 바래듯이 말이야. 그러다 점점 추억 속에 묻히게 돼. 아버지가 생전에 했던 재미있는 행동이나 말을 이따금 떠올리고 웃는 정도에 그치게 되지."

"할아버지는…… 어디에 계신다고 생각하세요?"

"아……. 우리 아버지, 그분은 내 꿈에 찾아오곤 해. 대개 아버지는 한마디도 하지 않아. 그냥 조용히 미소 지으며 나를 지켜보지. 어떤 때는 밤새도록 이야기한단다. 내가 기억 못 하는 일도 이야기해 주지. 나와 네 아빠가 어렸을 때의 추억 말이야. 우리 아버지는 그 모든 걸 기억하고 말해 주곤 해. 영혼은 죽은 상태에 머물러 있지 않아, 킹."

고모가 다시 그 말을 한다.

고모의 말이 내 안에 울려 퍼진다. 그 말은 내가 마지막 냄비를 씻고 나서, 계단을 올라가 침대로 기어들어 갈 때까지 가슴속에서 메아리친다. 내가 잠들지 않은 채 누워 비뚤어진 천장의 무늬를 올려다볼 때도 그 말은 내 안에 머문다. 나는 칼리드 형이 잠자리가 아니라는 것을 안다. 하지만 형은 어쩌면 오늘 밤 나를 찾아올 것이다. 형은 내 꿈으로 나를 찾아올 것이다.

17장

우리는 이드리스 고모 집에서 나와 뉴올리언스의 거리를 걷는다. 아빠는 여전히 말이 없다. 마디그라 축제는 이미 진행되고 있다. 어젯밤에도 거리에서 음악 소리와 웃음소리, 노랫소리가 들렸다. 세상의 모든 소리가 이 도시에 모인 듯하다. 웃음소리, 자동차 경적음 특히 악기 연주가 요란하다. 트럼펫과 호른과 베이스 연주에 맞춰 노래하는 목소리들이 뒤섞여 들린다. 저마다 다른 노래를 부르는데도 꼭 합창을 하는 것 같다. 마치 신에게 닿기를 바라듯 웅장하다.

옴짝달싹할 수 없을 정도로 거리마다 사람들이 꽉 차 있다. 깃털과 반짝이는 구슬이 달린 옷을 입은 사람들, 그냥 티셔츠와 청바지를 입은 사람들, 알록달록한 가발을 쓴 사람들, 햇빛에 대머리가 반짝이는 사람들, 온갖 색깔의 의상을 걸친 사람들이 한 덩어리처럼 움직인다. 그런 광경을 보는 것만으로도 흥분되어 가슴이 두근거린다.

하지만 명심해야 한다. 나는 단지 축제를 구경하러 온 게 아니다. 아빠한테서 달아나야 한다. 성당으로 가야 한다. 샌디를 만나야 한다.

아빠는 나에게 거의 말을 걸지 않는다. 이드리스 고모 집에서 나올 때 떨어져 있지 말고 바짝 붙어서 다니라고 딱 한 번 말했을 뿐이다. 그리고 아직까지도 나를 똑바로 바라보지 않는다. 그래서 나는 아빠가 내게 신경을 쓰는지 어떤지 알 수가 없다.

우리는 바닥에 조약돌이 깔린 그늘진 골목에서 가장행렬을 구경할 장소를 발견한다. 그곳은 사람들이 많지 않고, 두 채의 집 사이에 있어서 시끄러운 노랫소리가 덜 들린다. 하지만 가장행렬이 잘 보이지 않는 단점이 있다. 나는 반쯤 허물어진 담장 위로 올라가 가장행렬을 구경한다. 뜨거운 태양 아래 온갖 색깔의 깃털이 소용돌이치며 날아다니는 가운데 사람들이 음악에 맞추어 손뼉을 치고 춤을 춘다.

"킹."

아빠가 나를 부른다. 하지만 아빠는 내 얼굴을 쳐다보지 않기 때문에 내 표정이 어떤지 알아차리지 못할 것이다.

"이야기 좀 하자. 너와 나 단둘이서."

심장이 마구 뛴다. 눈앞이 어지럽다. 아빠가 무슨 말을 할지

나는 이미 알고 있다. 아빠의 입에서 나올 말을 천 번도 넘게 상상했기 때문이다.

너는 이제 내 아들이 아니야.

만약 아빠가 오랫동안 그 말을 하지 않는다면, 우리는 한집에 살면서도 그럭저럭 넘어갈 수 있으리라고 생각했다. 비록 아빠가 나를 미워하고, 창피하다며 외면할지라도 말이다. 하지만 나는 나 자신뿐 아니라 그 누구도 속이고 싶지 않았다. 물론 아빠는 나와 함께 있는 것을 참을 수 없겠지만.

"죄송해요."

나는 무턱대고 사과부터 한다.

아빠는 눈살을 찌푸리고 나를 쳐다본다. 일주일 만에 처음으로 아빠가 나를 똑바로 보고 있다.

"뭐라고?"

"죄송해요. 왜냐하면…… 내가……."

나는 차마 말을 잇지 못한다. 하지만 아빠는 내가 무슨 말을 하려는지 알아차린다. 아빠는 거대한 파도처럼 우리 앞을 지나는 사람들에게로 다시 눈길을 돌린다.

"너랑 함께 있으면 솔직히 마음이 불편해. 하지만 불편한 건 함께 있어서만이 아니야."

나는 담장에 걸터앉아 아빠를 내려다본다. 아빠는 이를 악물고 할 말을 찾는다.

"네가 우리한테 그러니까 나와 네 엄마한테 거짓말해서 너무 화가 나. 알아들었어?"

나는 대답하지 못한다. 지금 내 안에서 무언가 이상한 것이 끓어오른다. 부분적으로는 두려움이고, 나머지는 안도감이다. 안도감은 '너는 이제 내 아들이 아니야'라고 아빠가 말하지 않은 데서 얻은 것이다.

"너는 그 애를 숨도록 도와줘서 오히려 위태롭게 했어. 그 애 아버지가 어떻게 나올지 짐작도 안 돼. 만약 찰스 샌더스가 너를 늪가에 숨도록 도왔다면 나는 어떻게 했을까? 그 애가 다시는 너를 만나지 못하게 했을 거야."

아빠가 고개를 저으며 길게 숨을 들이쉬고 내쉰다.

"너한테 실망했다, 킹."

눈물 속에 있는 소금기 때문일까, 눈이 따끔거린다. 나는 시선을 한쪽으로 돌린다. 마음속에서 수치심과 죄책감을 비롯해 온갖 감정이 고개를 든다. 한편에서는 안도감도 루이지애나의 무더위처럼 나를 휘감는다.

"그럼…… 아빠는 신경 쓰지 않나 보군요."

나는 말을 삼키려다 억지로 내뱉는다.

"내가 동성애자여도 괜찮나요?"

아빠는 나를 쳐다보지 않는다. 대꾸도 하지 않는다. 한참 동안 침묵한다. 손뼉 소리와 음악 소리, 웃음소리에 둘러싸인 가운데 나는 안도감이 사라지는 걸 느낀다.

마침내 아빠가 입을 연다.

"그것에 대해 어떻게 생각해야 할지 모르겠구나. 아직은 말이야."

아빠는 진심을 말하고 있다. 어쩌면 아빠는 내가 그런 질문을 하지 않기를 바랐을지도 모른다.

"정말 어떻게 받아들여야 할지 모르겠다. 어쨌거나 너는 내가 너를 사랑한다는 걸 알기 바란다."

이 말을 하면서 아빠는 나를 똑바로 바라본다.

"어떻게 되든, 무슨 일이 있든 내가 너를 사랑하는 건 변하지 않아. 그걸 알기 바란다."

아빠가 몇 차례 고개를 끄덕이고는 다시 가장행렬에 눈길을 돌린다.

나는 두 손을 꽉 맞잡는다. 그러고는 우리 앞을 지나는 수많은 사람들을 바라본다.

"아빠."

내 목소리에 아빠가 나를 흘긋 올려다본다.

"나도 아빠를 사랑해요."

나는 아빠에게서 환한 미소까지는 기대하지 않는다. 내 말을 들은 아빠는 살짝 웃고 나서 내 등을 두어 번 토닥인다. 우리는 함께 가장행렬을 구경한다. 그 순간 나는 이 세상에서 내가 머물고 싶은 곳이 여기 말고 또 있다는 생각은 들지 않는다.

*

엄마와 이드리스 고모가 비좁은 곳에서 가장행렬을 구경하는 아빠와 나를 보고 가까이 다가온다. 우리는 다 같이 물 한 병을 나누어 마신다. 이제 몇 시간이 흘렀다. 한 시간만 더 지나면 해가 저물기 시작할 것이다.

샌디는 이곳 뉴올리언스에 왔을까? 성당 앞에서 나를 기다리고 있을까?

나는 세 사람에게 가까이 다가가서 가장행렬을 구경하고 오겠다고 말한다. 엄마는 눈살을 찌푸린다. 어른 한 명이 함께 가야 한다는 말을 하고 싶은 표정이다. 고모가 엄마의 팔을 잡고 나에게 다녀오라고 말한다. 그러고는 내게 윙크를 한다. 고모는 내가 무엇을 하려는지 정확히 알고 있는 것 같다.

나는 비좁은 골목을 떠나 인파를 헤치고 앞으로 나아간다. 깃털이 휘날리고 달콤한 장미 냄새가 풍긴다. 심장이 두방망이질 친다. 나는 늘 마디그라 축제를 좋아했는데, 이제야 그 이유가 무엇인지 깨닫는다. 어디서도 이처럼 삶을 즐기는 모습을 본 적이 없기 때문이다. 축제에 참가한 사람과 구경꾼들 모두 행복한 표정을 짓고 있다. 몸 전체로 피가 빠르게 돌면서 심장이 뛰는 생명의 약동이 느껴진다. 이내 살아 있어서 행복하다는 생각이 든다. 이드리스 고모의 말이 떠오른다.

칼리드는 그렇게 살았어. 나도 그렇게 살고 싶구나.

나는 걷고 또 걷는다. 엄마와 아빠가 걱정하고 있을 게 틀림없다. 나는 그저 이드리스 고모가 두 사람의 주의를 다른 데로 돌리길 바랄 뿐이다. 길이 덜 붐비고, 나는 왼쪽으로 가야 할지 오른쪽으로 가야 할지 갈팡질팡하면서도 계속 걷는다. 커다란 고물 트롬본을 든 사람에게 성당으로 가는 길을 묻자, 그는 이를 드러내고 씩 웃으며 거리 아래쪽을 가리킨다. 얼마 뒤 나는 강가에 다다른다. 미시시피 강물이 몸부림치듯 흐른다. 강물은 수백 년 동안 그래 왔고, 앞으로 수백 년을 더 어김없이 그럴 것이다.

나는 산책로를 따라 걷는다. 성당이 점점 크게 보인다. 뾰족한 탑들이 하늘 높이 솟아 있다. 오늘은 마디그라 축제가 열리는 날이라 사람들 대부분이 거리에서 가장행렬을 구경하고 있다. 몇몇 사람들만 성당 앞 잔디밭을 어슬렁거린다.

샌디가 계단에 앉아 있다.

내가 다가가자 샌디는 눈을 깜박이며 나를 올려다본다. 나를 기다리다가 잠들었는지 연신 눈을 깜박인다. 그러다 놀란 얼굴로 눈을 동그랗게 뜬다. 내가 정말로 올 줄 몰랐다는 표정이다. 샌디가 얼굴 가득 함박웃음을 지으며 벌떡 일어선다.

"킹!"

샌디는 두 팔을 벌려 나를 꼭 끌어안는다. 어느 때보다 더 힘껏 껴안는다. 금방이라도 가슴이 터질 것 같다. 샌디는 포옹을 풀고 갑자기 몇 킬로미터를 달려온 사람처럼 숨을 헐떡이며 말한다.

"네가 안 올 거라고 확신하던 참이었어."

나는 잠시 망설이다 두 팔을 크게 벌리고 말한다.

"확신을 깨 버렸네."

샌디가 웃음을 터뜨린다.

"자, 빨리 가자. 아빠는 아마 지금쯤 내가 집에 없는 걸 알아차렸을 거야. 루이지애나를 빨리 떠날수록 좋아."

샌디는 내 손을 잡아끌며 우리가 뉴욕까지 갈 수 있는 방법을 자기가 어떻게 알아냈는지 설명한다. 기차를 타면 곧장 뉴욕까지 갈 수 있으며, 집을 떠난 그날 아침 아빠의 지갑에서 필요한 돈을 슬쩍 꺼내 왔다고 한다. 내가 걸음을 멈추자 샌디도 멈춘다. 그러고는 내게 돌아서서 눈살을 찌푸리며 내 얼굴을 살핀다.

"왜 그래?"

샌디가 묻는다.

속엣말을 하려고 생각하니 가슴이 아프다. 그 말이 샌디에게 상처를 줄 것이기 때문이다.

"나 못 가, 샌디."

샌디는 입을 다물고 이를 악문다.

"무슨 소리야? 못 간다니?"

나는 고개를 가로저으며 말한다.

"나 못 가. 너도 가면 안 돼."

샌디의 표정에는 슬픔도 실망감도 없다. 오직 분노만 있을 뿐이다.

"그럼 너는 나랑 함께 못 간다는 말을 하려고 여기까지 온 거야?"

"아니야, 사실은 샌디……."

"변명 따위 필요 없어."

샌디가 말하고는 고개를 설레설레 젓는다.

"좋아. 함께 가지 않아도 좋다고. 나 혼자서도 얼마든지 갈 수……."

"샌디, 가면 안 돼."

내 말에 샌디가 큰 소리로 화를 낸다. 곁을 지나던 여자가 우리를 쳐다본다.

"너 그새 잊었어? 집에서 부모님과 며칠 보내더니 우리가 약속한 걸 까먹었냐고? 킹, 너 내 친구 맞아?"

"네 친구 맞아. 그러니까 너한테 말하는 거야. 가면 안 돼, 샌디. 안 가도 일이 잘 풀릴 수 있어."

"어떻게?"

샌디는 울고 있다. 나 때문인지, 불공평하고 혐오스러운 이 세상의 온갖 것 때문인지 잘 모르겠다.

"어떻게 일이 잘 풀릴 수 있다는 거지?"

나도 답을 모르겠다. 어떻게 해야 일이 잘 풀릴 수 있는지 아직은 모른다. 그냥 잘 풀릴 거라고 믿고 싶다. 샌디도 그렇게 믿기를 바란다.

내가 말한다.

"너는 나랑 함께 지낼 수 있어. 나와 우리 엄마 아빠와 함께 지낼 수 있다고. 우리 부모님한테 진실을 말해서 너를 네 아빠한테서 떼 놓고……."

샌디가 나를 바라보며 웃는다. 그러면서 고개를 젓는다.

무슨 말을 더 해야 할지 모르겠다. 엄마 아빠와 이드리스 고모를 떠나온 게 후회되기 시작한다. 세 사람에게 사실대로 말해야 했다. 그랬다면 내 말에 귀 기울였을 것이고, 샌디를 만났을 것이며, 나를 도와 샌디를 안심시켜 주었을 것이다.

"나는 여기에 있을 수 없어."

샌디는 그렇게 말하고 몸을 숙여서 가방을 집어 올린다.

"갈게, 킹."

샌디는 여전히 내가 함께 가기를 바라는 듯 머뭇거린다. 나는 샌디가 마음을 바꿔 가지 않기를 바라며 가만히 지켜본다. 샌디는 돌아서서 머리를 꼿꼿이 세운 채 뒤돌아보지 않고 걷기 시작한다.

*

내가 다시 세 사람이 있는 곳으로 돌아갈 무렵 해가 저물기 시작한다. 한참 동안 걸은 탓에 발이 아파 온다. 저편에서 내

248

이름을 부르는 소리가 들린다. 엄마는 내 이름을 부르며 미친 듯이 이쪽저쪽으로 고개를 돌린다. 나를 찾느라고 그러는 줄 나도 안다. 그쪽으로 달려가자 엄마는 나를 와락 끌어안는다. 잠시 후 엄마는 포옹을 풀고 나를 꼼꼼히 살핀다. 그러면서 내가 여태 어디에 있었는지, 무슨 일이 있었는지 캐묻기 시작한다. 곧이어 아빠가 달려온다. 이드리스 고모는 뒤따라와 모든 걸 안다는 표정으로 나를 바라본다.

내 눈에서 눈물이 흘러나온다. 엄마에게 무언가 말해야 한다는 생각이 든다. 내가 무슨 말을 하든 엄마는 한마디도 빠짐없이 들을 것이다.

18장

우리 세 식구가 이드리스 고모 집과 뉴올리언스를 떠날 때쯤 나는 샌디를 잠깐 보았다. 샌디는 나를 싫어할 게 틀림없다. 이 세상의 그 무엇보다 더 나를 싫어할 것이다. 나는 엄마에게 샌디의 몸에 난 멍 자국에 대해 말한다. 이번에는 엄마가 내 말을 믿는 것 같다.

"쉽지 않겠지만 샌디를 그 애 아빠한테 돌려보내지 않도록 할 거야. 약속할게, 킹."

엄마가 말한다.

우리의 소도시로 돌아가는 차 안은 다시금 조용해진다. 하지만 이번에는 다른 형태의 조용함이다. 엄마 아빠가 내게 하고 싶은 말을 생각하느라 조용한 것이 아니라, 우리 모두 각자의 생각과 추억에 몰두해 있어서 조용한 것이다.

내가 갈라진 목소리로 묻는다.

"칼리드 형이 노래 놀이(몸짓이나 동작을 붙여 가며 이야기풍의 노래를 부르는 어린이 놀이 - 옮긴이)를 어떻게 했는지 기억나요?"

형은 노래를 한 곡 부르다가 어느 순간 다른 노래를 불렀다. 이유도 없이 박자까지 무시한 채 기분 내키는 대로 부르고 싶은 노래를 흥얼거렸다. 뉴올리언스에서 집으로 돌아가는 긴 시간 동안, 아빠의 차 안은 형이 그 놀이를 하기에 가장 적합한 장소였다. 형의 노래를 듣다 보면 미칠 것만 같았다. 나는 귀를 막고 형에게 입 다물라고 소리쳤지만, 형은 씩 웃고 계속 노래를 했다.

픽업트럭의 앞자리에서 전해지는 충격이 느껴진다. 엄마가 젖은 눈으로 나를 돌아본다. 엄마는 미소 짓고 있다. 억지 미소가 아니다. 마음에서 우러나는 진짜 미소다.

"칼리드의 노래는 늘 끔찍하게 들렸어. 그렇잖았니?"

엄마가 웃으며 말한다.

나는 고개를 끄덕이며 맞장구친다.

"맞아요. 형은 정말 노래를 못했어요."

우리는 다시 조용해진다. 잠시 후 아빠에게서 노랫소리가 흘러나온다. 아빠가 노래를 부르고 있다. 칼리드 형이 불렀던 노래다. 아빠의 노래는 우르릉거리는 천둥소리 같다. 음정이 맞지 않아 킥킥 웃음이 나온다.

엄마가 다시 나를 돌아본다.

"칼리드가 누구한테서 목소리를 물려받았는지 알 것 같구나."

엄마와 나는 크게 웃는다. 아빠는 계속 노래를 흥얼거린다. 이따금 웃기도 하면서.

*

평일인데도 엄마와 아빠는 내게 학교에 가라고 강요하지 않는다. 그들도 일하러 가지 않는다. 장례식 이후와 같은 날들이 이어진다. 이번에는 다른 형태의 슬픔이 집 안을 감돈다. 울기도 하지만 이따금 웃음을 터뜨리는 슬픔이다. 엄마는 내게 칼리드 형의 어릴 적 사진을 보여 준다. 내가 태어나기 전에 찍은 사진들이다. 엄마는 형에 얽힌 추억을 풀어놓는다.

"이건 몇 년 전 네 형이 가장 좋아했던 책이란다."

엄마는 내게 매들렌 렝글이 쓴 『시간의 주름』을 보여 준다. 그 책은 지금 내 침대용 탁자에 놓여 있다.

"칼리드는 축구를 좋아했어. 걸음마를 배우는 시기인데도 뭐든 발로 걷어차곤 했지. 네 형이 변호사가 되고 싶다는 말을 너한테도 했니?"

엄마가 내게 묻고는 가만히 고개를 끄덕인다.

"그래, 칼리드는 변호사가 되고 싶어 했어. 세상엔 불공평하고 부당한 게 너무 많다고 생각했기 때문이지. 네 형은 세상을 바꿀 수 있는 일을 하고 싶어 했단다.”

엄마는 미소 지으며 형에 대한 이야기를 끝낸다.

아빠는 코드를 찾아 텔레비전에 연결하고 이것저것 만지작거린 끝에 오래된 DVD 플레이어를 작동시킨다. 화면이 점점 선명해진다. 칼리드 형이 나온다. 여태껏 한 번도 본 적 없는 형의 모습이다. 아기인 형이 아장아장 걷다가 엄마 아빠를 올려다보며 깔깔 웃는다. 아빠의 엄지손가락을 잡는 형, 생일 케이크의 촛불을 후후 불어 끄는 형, 빨간색 자전거를 타고 뱅뱅 도는 형……

이번에는 내가 나온다. 주름지고 못생긴 자줏빛 아기다. 형은 가만히 나를 들여다본다. 그러다 반짝이는 눈으로 카메라를 든 사람을 바라보며 이 빠진 잇몸을 드러낸 채 방긋방긋 웃는다.

“그래, 네 동생이야.”

화면에 나오지 않는 엄마의 목소리가 들린다. 칼리드 형이 고개를 끄덕인다. 엄마의 말이 무슨 뜻인지, 얼마나 중요한지 안다는 듯이. 내 형이 되기를 오랫동안 기다렸다는 듯이.

나는 울 때도, 세상의 모든 슬픔을 빨아들일 때도, 웃을 때도, 사랑이 넘쳐 심장이 터질 것 같을 때도 가슴에 뚫린 구멍이 커져 뒤틀린 감정을 느낀다. 일찍 세상을 떠난 형에게 화가 난다.

다른 장면이 펼쳐질 때도 엄마는 여전히 내 머리를 쓰다듬는다. 아빠는 비닐로 싼 의자에 앉아 있다. 나는 이제 세 살쯤 된 아장아장 걷는 아기다. 전혀 몰랐는데, 내 행동은 칼리드 형을 빼닮았다. 뒤뚱뒤뚱 돌아다니며 무엇이든 잡으려 든다. 형은 내가 똑바로 설 수 있게 도와준다. 어느 순간 내가 휘청이자, 형이 재빨리 나를 붙잡으려다 넘어져 내 밑에 깔린다. 형 덕에 나는 다치지 않는다.

"형은 죽기 전에 나한테 뭐라고 말했어요."

내가 말한다.

두 사람은 나를 바라본다. 장면이 계속 바뀐다. 내가 형의 배 위에 올라타서 킥킥거리며 장난치다 넘어진다. 형이 깔깔거리며 웃는다. 화면 밖에서 아빠의 웃음소리도 들린다.

"네 형이 뭐라고 했는데?"

엄마가 부드러운 목소리로 묻는다. 칼리드 형에 대해 새로 알게 되는 것이 무엇이든 기대된다는 표정이다. 나는 엄마의 그 마음을 충분히 이해할 수 있다.

나는 눈을 감고 가슴에 무릎을 가져다 댄다.

"샌디와 이야기하던 중이었어요."

내가 그들에게 말한다.

"샌디는 자신이 동성애자일지 모른다고 말했죠. 그래서 나는……."

나는 망설이지만 이미 엎질러진 물이나 마찬가지라고 생각한다.

"나도 동성애자일지 모른다고 말했어요."

아빠는 이를 악물고 텔레비전 화면으로 눈길을 돌린다. 하지만 엄마는 눈을 찡그리고 나를 바라보며, 내가 계속 말하길 기다린다.

"나는 몰랐지만 형이 내 말을 들었어요. 내 말뿐 아니라 샌디의 말도 들었죠. 그래서 그날 밤 형은 나한테 샌디와 친구가 되어서는 안 된다고 말했어요."

엄마가 깊이 숨을 들이마신다.

"너도 누가 너를 동성애자라고 생각하는 거 바라지 않지?"

나는 형의 말을 그대로 따라 한다.

"형이 나한테 한 말이에요."

"그래, 킹."

엄마가 눈살을 찌푸리며 말한다. 그러고는 리모컨을 들어 비디오를 정지시킨다. 화면은 나와 칼리드 형이 함께 깔깔 웃는 장면에서 멈춘다.

"칼리드는…… 별 뜻 없이 그렇게 말했을 거야."

"내가 동성애자인 줄 알았다면 형은 나를 미워했겠죠."

"아니야. 네 형은 너를 미워하지 않았을 거야."

엄마가 말한다.

"엄마가 그걸 어떻게 알아요?"

"칼리드는 이 세상 그 무엇보다도 너를 사랑했기 때문이지.

동생이 생긴다는 걸 알고 네 형이 얼마나 흥분했는지 아니? 칼리드는 늘 네 이야기를 했어. 너를 도우려 했고. 얼마나 너를 아꼈는데."

나는 두 손을 꼭 쥔다.

"형의 말 때문에 내가 나 자신을 미워하게 됐는데도요?"

"그건 칼리드가 원했던 게 아닐 거야. 네 형은 너한테 상처를 주고 싶어 하지 않았을 거라고."

엄마는 말을 멈추고는 다시 화면을 바라본다. 화면에서 칼리드 형은 여전히 활짝 웃고 있다.

"네 형은 네가 걱정되었겠지. 나는 그 심정이 충분히 이해가 돼. 나도 네가 걱정되거든. 우리는 피부색 하나 때문에도 세상을 힘들게 살아. 너는 앞으로 더 힘들게 살지 몰라. 그래서 걱정이 돼. 하지만…… 킹 너는 용감한 아이야."

나는 아빠를 바라본다. 아빠는 자기 앞에 있는 화면 외에 어느 곳도 보고 있지 않지만, 점점 표정이 부드러워진다. 아빠는 눈을 깜박이며 무릎에 놓인 두 손을 내려다본다.

"칼리드는 너를 지켜 주려고 했어. 형으로서 지켜 주고 싶어 했지."

엄마가 말한다.

우리 셋은 내가 잠자리에 들 시간이 훨씬 지났는데도 함께
있다. 엄마 아빠는 내가 내일부터 당장 학교에 가리라고 기대
하지 않는다. 하지만 나는 언제까지 이렇게 지낼 수는 없다는
걸 안다. 나는 학교로 돌아가야 한다. 결국 재스민을 비롯해
여러 친구들을 만나게 될 것이고, 그래야 한다고 생각한다.

아빠가 DVD 플레이어와 텔레비전 화면을 껐을 때, 나는 엄
마와 아빠에게 샌디가 어떻게 됐는지 아느냐고 묻는다. 엄마
는 내 머리를 쓰다듬으며 걱정하지 말라고 말한다.

"샌디는 지금 어디에 있을까요? 샌디를 아빠한테 돌려보낸
건 아니겠죠?"

"그래. 샌디는 자기 아빠와 함께 있지 않아."

엄마가 말한다.

"그럼 어디에 있어요?"

엄마가 망설인 끝에 대답한다.

"배턴루지에 그 애 친척이 살아. 샌디는 친척과 함께 지내
도록 그곳으로 보내졌어."

엄마가 내 표정을 살피는 게 틀림없다. 다시 내 머리를 쓰
다듬고 있기 때문이다.

"걱정하지 마. 이제 샌디는 안전해. 다 괜찮을 거야, 킹."

나는 잘 준비를 한다. 평소처럼 엄마가 내 방으로 들어와서

잘 자라고 말하며 이마에 키스한다. 엄마가 문을 닫기 전에 나는 엄마에게 치료사를 만나 볼 준비가 된 것 같다고 말한다. 엄마가 바랐던 일이다. 엄마는 내게 미소 지으며 또 한 차례 내 이마에 입을 맞추고는 잘 자라고 말한다.

　나는 꿈을 꾼다. 칼리드 형이 내 옆에서 걷고 있다. 형이 미소 지으며 위쪽을 가리킨다. 나는 위쪽을 바라본다. 우와! 그 하늘이다. 세상의 온갖 색깔로 물든 하늘이다. 소용돌이치는 우주의 색깔들이 지구의 대기를 꽉 채우고 있다. 황홀할 정도로 아름답다. 내가 지금까지 본 어떤 것보다 더 아름답다. 잠에서 깼을 때도 아름다운 여운이 남아 있어서, 나는 그대로 누운 채 눈을 꼭 감고 모든 색깔을 선명하게 기억해 내려고 애쓴다.

19장

    일주일 뒤, 나는 가방을 메고 학교로 향한다. 집 밖으로 나서자 기분이 축 처진다. 마치 팔다리에서 뼈가 없어진 것 같은 느낌이다. 픽업트럭을 타고 학교로 가는 동안 아빠가 내게 질문을 던진다. 픽업트럭의 가죽 시트가 내 다리 뒤편으로 깊게 파고든다.

    "다시 학교에 가게 되어서 기쁘지?"

    아니라고 대답하자 아빠가 다시 묻는다.

    "왜?"

    나는 내가 거짓말쟁이여서 친구들이 이제 나를 싫어할 거라고 말한다. 재스민에 대해서도 말한다. 내가 동성애자일지 모른다고 생각한다는 걸 재스민이 알았다고 아빠에게 말한다. 이런 이야기를 할 생각은 없었는데…… 정말 없었는데도 일단 말하기 시작하자 멈출 수가 없다. 무슨 일이 있든 아빠가 나를 사랑한다는 건 기쁘지만, 내가 동성애자라는 사실에 아빠가 나를 있는 그대로 받아들이지 못하는 듯해 여전히 마음이 아프다고 말한다. 또 아빠가 나를 부끄럽게 여기는 것을 원하지 않는다고도 말한다. 아빠의 픽업트럭을 타고 학교에 도착하고 나서도 나는 아빠에게 아주 많은 이야기를 한다. 아빠는 픽업트럭을 세우고 앞 유리창을 바라보며 내 이야기에 귀 기울인다. 아빠는 나를 바라보지 않지만, 나는 아빠가 내 말을 한마디도 빼놓지 않고 귀담아듣고 있다는 걸 안다.

이제 첫 수업 시작을 알리는 벨이 울리기까지 5분 정도밖에 남지 않았다. 아빠도 서둘러 가지 않으면 직장에 늦을지 모른다. 하지만 아빠는 별로 신경 쓰는 것 같지 않다. 나는 이미 이야기를 마쳤는데도, 아빠는 한 영혼이 속삭이는 말을 듣고 있는 듯 계속 고개를 끄덕인다.

"그래."

아빠는 몇 번 더 고개를 끄덕이고 나서 말한다.

"그렇다면 네가 할 수 있는 일은 친구들한테 사과하는 것뿐이야."

아빠는 내 이야기를 하나도 듣지 않은 것 같다. 내 마음이 아프고 내가 동성애자라는 이야기 말이다. 아빠는 늘 하는 방식 그대로 이야기하고 있다.

"친구들이 내 사과를 받아 주지 않으면 어쩌죠? 재스민이 영원히 나를 미워하면 어떡해요?"

"그건 친구들의 몫이지. 하지만 친구들이 네 사과를 받아주지 않을지라도 너는 괜찮을 거야. 지금처럼 계속 잘 살 거라고."

아빠는 내게 사랑한다고 말하며, 두 손을 내밀어 내 어깨를 꼭 움켜잡는다. 나도 아빠를 사랑한다고 말할 때라는 걸 알고 그렇게 한다. 나는 아빠를 사랑한다. 하지만 여전히 가슴 가득 통증이 퍼져 나간다.

"힘들구나."

아빠가 갑자기 내게 말한다. 잠긴 목소리다. 그래서인지 아빠가 헛기침을 한다.

"다른 각도로 너를 생각해 보려니까 힘들구나."

나는 내가 오랫동안 말하지 못한 문제를 아빠가 말하자 크게 당황한다.

"애쓰고 있단다. 너도 알지? 하지만 힘들구나. 나는 동성애자가 뭘 뜻하는지 별의별 이야기를 들어왔단다. 나는 우리 아버지한테 들었고, 아버지는 내가 태어나기 전 여러 사람들에게서 온갖 이야기를 들었을 거야. 그게 옳은지 그른지는 잘 모르겠지만 내가 너를 사랑한다는 건 변함없어."

"어째서 그토록 힘들어야 하죠? 왜 아빠는 내가 동성애자라서 힘든 거예요? 아빠는 내가 흑인이라서 힘들어하지는 않죠?"

"그건 똑같은 게 아니야, 킹."

정확히 똑같지는 않겠지만, 내게는 거의 비슷하게 느껴진다.

"그건 똑같은 종류의 증오예요. 내가 흑인이기 때문에 사람들이 내뱉는 말이나 하는 행동은, 내가 동성애자이기 때문에 하는 사람들의 말이나 행동과 상당히 비슷한 것 같아요. 아빠는 모를 수 있지만 사실이에요. 아빠가 백인이라면 흑인이라는 이유로 나를 미워하지 않을까요?"

내 목소리가 나도 모르게 커진다. 하지만 아빠는 내가 목소리를 높였다고 나를 혼내지 않는다. 힘들게 한숨을 내쉰 뒤 한 손으로 입을 쓱 문지른다. 다른 손은 운전을 하고 있지 않지만 여전히 핸들을 잡고 있다.

"나도 내가 생각해야 할 게 많은 줄 알아."

아빠가 말한다. 정적이 흐르는 동안 나는 아빠 안의 무언가가 느껴졌다. 아빠가 살아온 세월 동안 딱딱하게 굳어 버린 고통의 화석, 아빠를 살아남게 한 온갖 증오, 그 맨 위에 아들을 잃은 슬픔도 얹혀 있는 듯하다.

"내가 배워야 할 것도 많지. 너를 사랑하기 때문에 배울 거야."

아빠가 나를 바라본다. 나는 지금 아빠가 칼리드 형의 유령이 아니라 나를 보고 있다는 걸 안다. 아빠가 진정으로 나를 생각한다는 것도 안다. 아빠는 어쩔 수 없다는 듯 살짝 미소 짓는다. 그러고는 칼리드 형이 그랬던 것처럼 한 손을 내 정수리에 갖다 댄다.

"그건 그리 힘들 것 같지 않구나. 내가 너를 사랑하는 만큼 너 또한 누군가를 사랑한다고 생각하면 크게 문제될 건 없을 거야."

눈물 때문에 눈이 따갑기 시작한다. 나는 아빠가 보자 당황해 얼른 시선을 돌린다. 나도 아빠를 사랑한다고 말한다. 아빠는 싱긋 웃어 보이며 내 머리를 헝클어뜨린 뒤 지각하기 전에 어서 학교로 들어가라고 재촉한다. 그러고는 방과 후에 데리러 오겠다고 말한다. 나는 픽업트럭에서 내려 문을 탕 소리나게 닫는다. 아빠의 픽업트럭이 덜컹거리며 출발하고, 나는 차가 보이지 않을 때까지 지켜본다. 벨이 울린다. 나는 깊이 숨을 쉰 다음 눈물을 닦고 돌아선다.

＊

벤치의 모든 아이가 가방과 교과서를 챙기고 있다. 카미유는 브리애나와 재잘거리고, 대럴은 앤서니의 앞을 뛰어서 왔다 갔다 한다. 재스민만이 내가 오는 걸 알아차린다. 재스민은 나를 만나고 싶은지, 나와 이야기하고 싶은지 골똘히 생각하는 것 같다. 그러는 게 틀림없다. 나는 가방끈을 꽉 움켜잡은 채 재스민 앞에서 걸음을 멈춘다.

"왔네."

재스민이 말한다.

"네가 오랫동안 학교에 오지 않아 영영 못 볼 줄 알았는데 말이야."

나는 너무 떨려서 바닥으로 쓰러지지 않을까 걱정한다.

"그래, 나 돌아왔어."

나는 목이 메어 깩깩거리는 목소리로 말한다.

재스민이 나를 위아래로 훑어보고 나서 말한다.

"가자. 수업에 늦겠어."

"잠깐만!"

재스민이 돌아서기도 전에 내가 재스민의 팔을 잡는다.

재스민은 놀라는 표정이지만 그대로 서서 기다린다.

"미안해. 정말 정말 미안해."

재스민의 표정만 보아서는 나를 용서할 준비가 되었는지 어떤지 모르겠다. 재스민이 팔짱을 끼고 묻는다.

"왜 나한테까지 거짓말했어, 킹?"

지금 나는 재스민에게 변명을 늘어놓을 수 있다. 샌디가 내게 자신에 관해 절대 아무에게도 말하지 말라고 했다. 칼리드 형은 내가 동성애자임을 아무한테도 밝히지 않길 바랐다. 나에게는 변명할 거리가 아주 많다. 하지만 결국 재스민에게 진실에 가장 가까운 말을 한다.

"두려웠어."

"두려웠다고? 뭐가?"

재스민이 눈살을 찌푸리며 묻는다.

"모든 게. 네가 더는 내 친구가 되고 싶어 하지 않을까 봐 두려웠어."

나는 지난 몇 달 동안 여러 이유로 두려웠지만, 재스민에 대한 두려움이 가장 컸다는 걸 깨닫는다. 지금도 재스민이 나에게 저리 가라고 할까 봐 겁이 난다. 재스민은 절대로 나를 용서하지 못할 것이다. 나는 아빠가 해 준 말을 떠올린다. 그렇다. 재스민이 용서해 주지 않더라도 나는 여전히 괜찮을 것이다.

다시 벨이 울린다. 재스민이 내 어깨 너머를 바라본다. 나는 고개를 돌린다. 학교의 현관 계단에 서서 우리를 지켜보는 카미유와 브리애나가 보인다.

"가자. 서두르지 않으면 안 돼."

재스민이 재촉한다.

나는 재스민을 따라 달린다. 내가 뒤따라가도록 재스민이 배려해 주어서 기쁘다. 재스민과 내가 현관 계단에 다다랐을 때 카미유는 입술을 오므리고 나를 무시한다. 브리애나는 내게 활짝 웃어 보이며 돌아온 걸 환영한다고 말한다. 우리 넷은 복도를 달려간다. 나는 용서를 구해야 할 것도, 잘못한 것도 많지만 그래도 내가 그들과 다르다는 것을 안다.

나는 아빠의 그 말을 믿는다. 다 괜찮을 거라고 확신한다. 그래, 아빠의 말을 철석같이 믿자. 나는 그 생각을 소리 내 외쳤다. 그러자 서둘러 교실로 달려가던 카미유가 의아한 표정으로, 브리애나는 호기심 어린 표정으로 나를 힐끗힐끗 바라본다. 하지만 재스민은…… 재스민은 내 말을 이해한 것 같다. 아까 만난 이후로 재스민이 내게 처음으로 미소를 지었기 때문이다.

"그래, 나도 그렇게 생각해."

재스민이 말한다.

*

다시 한 주가 왔다가 휙 지나간다. 늦가에서 샌디와 함께한 시간은 내 머릿속에서 멈춰 있다. 하지만 세상은 시간이 멈췄던 순간들을 보충하려는 듯 빠르게 나아간다. 나는 여러 가지 새로운 일에 익숙해진다. 동성애자임을 마지막으로 한 번 더 재스민에게 말했고, 재스민의 도움을 받아 앤서니와 브리애나에게 털어놓았는데, 둘 다 이해한다고 말했다. 전혀 문제될 게 없어 보인다. 브리애나가 카미유와 대럴에게도 말할 거냐고 물었지만, 아직 그럴 생각은 없다. 모든 사람에게 알릴 준비가 되어 있지 않다. 내가 샌디에게서 배운 게 있다면 이것이다. 나 자신이 원하지 않으면 굳이 할 필요가 없다.

샌디 샌더스의 소식을 들은 것은 학교에 있는 카미유의 벤치에서다. 보아하니 카미유는 니나한테 들었고, 니나는 잭한테 들은 듯하다. 지난 몇 주 동안 배턴루지에서 숙모와 함께 지내던 샌디가 우리 소도시로 돌아와 있다고 한다. 하지만 샌디는 아빠와 함께 생활하지 않고 있다. 사흘 전 보안관이 두 아들을 학대한 혐의로 체포되고, 보안관 배지를 압수당했다는 뉴스가 보도되었다고 한다.

샌디는 형 마이키와 함께 살고 있다. 마이키는 도시 변두리에 부동산을 소유할 수 있는 정도의 나이가 되었다. 카미유는 샌디가 올해 학교로 돌아오지 않을 거라고 말한다. 샌디는 이미 너무 많은 날을 결석했다. 하지만 나는 전혀 걱정하지 않는다. 샌디를 다시 만날 것임을 알기 때문이다. 샌디가 나를 용서해 줄지는 모르겠다. 우리가 다시 친구가 될 수 있을지도 모르겠다. 하지만 무슨 일이 있든 우리 둘 다 결국 괜찮을 것임을 나는 안다.

내가 그렇게 생각하며 집으로 갈 때 거리 건너편에서 서 있는 샌디 샌더스가 보인다. 샌디는 나를 죽 지켜본 모양이다. 샌디가 나를 어떻게 생각하는지 모르겠다. 나는 손을 흔들어 보인다. 샌디가 두어 번 고개를 끄덕이고 걸음을 옮긴다. 나는 이 말을 생각하고 또 생각한다. 우리는 괜찮을 거야.

*

잠자리는 늘 그랬던 것처럼 똑같다. 잠자리는 늘 그럴 것처

럼 똑같다. 나는 그 늪가에 서서 잠자리들을 바라본다. 잠자리
들이 훨훨 날아다니는 광경을 지켜보다 보면 미소를 짓지 않
을 수 없다. 칼리드 형은 잠자리가 아니었다. 내가 만지거나
볼 수 있는 존재가 아니었다. 하지만 형은 줄곧 나와 함께 존
재했다. 앞으로도, 이 세상 끝나는 날까지 나와 함께 존재할
것이다.

나는 눈을 감고 칼리드 형에게 짧은 기도를 한다. 형을 사
랑하고 형이 보고 싶다고 말한다. 내가 잠자리들에게 작별 인
사를 할 때 단순히 우연의 일치인지는 모르겠지만, 내가 안녕
이라고 말하는 바로 그 순간 잠자리들이 갑자기 하늘로 날아
오른다. 공중을 빙빙 돌며 점점 높이 날아오르는 잠자리들의
날개가 우주의 온갖 색깔로 반짝거린다.

작가의 말

우선 훌륭한 편집자 안드레 데이비스 핑크니에게 감사드리고 싶다. 소설 속에 담긴 영혼까지 편집하는 법을 알고 있는 편집자는 드물다. 안드레는 진정으로 장인이다. 안드레의 도움이 없었다면 『킹과 잠자리』(King and the Dragonflies)를 쓰지 못했을 것이다. 한 행사에서 우리가 함께 저녁 식사를 할 때 안드레는 흑인 소년 동성애자를 다룬 청소년 도서를 본 적이 없다고 말했다. 그때 나 또한 흑인 소년 동성애자를 다룬 청소년 도서를 읽은 적이 없다는 사실을 깨달았다.

킹에 대한 영감을 떠올리게 한 이 대화는 작가의 창조적 정신을 일깨우는 안드레의 놀라운 능력을 보여 준다. 이 아이디어는 내 안에서 무럭무럭 자랐고, 어느 날 나는 마침내 컴퓨터 앞에 앉았다. 그리고 킹과 그가 느끼는 슬픔, 자기 수용, 정체성에 관한 이야기를 모니터에 풀어놓았다. 영감을 준 안드레에게 다시금 고마운 마음을 전한다.

출판사는 내가 킹을 상상할 수 있는 완벽하면서도 유일한 집이 되어 주었다. 출판사를 마치 한 가족의 집처럼 만드는 놀라운 사람들이 킹을 창조했다. 제스 해럴드, 데이비드 레비탄, 에밀리 헤들슨, 리제테 세라노, 재스민 미란다, 로렌 도노번, 매트 폴터, 데이모사 웨버-베이, 로스코 콤프턴, 조시 벌로위츠, 베일리 크로퍼드 그리고 무대 뒤에서 지칠 줄 모르고 일해 준 모두에게 감사드린다.

베스 펠런에게도 고마운 마음을 전하고 싶다. 내 뛰어난 에이전트이자 친구인 베스는 이 놀라운 여정에 언제나 나와 함께했다.

내 작품을 좋아하고 지지해 준 가족에게도 고마운 마음을 전한다. 어머니, 아버지, 재키 고모, 커티스, 메모리. 여러분 모두 사랑해요!

마지막으로 학교 선생님과 사서 선생님과 독자들에게 감사드린다. 여러분은 아이들이 이야기를 통해 혼자가 아니라는 걸 알 수 있도록 도움을 준 사람들이다. 여러분은 계속해서 내가 글을 쓸 수 있게 영감을 주고 있다.

케이슨 캘린더

우리는 모두 킹이다

누구나 다르다는 사실을 마주하는 일에는 용기가 필요하다. 특히 그 다름이 자신에게서 비롯된 것이라면 더욱 그렇다. 용기를 내지 않으면 다른 존재를 만날 수 없다. 내가 나의 존재를 인식할 때도 마찬가지다. 만남의 부재는 사랑의 부재를 불러온다. 그렇기에 많은 사람이 다름을 존중하기 위해 용기 내고, 사랑을 유지하기 위해 부단히 노력한다. 케이슨 캘린더의 『킹과 잠자리』는 다름을 사랑하기 위해 애쓰는 모든 사람에게 공감과 위로를 건네는 소설이다.

학교는 매일 수백, 수천의 서로 다른 청소년 그리고 그들과 관계 맺는 어른들이 한데 모이는 공간이다. 소설에는 농구를 잘하지만 키가 작아 고민인 남자 청소년 '대럴'과 키가 너무 커서 고민인 여자 청소년 '브리애나'가 나온다. '킹'이나 '샌디'처럼 성적 지향이 다른 청소년도 있고, 그런 킹을 짝사랑하는 '재스민'도 존재한다. 이들 주변에는 수많은 학교 밖 청소년도 보인다. 한편 그들을 바라보는 어른의 눈에 청소년은 마냥 미성숙한 존재로 비춰지곤 한다. 청소년 주변에 있는 어른들은 걱정이 많다. 때론 보호라는 명목하에 끊임없이 청소년의 활동을 제한한다. 특히나 어른들은 청소년의 성(性)과 사랑에 엄격하다. 어른들은 항상 청소년에게 조금만 더 참으라고 요구한다. 비밀은 되도록 숨겨 두는 게 최선이라 말하며, 청소년의 목소리를 가둔다. 어른들의 사회는 아직 청소년의 이야기를 제대로 들을 준비가 되어 있지 않다. 그럼에도 청소년은 자기 삶을 온전히 지켜 내기 위해 고군분투하는 완전한 존재다.

킹의 일상에도 가족을 비롯한 수많은 어른들이 존재한다. 그의 아버지는 흑인으로 살아가는 것에 자부심을 가지고 있으면서도, 늘 인종차별을 경계하며, 흑인 성소수자의 존재를 부정한다. 칼리드 형은 킹과 가장 가까운 곳에서 일상을 공유하는 가족이다. 그런 칼리드 형도 킹에게 동성애자인 샌디와 친구가 되어서는 안 된다고 말한다. 여기서 중요한 점은 칼리드를 비롯한 킹의 가족 중 누구도 악의를 가지고 킹을 대하지 않았다는 것이다. 이성애 중심의 가족 관계는 정상성의 경계를 만들어 내고, 여기에 속하지 못하는 킹에게 의도치 않은 박탈감과 혼란을 불러일으킨다.

이후 갑작스러운 칼리드 형의 죽음은 킹과 가족을 송두리째 흔들어 놓는다. 늘 사랑이 넘치던 킹의 엄마는 날로 무기력해지고, 아빠는 킹에게 칼리드를 투영하여 바라본다. 킹은 그런 부모님에게 쉽사리 사랑한다는 말을 내뱉지 못한다. 킹은 언제나 장난치듯 사랑을 표현하던 칼리드 형의 장례식에서 교회 안을 천천히 날아다니는 잠자리를 발견한다. 순간 킹은 형이 잠자리가 되었다는 생각을 한다. 킹은 삶과 죽음, 상상과 현실의 경계를 넘나드는 잠자리를 통해 칼리드 형과의 추억을 떠올리며 그의 죽음을 천천히 받아들이지만, 동시에 자신의 정체성을 부정하는 칼리드라는 세계에 갇혀 괴로워한다.

이처럼 『킹과 잠자리』는 청소년 성소수자 킹이 자신을 마주하는 과정과 관련된 주변 인물들의 일상 또한 세심하게 그려 낸다. 그동안 수많은 이야기 가운데 다름을 표현하는 서사는 언제나 현재의 한계와 그로 인한 문제를 드러내고 변화의 지점을 모색해 왔다. 『킹과 잠자리』 또한 성적 지향에 관한 서사를 중심으로 인종 차별과 외모 평가, 청소년 보호주의와 아동 학대 문제가 얽혀 있는 복잡한 쟁점을 보여 준다. 이 소설에서 주목할 만한 점은 복잡한 사회 문제를 가장 일상적인 층위로 풀어내고 있다는 것이다. 킹과 주변 인물들의 이야기에 귀 기울이다 보면 누구라도 나와 다른 누군가를 마주하는 인물들의 고민과 심리에 공감하게 된다. 이러한 소설의 접근 방식은 독자들에게 대상화된 인권 문제를 오늘날 내 문제로 인식하게 만들어, 그동안 막연하게 여겨 온 다름에서 비롯된 무지의 경계를 허물어 버린다.

자신의 정체성을 애써 지운 채 혹은 존재가 지워진 채 살아가던 킹은 뒷마당 텐트에서 다시금 샌디를 만나게 되며, 남다른 '나'와 마주할 용기를 얻는다. 나아가 온 세상의 폭력으로부터 벗어나려는 샌디를 지키기 위해 앞장서 목소리를 높인다. 두 청소년의 만남은 루이지애나 작은 마을이 오랫동안 지켜 온 공고한 경계에 균열을 만들어 낸다. 가정에서 킹의 부모는 너를 사랑하기에 동성애와 관련된 무지로부터 벗어나겠다고 선언한다. 그런 아빠에게 킹은 비로소 사랑한다는 말을 전한다. 학교에서 재스민은 두려움을 안고 자신의 성 정체성을 밝힌 킹이 친구들 사이에서 온전히 존재할 수 있도록 그를 받아들인다. 킹과 샌디가 그 존재 자체로 살아갈 수 있도록 지지하는 수많은 사람의 연대가 시작된 것이다.

『킹과 잠자리』는 청소년 성소수자의 삶을 그저 바라보는 데서 그치지 않고, 그들과 함께 살아가는 현실을 이야기한다. 지금도 우리는 모두 킹과 함께 살아가고 있다. 동시에 사랑을 원하는 우리는 모두 킹이다. 킹이 자유롭게 사랑을 표현할 수 있을 때, 그 누구라도 사랑할 용기를 낼 수 있을 것이다. 누군가의 편견에 균열을 내고, 혐오와 차별에 대항하는 일은 생각보다 그리 어렵지 않다. 이드리스 고모처럼 모든 영혼을 그 자체로 온전히 인정하는 용기를 낸다면, 세상 곳곳에서는 엄청난 사랑이 시작될 것이다. 세상의 모든 킹이 마음껏 사랑할 수 있도록, 제도적 불의와 심리적 거부에 대항하는 작지만 큰 연대가 계속되길 바란다.

김병성(경성중학교 교사)

킹과 잠자리

2023년 5월 24일 1판 1쇄

지은이 케이슨 캘린더
옮긴이 정회성

편집 김태희 장슬기 윤설희 최경후 이여름 디자인 신종식
제작 박홍기 마케팅 이병규 이민정 최다은 강효원 홍보 조민희

인쇄 천일문화사 제책 J&D바인텍

펴낸이 강맑실
펴낸곳 (주)사계절출판사 등록 제406-2003-034호
주소 (우)10881 경기도 파주시 회동길 252
전화 031)955-8588, 8558 전송 마케팅부 031)955-8595 편집부 031)955-8596
홈페이지 www.sakyejul.net 전자우편 literature@sakyejul.com
블로그 blog.naver.com/skjmail 페이스북 facebook.com/sakyejul
트위터 twitter.com/sakyejul 인스타그램 instagram.com/sakyejul

값은 뒤표지에 적혀 있습니다. 잘못 만든 책은 구입하신 서점에서 바꾸어 드립니다.
사계절출판사는 성장의 의미를 생각합니다.
사계절출판사는 독자 여러분의 의견에 늘 귀 기울이고 있습니다.

ISBN 979-11-6981-138-5 44810
ISBN 978-89-5828-473-4 (세트)